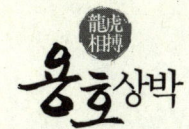

용호상박

청풍 新무협 판타지 소설

FANTASTIC ORIENTAL HEROES

용호상박 2

청풍 新무협 판타지 소설

초판 1쇄 찍은 날 § 2008년 7월 14일
초판 1쇄 펴낸 날 § 2008년 7월 17일

지은이 § 청풍
펴낸이 § 서경석

편집장 § 문혜영
편집책임 § 최하나
편집 § 정서진 · 유경화

펴낸곳 § 도서출판 청어람
등록번호 § 제1081-1-89호
등록일자 § 1999. 5. 31
어람번호 § 제2-1534호

주소 § 경기도 부천시 원미구 심곡1동 350-1 남성B/D 3F (우) 420-011
전화 § 032-656-4452 팩스 § 032-656-4453
http://www.chungeoram.com
E-mail § eoram99@chollian.net

ISBN 978-89-251-1397-5 04810
ISBN 978-89-251-1395-1 (세트)

龍虎
相搏

청풍 新무협 판타지 소설
FANTASTIC ORIENTAL HEROES

용호상박

2

이형환영대법

청림

目次

第一章
울며 겨자 먹기

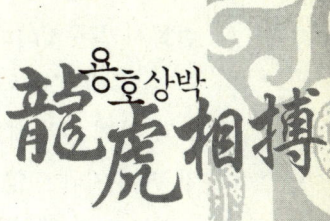

龍虎相搏
용호상박

이슬에도 젖지 않은 촛불은 신묘했다.

촛불에 둘러싸인 아란은 영면에 든 것처럼 평화로웠다.

'무명(無名)은 천지의 시초요, 유명(有名)은 만물의 모태(母胎)이다. 무명과 유명, 무와 유는 상호 의존적이며 영원한 도의 양 측면이니 무는 아무것도 없음이 아니라 감지할 수 있는 질(質)이 없음을 의미하노라……'

행기(行氣)로 이끌어낸 그녀의 영력 속으로 사문인 태평신교의 교리가 유수처럼 흘러갔다. 곧이어 뒤를 따른 것은 오행과 육십사괘에 뿌리를 둔 무위변화론이었다.

'변화 자체는 특정한 체계를 지니고 일어난다. 형성시키고 변화시키는 것이다. 이것은 동일한 과정의 두 국면이니, 미지의 도가 태초의 혼돈으로부터 계속적으로 우주를 형성시키어 음과 양의 반복에 따른 우주의 영원한 변화는 동일한 도의 바깥 면에 지나지 않노라······.'

감은 눈앞이 환하게 밝아졌다.

그리고 그 속에서 또 하나의 변화가 일었다.

흐릿한 형체를 발하며 떠오른 두 개의 부적.

이윽고 부적들은 우주로 환원하듯 서서히 불꽃으로 화하며 소멸되어 갔다.

"······!"

아란은 가슴이 뛰는 것을 느꼈다.

영력의 집중으로 이끌어낸 예지력에 힘입어 떠올린 영상.

소멸한 두 장의 부적은 초조하게 기다렸던 의식의 성공적인 결과를 대변하고 있었다.

아란은 흥분을 억누르고 천천히 행기를 마무리한 뒤 눈을 떴다. 봉목을 가득 채운 영롱하고 신묘한 광채가 사위를 물들였다.

'마침내··· 운명의 아침이 밝았구나.'

소리없는 탄성을 발하는 아란의 봉목으로 여명이 스며들었다.

운명의 아침.

운명의 직접적인 혜택(?)을 받게 된 당사자들에겐 극단의 충격과 황당함을 안겨줄 아침이기도 할 터였다.

소멸한 부적을 대신하여 대조적인 인상의 두 청년의 얼굴이 눈앞에 떠올랐다.

황당함을 이기지 못해 방방 뛰고 있을 한 사람과 충격으로 석상처럼 굳어 심각하게 고민에 빠져 있을 또 한 사람.

'미안해요, 미리 말하지 못해서.'

아란은 나직이 한숨을 몰아쉬었다.

의식의 성공을 확신하게 된 건 기쁜 일이지만, 그런 만큼 황당하고 충격적인 의식의 결과를 고스란히 감내해야 될 두 사람에겐 미안하지 않을 수 없었다.

'부디 이해해 주시길 바라요. 이 모두가 대의를 위한 것임을⋯⋯!'

강호무림의 미래를 짊어진 두 젊은 용호가 능히 궁극의 뜻을 이해할 것이라 믿어 의심치 않았다.

설사 지금 당장은 이해하기 어렵다 해도 이해의 과정을 따를 수밖에 없는 모종의 안배를 마련해 놓았으니 선택의 여지는 없을 터였다.

아란은 희미하게 미소 지었다.

강북과 강남으로 미리 날려 보낸 전서구가 때를 맞춰 용호의 눈앞에 등장할 터. 반 협박에 가까운 전서를 보며 또 한 번 방방 뛸 누군가의 모습이 눈앞에 선했다.

'미안해요.'

아란은 누군가에게 마음을 전한 뒤 조용히 고개를 들었다.

반짝이는 눈길이 여명이 밝아오는 동녘 하늘에 닿았다.

'비로소 첫 번째 단계가 지났군요. 제자에게 힘을 주세요, 스승님.'

여명이 반사되어 내려앉은 아란의 눈망울에 이슬 한 방울이 맺혔다.

*   *   *

"…이형환영!"

충격에서 한참 만에 깨어난 뒤 흘러나온 첫마디였다.

특정인의 육신과 영혼이 뒤바뀐다는 상승의 술법.

말로만 전해져 오던 전설의 술법을 자신이, 그것도 이렇게 황당무계한 상황으로 맞닥뜨리라곤 꿈에도 생각해 본 적이 없었다.

어떻게 이런 황당한 일이 자신에게 벌어지게 되었단 말인가?

"그 부적과 주문……!"

장충걸, 아니, 장충걸로 화한 예국홍은 충격이 가시지 않은 얼굴로 중얼거렸다.

아란이 선물로 준 부적과 주문.

특별한 기대 없이 단지 그녀를 배려한다는 마음으로 부담없이 행했던 간밤의 의식, 바로 그것이 원인이었단 말인가?

"어찌 이런 일이……."

국홍은 아찔한 현기증에 이마를 짚었다.

아무리 기억을 더듬어봐도 그것 말고는 설명할 길이 없었다. 더구나 부적과 주문을 만든 사람이 천기자란 사실은 의심을 확신으로 굳히게 만들었다.

"천기자께서 왜……?"

국홍은 물끄러미 전신경을 들여다보았다.

여전히 속곳만 걸친 차림의 장충걸이 평소의 그답지 않게 얼빠진 표정으로 전신경 속에 서 있었다.

국홍은 머리를 저으며 다시 자리에 주저앉았다.

대체 이유가 무엇일까. 무슨 이유로 천기자는 제자인 아란을 시켜 자신과 장충걸을 이런 웃지 못할 상황으로 밀어 넣었단 말인가.

고민해 본들 나올 답이 아니었다. 지금 답을 줄 수 있는 사람은 부적과 주문을 만든 장본인 천기자, 혹은 그 물건들을 전해준 아란뿐이었으니.

국홍은 눈을 빛냈다. 당장이라도 아란을 만나야 했다.

하지만 그는 다시 맥없이 고개를 가로젓고 말았다.

"아란 소저의 행방도 알지 못하거늘."

행방도 모르는 사람을 어떻게 만난단 말인가?

국홍은 한숨을 쉬었다.

평소 냉정하고 명민하기 짝이 없던 사고력이 제 힘을 발휘하지 못하고 있었다. 어디서부터 뭘 어떻게 정리를 해야 할지 갈피조차 잡히질 않는다.

바로 그때였다.

구구구…….

퍼뜩 시선을 틀던 국홍의 눈빛이 굳어졌다.

어렴풋이 동이 터오는 창가에 처음 보는 새가 한 마리 앉아 있었다.

티끌 하나 없이 하얀 깃털이 신비로운 비둘기.

마치 가까이 다가오라는 듯 자신을 향해 고개를 까닥이는 비둘기의 발목엔 조그만 대롱이 매달려 있었다.

'전서구?'

국홍은 자리에서 일어나 비둘기에게 다가갔다.

코앞까지 다가온 자신을 보고도 겁을 먹기는커녕 빤히 쳐다보던 녀석이 대롱이 매달린 다리를 쓱 내밀었다.

물끄러미 비둘기를 응시하던 국홍은 조용히 손을 내밀어 대롱을 끌러 쥐었다.

구구구.

대롱을 풀기가 무섭게 비둘기는 자신의 임무를 다했다는 듯 가볍게 목을 흔들며 훌쩍 창밖으로 날아갔다.

국홍이 서둘러 창밖을 내다보았을 때 녀석은 이미 까마득히 하늘로 날아오른 뒤였다.

"누가 이 시간에 전서구를……."

비둘기가 사라진 하늘을 응시하며 국홍은 중얼거렸다.

저렇게 영물 같은 녀석을 전서구로 부릴 정도라면 그 주인도 필시 범상치 않은 인물일 터이다.

순간, 하얀 비둘기가 누군가를 닮았다고 생각한 것은 우연의 일치였을까?

국홍은 손바닥 위의 대롱을 내려다보았다.

순식간에 대롱 속의 전서가 모습을 드러냈다.

왠지 모르게 친근한 향을 발산하며 펼쳐진 전서, 그리고 그 위에 적힌 낯익은 필체.

"……!"

국홍은 한숨을 뱉으며 어깨를 늘어뜨렸다.

예상대로 전서를 보낸 장본인은 아란이었다.

지금쯤 놀라움과 충격에 휩싸여 있을 공자의 모습이 소녀의 눈에 선하군요. 미리 말씀을 드리지 못한 점 고개 숙여 사과드립니다. 변명에 불과하겠지만 두 분께 이런 황당한 상황을 안겨 드리기까지 소녀의 고충도 적지 않았다는 것을 말씀드리고 싶군요. 결과에 대해 미리 말씀을 드렸더라면 두 분 공자께서 과연 소녀의 뜻을 따라주셨을지 확신이 서질 않았어요…(중략)…….

이형환영대법은 이미 시작되었습니다. 한 번 시작한 대법은 금제를 지켜야만 풀릴 수가 있어요. 물론 금제를 지키지 않는다

면 대법이 깨어져 영원히 본래의 모습으로 되돌아가지 못하게
될 것입니다.

대법이 진행되는 동안 지켜야 할 금제 사항은 두 분 공자께서
서로의 자리에서 충실히 역할을 대신해야 한다는 것이에요. 본
래의 자리로 임의로 돌아가는 것은 절대 불가합니다. 뒤바뀌기
전의 입장에서 상대의 가문에 위해를 가하는 일 또한 불가입니
다.

정확히 백팔십 일입니다. 금제를 준수하면서 아무런 문제 없
이 백팔십 일이 지나게 되면 모처에서 소녀와 만나 대법을 해제
하는 의식을 갖게 될 것입니다.

분명한 것은, 백팔십 일 이전에는 소녀로서도 대법을 풀 수
있는 방법이 없다는 사실이에요. 약속된 날짜가 지나야만 의식
을 행할 수 있는 조건이 갖추어진다는 뜻입니다. 물론 두 분 공
자께서 그동안 성실하게 금제 사항을 준수했을 경우에 해당하는
얘기이겠지만.

…(중략)…….

두 분 공자를 이처럼 황당무계한 상황으로 이끈 것 외에 다른
선택의 여지가 없었음을 다시 한 번 말씀드립니다. 이 모두가 천
기를 통해 미래를 내다보신 스승님의 뜻에 따라 이루어진 중차
대한 안배임을, 강호무림을 위한 부득이한 선택이었음을 두 분
공자께서 양해해 주시길 바랍니다.

곧 찾아뵙겠습니다.

아란.

　국홍은 아름다운 필체의 글씨로 빼곡 채워진 전서를 뚫어지게 응시했다. 정확히 세 번을 거듭 읽고서야 천천히 눈을 들었다.
　"안배… 무잇을 위한 안배란 밀인가."
　어지럽게 눈앞을 스쳐 가는 글귀.
　강호무림을 위한 선택이라는 마지막 글귀가 커다랗게 확대되어 왔다.
　"흐음……."
　국홍은 허탈한 표정으로 전서를 내려다보았다.
　전서엔 아란의 진심이 고스란히 배어 있었다.
　따르지 않으면 안 될 무언의 힘이 실린 진심이었다.
　"금제를 어긴다면 영원히 본래의 모습으로 돌아갈 수 없단 말이지. 하루 이틀도 아니고 백팔십 일 동안을……."
　참으로 어처구니없는 노릇이 아닐 수 없었다.
　아란의 말은 간단했다.
　백팔십 일, 정확히 반년 동안 딴생각 말고 바뀐 사람의 역할에 충실하란 소리였다.
　말을 안 들으면 영원히 뒤바뀐 상태로 살아야 한다는 무시무시한 으름장이나 마찬가지인 셈.
　"허허……."

국홍은 인생 다 산 노인처럼 헛웃음을 쳤다.

하루아침에 누군가와 몸이 뒤바뀌었다는, 그것도 천하에 둘도 없는 앙숙인 장충걸과 이형환영대법의 주인공이 되었다는 사실을 울며 겨자 먹기로 받아들여야 하는 황당무계한 아침이 헛웃음 속에 밝아오고 있었다.

                    *   *   *

"뭐가 어쩌고 저째? 백팔십 일? 하루 이틀도 아니고 백팔십 일 동안 이 장충걸이보고 좀생이 노릇을 하라고?"

충걸은 하마터면 눈이 뒤집힐 뻔했다.

자신이 예국홍으로 뒤바뀐 미치고 팔딱 뛸 상황의 충격이 채 가시기도 전에 날아든 요상한 비둘기 한 마리.

그놈의 비둘기 다리에 매달려 배달된 전서에는 한층 더 미치고 펄쩍 뛸 얘기가 적혀 있었다. 아니, 얘기가 아니라 이건 완전 협박 수준이었다.

와그작!

충걸은 서신을 와락 구긴 채 눈을 치떴다.

무시무시한 안광이 폭주를 하고 거센 콧김이 뿜어져 나왔다. 구겨진 전서를 다시 펼쳐 아란의 '협박'을 재확인한 뒤엔 끓어오르는 열을 주체 못해 제자리에서 방방 뛰었다.

"끄으응—!"

철퍼덕!

몇 차례 발작을 거듭하던 충걸은 바람 빠진 풍선처럼 방바닥에 주저앉았다.

어이없음과 황당함, 분노, 기절 직전의 충격.

복잡 다채로운 감정으로 뒤범벅된 얼굴이 괴상망측하게 구겨졌다.

"흐으… 여시 뺨치는 제자 앞세워서 사람 홀려가지고선 이따위 장난을 치다니……! 천기잔지 뭔지 그놈의 영감탱이가 나한테 무슨 놈의 억하심정이 있어서 이런 장난질을 치냔 말이다!"

천기로 미래를 읽고서 강호무림을 위한 부득이한 선택으로 골랐다는 인간이 하필이면 왜 자신과 예국홍이란 말이냐고?

거기다 고심 끝에 고른 방법이란 게 이따위 말도 안 되는 이형환영대법이라니?

아란이란 이름의 벙어리 신녀, 아니, 벙어리 여시는 분명 백팔십 일이라고 했다. 백팔십 일 동안 딴 맘 안 먹고 얌전히 말을 들어야만 본래대로 돌아갈 수 있다고 으름장을 놓았다.

말 안 들으면 영영 대법이 풀리지 않게 될 것이라고.

이게 무슨 놈의 말도 안 되는 장난질이야, 하고 튀어나오려던 콧방귀는 면경 속에 비친 얼굴을 보자마자 꼬리를 말았다.

마른하늘에 날벼락처럼 현실이 돼버린 이형환영대법. 아

란의 말이 곧 하늘의 법이라고 믿지 않을 수 없게 만들어 버린 현실이 눈앞에 떡하니 버티고 있었으니.

"크흐흐흐……!"

충결은 거울 속에 비친 몸뚱이를 보며 몸서리를 쳤다.

까딱하면 평생을 이놈의 비리비리한 몸뚱이의 주인공으로 살아야 할 판이다. 가슴에 털도 없고, '그놈의 물건'도 자신의 반밖에 안 되는 몸뚱이를 미쳤다고 좋다 하겠는가 말이다.

"이놈의 사기꾼 사제지간을 그냥!"

충결은 벌떡 자리를 박차고 일어났다.

하지만 그뿐이었다.

행방도 모르는 인간들을 어디 있는 줄 알고 잡으러 가랴.

금제 사항을 잊지 않고 이행하시리라 믿어요. 비단 대법을 풀기 위해서만이 아니라, 강호무림의 미래를 위한 것이라는 대의적 차원에서 성실히 따라주시리라 믿습니다. 조만간 만나서 자세한 사정을 말씀드리도록 하겠습니다.

아란의 마지막 인사말이 눈앞에 어른거렸다.

인사말이 아니라 협박에다 아예 대못을 박는 으름장.

충결은 뒷목을 움켜쥐며 다시 철퍼덕 주저앉았다.

"아이고 두야."

태어나자마자 천둥 같은 울음소리로 출산을 돕던 산파 할

멈을 기절시키고, 세 살이 되면서 장난감 대신 도를 쥐고 놀
고, 다섯 살이 되면서 일도에 대나무를 양단한 이후 장충걸이
란 이름 석 자가 협박이나 으름장의 대상이 된 적은 단 한 번
도 없었다.

"으허허……."

충걸은 얼빠진 표정으로 웃었다.

"천하의 장충걸이 망할 놈의 사기꾼 사제에게 걸려 꼭두각
시 노릇을 하게 되다니. 다른 놈도 아니고 좀팽이 노릇을 대
신해야 한다니. 으허허……!"

본래 예국홍의 것이었던, 절세의 반듯하고 준수한 얼굴이
볼품없이 구겨졌다.

지금 이 순간 생각나는 말은 딱 한마디뿐이다.

'울며 겨자 처먹기.'

충걸이 구겨진 얼굴로 입맛을 다실 즈음, 때맞춰 우렁찬 소
리가 울려 퍼졌다.

꼬로로로록—!

"……!"

충걸은 눈을 끔벅였다.

식욕과 성욕, 수면욕으로 정리되는 인간의 삼대본능.

충걸은 누구보다 삼대본능에 관대한 인물이었다. 본능에
충실한 것이야말로 인간다운 것이라는 게 그의 지론.

꼬로로로록!

충걸은 홀쭉하니 꺼진 뱃가죽을 내려다보았다.

거죽은 바뀌었건만, 앞뒤 상황 안 가리고 왕성한 식욕을 자랑하는 위장의 무식한 본능은 그대로 주인을 따라온 모양이었다.

"오냐. 팔딱 뛰고 환장할 상황이라도 뱃가죽은 채워야지. 다 먹고 살자고 하는 짓인데. 쩝!"

충걸은 쓱쓱 배를 쓸며 입맛을 다셨다.

그러자 그 말을 기다렸다는 듯이 방 밖에서 들려온 기척이 있었다.

사박사박.

나직이 옷자락 끄는 소리와 함께 문간에 등장한 얼굴은 삐쳐서 달아났던 성격 이상한 그 시비였다.

이름이 시아라고 했던가?

충걸은 퍼질러 앉은 채로 문간에 나타난 시아를 쳐다보았다. 공손히 두 손을 모아 쥔 그녀가 기어들어 가는 목소리로 말했다.

"공자님, 소녀의 무례를 용서해 주세요. 저도 모르게 버릇없이 그만……."

충걸은 눈을 끔벅였다.

용서하긴 뭘 용서해?

"용서고 나발이고, 가서 밥이나 좀 가져와 봐. 지금 이 몸이 심히 골이 복잡한 상황인데, 일단 배부터 좀 채우고 고민

을 해야 쓰겠단 말이다. 꿍!'

충걸은 어기적거리며 속곳만 걸친 몸을 일으켰다.

시아가 동그랗게 뜬 눈을 깜빡였다.

그녀로선 도무지 이해 불가능한 상황의 연속이었다.

평소에 없던 늦잠에다 도저히 적응할 수 없는 불한당 같은
언행, 세나가 아직까지 옷도 안 입고 버실러 앉아 있다니.

'주군께 아침 문안 인사도 빼먹으시고. 휴우! 정말 오늘따
라 공자님이 너무 이상하셔. 어디 아프신 게 아닐까?'

시아는 의문과 걱정이 역력한 눈빛으로 입을 열었다.

"그러지 않아도 림주님과 수석장로께서 기다리고 계세요.
공자님이 식사 시간에 늦으셔서……."

문안 인사도 빼먹은 데다 식사 시간마저 늦은 아들 때문에
예정문의 심기가 좋지 않다는 말은 덧붙이지도 못했다. 충걸
이 냉큼 잘라 버리는 통에.

"엉? 벌써 아침을 먹어?"

충걸의 눈이 휘둥그레졌다.

배고파서 밥 달라 했더니 난데없이 식사 시간이라니?

이제 슬슬 희뿌옇게 동이 터올 무렵인 판에 말이다.

'이놈의 동네에 사는 인간들은 잠도 없나?'

어쨌거나 배고픈 참에 잘됐다 싶었다.

충걸은 다짜고짜 시아의 손목을 잡아챘다.

"가자! 배 채우는 데가 어디냐?"

"자, 잠깐만! 옷은, 옷은 입고 가셔야죠!"

시아가 발버둥을 쳤다.

그제야 충걸은 자신이 속곳만 걸친 반 벌거숭이 차림이란 사실을 깨달았다. 방 안을 휘둘러보니 침상 옆 탁자에 가지런히 개켜진 허여멀건 옷이 보였다.

"쿵! 이런 낯간지러운 걸 옷이라고."

난초가 수놓아진 품위있고 멋스러운 백의를 걸치면서 충걸은 코웃음을 쳤다.

"이젠 됐지? 가자고!"

대충 옷을 걸치고 난 뒤 다시 시아의 손목을 잡아채 방을 나섰다. 그러다 충걸은 몇 발짝 가다 말고 멈춰 섰다. 그리곤 뒤따라 멈춰 선 시아의 동그란 얼굴에다 눈을 부라렸다.

"근데 누가 날 기다리고 있다고?"

움찔 물러선 시아가 겁먹은 얼굴로 말했다.

"아버님과 숙부님께서 기다리고 계시다고……."

'아버지? 숙부?'

충걸은 미간을 좁혔다.

곧바로 떠오르는 두 개의 이름.

'예정문! 예중악!'

충걸은 와락 인상을 썼다.

정신없이 앞만 보고 있는데 갑자기 뒤통수로 날아온 찬물 바가지를 뒤집어쓴 기분이었다.

'크흥, 그렇군.'

충걸은 허공을 노려보다 말고 씩 웃었다.

자신이 앙숙의 소굴에 와 있다는 사실을 새삼스레 깨달은 것이다.

"흐흐, 재밌겠는데."

충걸은 음흉스런 웃음을 흘리며 성큼 발을 내찼다.

휘적휘적 앞서 가는 그의 뒷모습을 걱정스레 지켜보던 시아가 고개를 내저으며 종종걸음으로 따라붙었다.

재밌을 거라는 기대는 여지없이 깨졌다.

그것은 좀팽이 소굴 수장의 첫인상에서 비롯된 결과였다.

예정문의 첫인상은 말 그대로 '대쪽'을 연상케 했다. 이미 익히 알고 있는 바였지만, 바로 코앞에서 마주한 그 인상은 생각했던 그 이상으로 밥맛(?)이었다.

담담히 발산하는 눈빛은 폐부를 꿰뚫어 보는 듯했고, 감정을 읽을 수 없는 무표정한 얼굴에선 당장이라도 얼음장 같은 불호령이 튀어나올 것 같았다.

덕분에 배 채우러 오는 동안 부풀었던 호기심은 흔적도 없이 사라져 버렸다.

'젠장, 뭔 놈의 눈빛이 저 모양이여?'

새삼스레 전신 모공으로 바늘처럼 콕콕 파고드는 검제라는 별호의 위력.

아버지인 도왕 장팔봉과 완연히 대조적이면서도 결코 뒤지지 않는 예정문의 기도에 반사적으로 몸이 긴장 상태로 돌입했다.

"아침 문안을 잊었더구나. 어디 몸이라도 불편한 것이더냐?"

높낮이가 없는 어조에 사막의 모래알처럼 건조한 음성.

물끄러미 자신을 응시하는 예정문의 시선에 충걸은 마치 홀라당 발가벗겨진 듯한 착각에 빠졌다.

하나 그렇다고 꼬리를 말 호왕폭도인가?

'크흥!'

충걸은 질세라 고리눈을 치떴다.

곧장 눈알이 아려왔다.

아버지 장팔봉과 눈싸움을 할 때완 또 다른 버거움.

하지만 충걸은 굴하지 않았다.

'씨앙!'

잔뜩 어깨를 부풀리고 한층 더 눈을 부릅떴다.

"······?"

순간 예정문의 미간이 꿈틀했다.

'이놈이 미쳤나?' 하는 눈빛이었다.

충걸은 그래도 굴하지 않았다.

설사 눈알이 빠지면 빠졌지, 양숙의 두목(?)에게 먼저 눈을 깜빡일 순 없는 것이다.

그래서 다시금 한껏 용을 쓰는 찰나,

"살다 보니 이런 날도 보는군. 천하의 국홍이가 문안 인사를 거르다니. 껄껄!"

때마침 호탕한 웃음으로 살벌한 눈싸움을 가로막은 인물이 있었다.

충길은 힐끔 곁눈질로 보았다.

같은 피를 나눈 형제임에도 예정문과는 인상이나 풍기는 분위기가 완전 딴판인 인물. 부리부리한 눈매에서 뿜어져 나오는 안광이 패도적인 기운을 여지없이 드러내는 장년인은 다름 아닌 예중악이었다.

'듣던 대로 별종이군.'

충길은 좀팽이 같지 않은 예중악에게서 동질감을 느꼈다.

그렇다고 인상이 맘에 들었다는 소리는 아니다. 오히려 호탕한 웃음에 담긴 미묘한 비웃음이 성질에 거슬렸다.

'그러니까 이 양반이 좀팽이의 숙부라 이거지?

충길은 치뜬 눈을 틀어 예중악의 면전에다 꽂았다.

"조카가 문안 인사를 걸렀다니까 어쩌 숙부님은 기분이 좋은 모양이십니다그려?"

"······!"

얼음물을 끼얹은 듯 싸해진 분위기.

예중악은 적지 않게 놀란 듯 눈을 치뜨고 있었다.

그런 그에게 보란 듯 충길이 히죽 웃어 보일 때 냉랭한 음성이 귓전을 두드렸다.

"너답지 않게 그게 무슨 말버릇이냐."

넌지시 눈을 돌리자니 예상대로 예정문의 눈꼬리가 치켜 올라가 있었다.

'저놈의 눈빛.'

밥맛 달아나는 소리가 들려왔다.

"어서 숙부께 사과드리도록 해라."

특유의 폐부를 꿰뚫는 눈빛이 이어 날아들고.

충걸은 갑자기 뒷골이 지끈 쑤시기 시작했다.

'그러니까, 이런 망할 놈의 갑갑한 집안에서 좀팽이 행세를 하라 이거야?

그것도 무려 백팔십 일 동안을?

창밖의 하늘이 노랗게 변해가고 있었다.

충걸은 '꿍!' 소리와 함께 닭다리 하나를 들고 입에다 쑤셔 넣었다. 그리곤 사기꾼 도사 사제 대신 으적으적 씹어댔다. 황당함과 놀람으로 굳어진 예정문과 예중악의 얼굴은 본체만 체하고.

"······!"

정수리가 따가워졌다.

이어 은은히 노기 어린 음성이 바늘처럼 정수리를 쑤셔왔다.

"국홍아."

단지 이름 석 자를 불렀을 뿐인데 그 위력은 화탄급이다.

충걸은 꿋꿋하게 닭다리를 씹어댔다.

그러면서 넉살좋게 씩 웃으며 덧붙였다.

"소자가 배가 고파 눈이 튀어나올 지경이라서 말임다. 먹고 얘기하자구요."

"……"

장내가 고요해졌다.

얼어붙은 살얼음판 위에 닭다리 씹는 소리만 씩씩하게 울려 퍼졌다.

"오늘따라 정말 너답지 않구나."

침묵을 깬 건 예정문이었다.

은은히 노기를 억누른 그의 음성이 이어졌다.

"평소에 없던 언행에다 심기도 편치 않아 보이고……. 무슨 걱정거리라도 있는 것이더냐?"

충걸은 으적으적 닭다리를 씹으면서 인상을 썼다.

'걱정거리? 있지. 아마 내가 말하면 당신들도 깜짝 놀라 뒤집어질 만한 걱정거리가 있지.'

말이 나온 김에 확 까발려 버릴까 싶었다.

그때 눈앞에 벙어리 신녀의 환청이 울려 퍼졌다.

"명심하세요. 금제를 깨면 영원히 본래의 몸으로 돌아갈 수 없다는 사실을."

'제길, 망할 놈의……!'

충걸은 갑자기 식욕이 싹 달아났다.

안 그래도 적응 안 되는 갑갑한 분위기에 소화도 안 되는 판이었는데.

탕!

충걸이 들고 있던 닭다리를 내려놓는 순간이었다.

"껄껄!"

때맞춰 튀어나온 호탕한 웃음소리가 있었다.

"난 오히려 보기 좋구려, 형님. 늘 반듯한 모습만 보다가 다소 흐트러진 국홍이의 모습을 보니 오히려 정겹고 보기가 좋단 말이지요. 껄껄!"

충걸은 사람 좋게 웃고 있는 예중악의 부리부리한 눈매를 보았다. 호인인지 능구렁이인지 좀처럼 감 잡기가 힘든 인물.

"흐흐, 숙부님이 소질의 맘을 알아주시는군요."

능글맞은 대꾸에 예중악의 표정이 떨떠름하게 변했다.

충걸은 고개를 돌렸다.

노기가 역력한 예정문의 대쪽 같은 눈초리와 곧바로 충돌했다. 마치 거미줄처럼 전신을 옥죄는 그 눈빛을 충걸은 천연덕스럽게 맞받았다.

"저같이 완벽한 아들한테 걱정거리가 뭐 있겠습니까? 신경 쓰지 마시고 편안하게 식사나 하십쇼."

예정문이 뭐라 할 틈도 없이 충걸은 손을 털고 일어났다.

채우다 만 허기 대신 술이 당겼다. 지금 필요한 건 이놈의 갑갑한 자리를 벗어나 화끈한 화주로 위장을 채우는 것이다.

"국홍아."

예의 화탄급 위력의 음성이 다시 날아왔다.

"아, 소사가 좀 바쁜지라……."

예정문에게 넙죽 허리를 접어 보인 충걸은 능글맞은 웃음을 남기고 돌아섰다. 돌아서면서 스친 예중악의 떨떠름한 얼굴이 볼만했다.

어슬렁어슬렁 대청을 벗어나는 동안 싸늘한 한기가 꽁무니로 따라붙었다. 건물 밖으로 나선 뒤에야 충걸은 자유의 몸이 되었다.

"이제 좀 살겠네."

충걸은 어깨를 늘어뜨렸다.

눈알은 벌겋게 충혈되었고 온몸이 뻐근했다.

예정문과 눈싸움을 벌이느라 용을 쓴 후유증이었다.

"검제라……."

이형환영대법에 따르자면 꼼짝없이 팔자에 없는 검제의 아들 노릇을 해야 한다는 소리다. 꼬박 반년 동안을.

"환장할 노릇이구만."

충걸은 똥 씹은 얼굴로 이를 갈았다.

다시 머리가 지끈거리기 시작했다.

살면서 이런 황당한 경우도 처음이고, 어떤 일을 맞아 심각하게 고민을 해본 적도 없으니 더 골치가 쑤신다.

평소처럼 성질대로 뒤집어 엎어버릴 상황도 아니라 더 열이 받고.

"아이고 두야! 씨앙!"

충걸은 머리를 싸쥐었다.

이형환영이고 뭐고, 일단 화주로 기를 보충하는 게 급선무다. 그러면서 환장할 놈의 이 상황에 대해 돌아가지 않는 머리를 굴려봐야 했다.

충걸은 터덜터덜 걸음을 옮겼다.

그러다 몇 걸음 가다 말고 우뚝 멈춰 서서 인상을 찡그렸다.

"갑자기 꼰대가 보고 싶네. 쩝!"

충걸은 입맛을 다시며 하늘을 보았다.

장팔봉이 보고 싶어진 것도 머리털 나고 처음이었다.

第二章
강남침범

龍虎相搏
용호상박

신비지림 백림이 훤히 한눈에 내려다보이는 깎아지른 절
애 위.

"흐음! 역시 이놈의 동네는 변함이 없네."

청미는 허리에 손을 척 얹고 서서 콧날을 찡긋했다.

"하긴 뭐, 천하의 백림이 어디 가겠어?"

코웃음을 치는 청미의 얼굴엔 반가움과 감회 어린 설렘이
교차하고 있었다.

보타문을 떠나 항주로 향하던 길에 여객선으로 둔갑한 해
적선을 뒤집어엎고, 내친김에 항주의 해적 소굴을 박살 낸 지
정확히 보름 만이었다.

"우리 예씨 샌님은 보나마나 더 고리타분해졌겠지? 훗!"

청미는 누군가를 떠올리며 장난기 어린 눈을 빛냈다.

집을 떠나 있는 동안 가장 보고 싶었던 사람은 역시 하나밖에 없는 오라버니였다. 대화 소통이 힘든 아버지와는 달리 그나마 말이 통하는 유일한 핏줄이었기 때문이다.

자신을 보고 반가워할 국홍의 모습이 눈에 선했다.

"어떻게 놀라게 해줄까?"

빈틈이라곤 찾아볼 수 없는, 반듯함의 대명사인 국홍이 화들짝 놀라는 모습은 상상만 해도 즐거웠다.

청미는 눈앞에 그림을 그린 뒤 방긋 미소 지었다.

다음 순간,

파앗!

한 가닥 날렵한 경풍과 함께 그녀의 신형이 새처럼 절벽을 떠났다.

그림처럼 아름다운 풍경과 달리 무시무시한 절진이 펼쳐진 철통같은 외곽 경계망을 거침없이 뚫고 들어간 건 좋았다. 소림주의 거처까지 도둑고양이처럼 은밀히 진입한 것까지도.

그런데 거기서 시아에게 걸린 것이 문제였다.

안 보던 이 년 동안 시아의 목청이 그렇게 커진 줄도 물론 전혀 알지 못했고.

"아가씨—!"

"아이고, 깜짝이야!"

까치걸음으로 살금살금 국홍의 방에 접근하던 참이다.

느닷없이 뒤통수로 날아든 앳된 외침에 청미는 간이 철렁했다.

"뭐야?"

아미를 치뜨고 휙 돌아보자니 동그랗게 눈이 커진 귀염상의 시비가 서 있었다. 안 본 사이에 이젠 어엿한 처자가 다 된 시아였다.

"청미 아가씨… 맞죠?"

빠르게 눈을 깜빡이던 시아의 얼굴에 환한 웃음이 번져 가더니 이내 쪼르르 달려와 손을 잡고 흔들어댔다.

"정말 아가씨 맞네! 이게 몇 년 만이에요, 아가씨?"

팔딱팔딱 뛰는 시아에게 멍하니 손을 내맡기고 있던 청미는 급히 시아의 입을 틀어막았다.

"조용히 해! 오빠 놀래켜 줄 거란 말이야."

입을 막힌 시아가 몇 차례 눈을 깜빡이더니 빠르게 고개를 저었다. 청미가 입을 막았던 손을 치우자 그녀는 입술을 삐죽 내밀며 쫑알거렸다.

"공자님 지금 처소에 안 계시는 걸요 뭐."

"움? 없어? 어디 갔는데?"

청미는 허탈한 표정으로 되물었다.

"말씀도 안 하시고 나가셨는데 전들 어떻게 알겠어요?"

시아는 잠시 망설이다가 뾰로통하게 덧붙였다.

"요즘 공자님이 좀 이상해지셨어요."

"이상해져? 뭐가?"

청미는 어리둥절한 표정을 지었다.

"그게……."

기다렸다는 듯이 대답을 하려던 시아가 갑자기 입을 다물더니 황급히 고개를 조아렸다.

"림주님 나오셨사옵니까."

청미는 움찔했다.

공손히 접힌 시아의 허리를 바라보며 어깨를 으쓱한 뒤 그녀는 천천히 돌아섰다. 단번에 숨이 탁 막히는 근엄한 공기가 서너 장 밖에서 엄습해 왔다.

"훗, 오랜만이에요, 아버지!"

청미는 생긋 웃으며 어색한 상봉을 맞았다.

예정문이 가볍게 눈살을 찌푸리며 입을 열었다.

"여전하구나. 왔으면 아비한테 먼저 인사할 생각은 않고."

"헤헤, 오는 길에 그냥 이쪽에 먼저 들른 거예요."

청미는 웃음으로 눙치며 화끈거리는 얼굴을 숨겼다.

그러자 말없이 응시하던 예정문이 한마디를 남기고 신형을 돌렸다.

"따라오너라."

"……!"

청미는 볼에 잔뜩 바람을 집어넣었다.

그런 그녀의 곁에서 시아가 걱정스런 표정으로 등을 떠밀었다.

청미는 푸시시 부풀렸던 바람을 한숨으로 뽑어내면서 콧날을 찡그렸다.

"에이, 이게 아닌데."

자리에 앉자마자 시작될 거로 예상했던 설교는 잠시 침묵의 사이를 두고 시작되었다.

덕분에 청미는 예정문의 심기가 그다지 편치 않다는 것을 감 잡을 수 있었고, 그로 인해 이어지는 예정문의 질문에 잔뜩 긴장한 채로 답할 수밖에 없었다.

하지만 항주에서의 얘기가 화제가 되었을 땐 넌지시 항변의 목소리를 높였다.

"항주에서 사고를 쳤다더구나."

"에? 사고라뇨? 해적 소굴을 뒤집어엎은 거란 말이에요. 구출시킨 아녀자만 해도 몇 명인데!"

저도 모르게 흥분했던 청미는 예정문의 무표정한 얼굴을 보고선 슬며시 입이 들어갔다.

확실히 오늘은 자신이 기를 펴기엔 적당치 않은 날이었다.

이 년 만에 돌아온 집인데다 어째 집안 분위기도 평소 같지 않은 탓이다.

청미는 맥 빠진 목소리로 사건의 앞뒤 정황을 설명했다.

여객선으로 둔갑한 해적선부터 시작해 항주의 인신매매 소굴을 단신으로 휘저은 것까지. 물론 자신에게 두들겨 맞은 해적들 전원이 반신불수 신세가 되었다는 사실만 쏙 빼놓고.

얘기가 이어지는 동안 예정문의 표정은 한층 준엄하게 변해갔다.

"불문 성지에서 이 년 동안 가르침을 받은 것도 무용지물이로구나. 무력의 과시는 소인배들이나 하는 것임을 그렇게 일렀거늘."

청미는 딴청을 피우면서 넌지시 반론을 내밀었다.

"힘을 써야 할 때 쓰는 것도 협객의 도리잖아요."

"영웅심에 취해 과한 힘을 쓰는 것은 협객의 도리라 할 수 없다."

"……."

청미의 입이 슬며시 튀어나왔다.

지그시 눈을 감은 예정문을 몰래 흘겨보며 그녀는 퉁명스레 중얼거렸다.

"그럼 동해용왕에 관한 정보는 말할 필요도 없겠네."

비장의 무기는 과연 효과가 있었다.

"지금 동해용왕이라 했느냐?"

눈을 뜬 예정문의 안색이 눈에 띄게 변한 것이다.

청미는 옳거니 쾌재를 부르면서 딴청을 피웠다.

"그럼 제가 없는 말 지어내겠어요? 몇 대 맞지도 않고 그놈들이 자기 입으로 분 소린데, 해적들의 제일 윗대가리가 동해용왕이라고."

예정문이 눈살을 씨푸렸다.

이에 청미는 냉큼 말을 바꾸었다.

"윗대가리가 아니라 두목."

바꾸어도 거기서 거기다.

잠시 허공을 응시하던 예정문이 다시 눈을 감았다.

"동해용왕이라…… 풍문이 거짓이 아니었던 게로군."

청미는 어깨를 으쓱했다. 어쨌든 자신이 한 건 올린 것이다.

"언제 날 잡아서 용왕 잡으러 한번 떠야겠는걸요."

예정문의 눈 감은 미간이 꿈틀했다.

청미는 재빨리 입을 다물었다.

그렇게 한동안 침묵이 흘렀다. 갑갑증을 견디다 못한 청미는 넌지시 눈치를 보며 입을 오물거렸다.

"용호지쟁에서도 사고가 있었다면서요?"

이미 풍문을 통해 알고 있었지만 구체적인 정황을 듣고 싶던 차다. 하지만 역시나 예정문은 속 시원히 궁금증을 해결해 주지 않았다.

"이미 지난일이다."

청미는 입을 삐죽 내밀었다가 혀를 찼다.

"어쨌든 우리 오라방, 무지 서운했겠네. 아닌 척하면서도 이 연승을 내심 기대하고 있었을 텐데. 쯧쯧!"

그러면서 슬쩍 눈치를 살피니 예정문의 미간이 다시 꿈틀거렸다. 꿈틀거린 걸로 모자라 눈에 띄게 불편해진 기색이다.

청미는 자신이 무슨 말실수라도 했나 싶었다.

그런데 원인은 따로 있었던 모양이다.

"흐음."

나직한 침음과 함께 다시 눈을 뜬 예정문의 미간에 깊은 주름이 패어 있었다.

청미의 눈이 가늘어졌다.

예정문의 주름이 누구의 이름을 언급한 직후에 파인 것인지 감 잡은 것이다. 아까 시아가 했던 말을 떠올린 것도 도움이 됐다.

"왜요? 오라방한테 무슨 일 있어요?"

예정문은 속을 바짝 태우고 난 후에야 굳게 다물고 있던 입을 열었다.

"네 오라비가 요즘 좀 변했다."

"변해요? 뭐가요?"

청미는 귀를 쫑긋했다.

"근간에 들어… 눈에 띄게 언행이 달라졌더구나. 평소의 네 오라비답지 않게 말이다."

"언행이 달라져요? 구체적으로 어떻게요?"

청미는 호기심으로 초롱초롱 눈을 빛냈다.

그러나 예정문의 설명은 더 이상 이어지지 않았다. 차마 입에도 담기 싫다는 듯이.

'대체 뭐가 어떻게 변했다는 거야?'

시아도 그렇고 아버지의 말도 그렇고, 당최 답답할 노릇이다. 아무래도 속 시원한 해결책은 직접 두 눈으로 확인하는 방법뿐인 듯했다.

"근데 아까 시아 말로는 지금 나가고 없다던데……."

예정문의 대답을 유도한 말이었다.

보기 좋게 미끼에 고기가 걸려들었다.

"으음, 기별도 않고 나간 녀석이 어딜 갔는지 어찌 알겠느냐."

"엥? 말도 않고 나갔다구요?"

청미의 눈이 휘둥그레졌다.

천하에 반듯하기론 대적할 자 없는 절대무적 예국홍이 하늘과 같이 모시는 아버지에게 기별도 없이 무단 출타를?

이거야말로 귀를 의심하지 않을 수 없는 얘기였다.

'뭐야? 뒤늦게 질풍노도의 시기가 찾아온 건가?'

청미는 잔뜩 아미를 찡그리고 분석에 돌입했다. 하지만 제꺽 나올 답이 아니었다. 문제의 장본인을 직접 확인하지 않고선 답 없는 추측과 의혹만 쌓일 따름.

'음, 일단 주거지부터 훑어봐야겠군.'

모름지기 변신의 시작은 비밀이다. 그리고 비밀은 자신의 가장 은밀한 곳에서부터 시작되는 법.

청미는 발딱 자리에서 일어섰다.

"어딜 가려고?"

곧장 따라붙는 따가운 시선.

"헤헤, 피곤해서… 가서 좀 쉬려구요."

배시시 웃으며 꾸벅 절을 한 청미는 사뿐사뿐 방을 나섰다. 그리곤 방문을 닫기 무섭게 쌩하니 몸을 날렸다.

목표는 물론 국홍의 처소였다.

방문을 열자마자 청미는 저도 모르게 움찔 멈춰 섰다.

"움?"

방 안의 풍경 탓이 아니었다.

초절정의 무공을 지닌 고수의 기감에 뭔가가 걸려들어서도 아니었다.

어딘가 모르게 다른 분위기를 조장하는, 지난날 고리타분한 국홍의 방에서는 느낄 수가 없던 냄새. 후각을 은근히 자극하는 생경한 냄새가 발을 멈춰 세운 원인이었다.

그것은 다름 아닌, 여인의 방심을 자극하는 '야성적인' 사내의 체취였다.

"흠흠! 이 물씬한 사내 냄새!"

청미는 오뚝한 콧날을 찡그리고서 킁킁거리며 방 안을 돌아다녔다.

"훗, 놀랍군. 만고서생의 방에 이런 야성적인 체취가 가득하다니."

청미는 팔짱을 낀 채 방 한가운데 섰다.

저도 모를 기분에 가슴이 두근거리고 있었다.

"이런, 이런. 체취 하나로 이 순결한 예청미의 방심이 흔들리다니! 근친상간이라도 하겠다는 거야, 뭐야?"

자신이 말을 해놓고서 풀썩 웃었다.

청미는 예국홍의 방을 샅샅이 뒤졌다. 뭔가 단서가 없을까 싶었지만 시아의 손에 의해 깔끔히 정돈된 방 안에서 특별히 그럴싸하게 걸려드는 건 없었다.

그놈의 야성적인 체취가 끊임없이 따라붙으며 꼬리를 흔들어댈 따름이었다.

"에이! 궁금해 죽겠네."

청미는 털썩 자리에 주저앉아 툴툴거렸다.

밥은 굶어도 궁금한 건 절대 못 참는 성격에 발동이 걸렸다. 갈수록 부풀어 오르는 호기심과 궁금증은 이미 폭발 지경에 이른 상태.

"대체 어딜 간 거냐고!"

열받은 고함에 방 안이 쩌렁 뒤흔들렸다.

　　　　　*　　　　*　　　　*

　안 그래도 잔뜩 긴장하고 있던 찰나였다.

　누군가 버럭 고함을 치는 듯한 환청에 화들짝 놀라 고리눈을 뜨고 사방을 휘둘러보았다.

　"젠장, 사기꾼 도사 사제한테 걸려 놀아나니 이젠 헛귀까지 먹었나?"

　충걸은 떫은 입맛을 다셨다.

　장강을 건너기 직전의 한창 중요한 순간이었다.

　정신은 장충걸이되, 겉가죽은 예국홍인 자신이다.

　며칠 전까지 자신의 땅이었던 장강 이남이 지금은 남의 땅, 아니, 앙숙의 영역이 되었다는 소리.

　"저놈의 강을 건너면 난 죽일 놈이 된다는 소리다, 이거지? 미치고 환장하겠군."

　인내심의 한계는 사흘 만에 찾아왔다.

　예국홍으로 둔갑하여 사흘을 뒹굴다 보니 갑갑증은 극한에 다다랐다. 자신으로 변신한 예국홍이란 인간은 이 황당한 상황을 대체 어떻게 맞고 있는지도 궁금해 미칠 노릇이었다.

　결국 에라, 모르겠다 싶어 백림을 박차고 나선 것이 이틀 전.

　잠도 안 자고 질풍처럼 내달려 이틀 만에 무창으로 날아왔다. 그리고는 강 건너 선착장을 코앞에 두고서 잔뜩 눈을 부라렸다.

"크홍!"

기세 좋게 콧방귀를 뀐 충걸은 힐끔 자신의 행색을 내려다 보았다. 조금 전부터 선착장 주변의 이목을 한 몸에 받고 있는, 품위있고 멋스러운 와룡성검 예국홍이 어김없이 서 있었다.

그린 행색으로 미루어보아 강을 건너면 어떤 일이 벌어질지는 불을 보듯 뻔한 상황.

'으흐흐.'

충걸은 우거지상을 하고 웃었다.

마침 적당한 화풀이거리가 걸려들었다. 얼굴로 날아와 따갑게 달라붙는 선착장 주변의 눈길들이 바로 그것.

"아, 그만 좀 쳐다봐! 얼굴에 똥 묻었냐!"

쩌렁한 고함에 선착장이 우르르 뒤흔들렸다.

기겁한 중인들이 엉덩방아를 찧고는 사방으로 달아났다.

"어이쿠! 예 공자께서 단단히 심기가 불편하신가 보다!"

달아나는 중인들의 발언은 충걸의 얼굴을 더욱 구겨지게 만들었다.

"끙!"

충걸은 앓는 소리와 함께 선착장에 대기 중인 나룻배로 펄쩍 뛰어올랐다. 겁에 질려 있던 사공이 고리눈을 뜬 충걸을 보고선 허겁지겁 노를 젓기 시작했다.

좌악! 좌악!

승객이라곤 오직 한 사람뿐인 나룻배가 부리나케 장강을 건너기 시작했다.

어느 틈에 선착장에 다시 슬금슬금 모여든 중인들이 그 광경을 쳐다보며 걱정스럽게 중얼거렸다.

"아니, 어쩌려고 혼자 강을 건너시는 게여?"

"그러게 말이야. 저러다 일 나겠구먼."

강북은 백림, 강남은 흑천.

단순한 흑백논리에 익숙한 사람들로선 혈혈단신으로 흑천의 소굴로 들어가는 '백의공자' 예국홍이 걱정스러울 따름이었다.

물론 뱃머리에 버티고 선 오직 한 사람의 승객은 그 마음을 알 리 없었지만.

"내가 미친다, 미쳐."

충걸은 아득한 강 건너편을 잡아먹을 듯 쏘아보며 중얼거렸다. 그러나 진짜로 미치고 환장할 일은 아직 시작도 하지 않은 상태였다.

가장 먼저 눈앞에 등장한 건 동호파(東湖派)였다.

흑천에 몸을 담고 있던 노당(魯當)이 장팔봉에게 몇 대 맞고 독립해 강남 최북단인 동호 인근에 터를 잡은 것이 수년 전.

완충 지역인 무창에서 장강을 건너 흑천의 영역으로 들어서면 가장 먼저 맞닥뜨리는 무리로서 나름 중요한 역할을 맡고 있는 흑천의 직계 방파였다.

충걸은 직접 수하들을 이끌고 등장한 노당을 본 순간 직감했다. 자신이 장강 이남에 뜨기 무섭게 이미 비상경계령이 발동되었음을.

"크홍! 그래도 놀고먹지만은 않는 모양이네."

철통 같은 경계 대세에 대한 감단도 잠시뿐.

코앞에 펼쳐진 상황은 웃고 즐길 분위기가 아니었다.

"하! 놀랄 노자로군. 보고를 받았을 땐 긴가민가했는데 정말로 와룡성검께서 홀로 나타나셨구먼?"

삼십대 중반의 나이에 비해 십 년은 더 늙어 보이는 외모 덕분에 '노땅'이라고 불리는 노당은 잔뜩 눈을 부라리고 있었다. 꼬나 쥔 시퍼런 언월도엔 당장 발출이 가능하도록 공력이 실린 채였다.

충걸은 일순 할 말을 잃고 멀거니 노당과 그의 수하들을 쳐다보았다. 그 모습을 지지 않고 노려보던 노당이 으름장을 놓듯 말했다.

"과연 배짱 하나는 이름값을 하시는군. 무슨 똥배짱으로 겁도 없이 혼자 떡하니 흑천의 영역을 침범했는지는 모르겠지만, 여기까진 이 노 모가 눈감아줄 테니 조용히 오던 길로 되돌아가시오."

쿵!

노당이 서슬 퍼렇게 언월도로 땅을 찍었다.

더 이상 말을 않겠다는 뜻을 대변하는 경고였다.

물론 한 입으로 두말을 않는 노당의 성질을 어릴 때부터 봐 온 충걸이 모를 리 만무.

"하, 나 이거 참, 환장하겠네."

갑갑증이 도지는 소리가 천둥처럼 일었다.

이러지도 저러지도 못하는 판이라 충걸은 쿵쿵 가슴만 쳐 댔다. 그런 모습을 지켜보는 노당은 노당대로 쌍심지가 하늘 로 솟구쳤다.

"뭐라? 환장하겠네?"

노당이 험악한 표정으로 충걸의 말을 곱씹자 뒤쪽에 늘어 선 수하들 역시 인상이 험악해졌다.

"흐흐… 이 노당이 우스워서 환장하겠단 소린가?"

노당이 으스스한 웃음을 베어 물었다. 그것을 신호로 늘어 섰던 수하들이 서서히 움직여 사방을 에워싸기 시작했다.

충걸은 참다못해 버럭 고함을 내질렀다.

"이것들아! 맞아 죽기 싫으면 얌전히 입 다물고 비키란 말 이다!"

"……!"

충걸의 고함은 타오르기 시작한 불길에 기름을 끼얹는 역 할을 대신했다.

열받아 얼굴이 시뻘겋게 달아오른 노당이 질세라 입에서 침을 튀겼다.

"뭐, 얌전히 입 다물고 비켜? 이런 겁대가리 상실한 놈을 봤나? 여기가 어딘 줄 알고 감히 망발이냐! 네가 와룡성검이라고 우리가 무서워할 줄 아느냐! 애들아, 동호파의 용력을 보여주어라!"

"와아아!"

살기등등하게 성황을 주시하던 동호파의 방도들이 일제히 쇄도해 왔다.

천하의 와룡성검을 상대로 전혀 눌리지 않는 당찬 기세는 과연 박수를 쳐줄 만했다. 물론 그 상대 노릇을 해야 할 충걸은 속이 더 터질 따름이었지만.

"끄으응!"

앓는 소리를 삼킨 장충걸은 일단 일 보 후퇴를 선택했다.

훌쩍 몸을 날려 뒤로 물러서자 순식간에 목표물을 놓쳤던 동호파 방도들이 다시 우르르 몰려들었다.

"와룡이 도망간다! 잡아라!"

"우와아!"

용기백배하여 몰려드는 동호파의 방도들.

충걸의 눈엔 겁도 없이 달려드는 파리 떼로 보일 따름이었다. 하지만 천하에 둘도 없는 앙숙을 상대로 한 파리들의 칼날은 인정사정이 없었다.

이리저리 피해 다니던 충걸은 결국 인내심의 한계에 다다랐다.

"귀찮게 하지 말고 좀 비키란 말이다, 이 똥파리들아!"

뚜껑 열린 호랑이를 똥파리들이 막을 순 없는 노릇이다.

우지끈! 쿵딱!

"어이쿠!"

성난 들소처럼 질주하는 충걸의 손짓에 동호파 방도들이 사방으로 활개를 치며 나가떨어졌다.

찰나지간에 남은 건 노당뿐이었다.

"이, 이놈! 와룡 이놈!"

역시 노당은 우두머리였다.

스무 명이 넘는 수하들을 파리 쫓듯 날려 버리고 돌진해 오는 충걸을 보고도 그는 피하지 않고 용감히 언월도를 휘둘렀다. 아니, 휘두르려고 했다.

"좀 비키라고, 좀!"

떠엉—

"쿠엑!"

미처 언월도를 휘두르기도 전에 노당은 마빡에 강력한 충격을 받고 나동그라졌다.

"아이고, 내 머리……."

노당이 머리통을 싸쥐고 어기적거리며 일어났다.

간신히 몸을 일으키긴 했지만 여전히 눈앞이 오락가락했다.

한참이 지나서야 초점이 돌아온 눈을 치뜨고 이리저리 둘러보자니 침입자는 꽁무니도 보이지 않았다. 뭘 어떻게 해볼 여지도 없이 첫 번째 방어선이 보기 좋게 뻥 뚫리고 만 것이다.

　멀거니 서서 눈만 끔뻑이던 노당은 어기적거리며 모여드는 수하들의 쥐어터진 몰골을 보고서야 퍼뜩 정신이 들었다.

　"급전! 급전! 어서 흑천성에 급전을 날려라!"

　충걸이 부리나케 꼬리를 감춘 평원에 노당의 숨 가쁜 호통이 메아리쳤다.

*　　　*　　　*

　강남의 패자 대흑천성에는 근래 들어 믿기 힘든 소문 하나가 나돌고 있었다.

　—소천주가 탈태환골했다!
　—호왕폭도가 '호왕예의공자'로 변신했다!

　소문을 처음 접한 사람들의 반응은 하나같이 똑같았다.

　"푸하하! 천하의 소천주께서 예의공자? 차라리 똥개가 알을 낳았다, 그래라!"

　"낄낄낄!"

　당연한 반응이었다.

　난폭하고 무식하기로 천하에 둘째가라면 서러울 호왕폭도와 '예의'라는 단어는 죽었다 깨어나도 함께 상상할 수 없는 조합이었으니.

하지만 믿을 수 없게도 소문은 하루가 지나고 이틀이 지나면서 점차 사실로 굳어져 갔다. 호왕폭도의 변신한 모습을 직접 두 눈으로 목격한 이들이 하나같이 입에서 침을 튀긴 덕분이었다.

"진짜야, 진짜! 내가 이 두 눈으로 똑똑히 봤다고! 소천주가 옛날의 소천주가 아니야! 완전히 딴사람이 됐다니까!"

목격자들에 의해 밝혀진 환골탈태한 장충걸의 모습은 상상을 불허하는 것들이었다.

동이 트기도 전에 기상하여 후원을 산책하는 건 기본이고, 수하들과 거나한 술판을 벌이고 놀아야 할 시간에 사서오경을 탐독하는가 하면, 상징과도 같았던 외모—제멋대로 헝클어진 머리와 거뭇거뭇한 수염 자국—는 마치 딴사람처럼 단정하고 깔끔하게 뒤바뀌었다는 것이다.

그런 와중에 정작 화제의 주인공인 장충걸, 아니, 장충걸로 화한 예국홍은 별반 반응을 보이지 않았다.

평소 해오던 일상을 되풀이할 뿐인 자신에게 쏟아지는 주변의 이목이 부담스럽긴 했지만 가급적 의식하지 않으려고 애썼다.

'아란 소저는… 이것이 강호의 미래를 위한 안배라고 하였다. 천기자께서 직접 천기를 내다보고 마련하신 것이라 했으니 분명 중요한 의미가 있을 것이다. 그렇다면 그에 선택된

자로서 대법을 따르는 것이 내가 해야 할 일인지도 모를 터.'

기왕 이렇게 된 것, 아란이 언급한 금제를 지키면서 주어진 상황에 충실히 임하기로 결심을 굳힌 바였다.

물론 선택의 여지 자체도 없었지만.

결심과 함께 이형환영대법을 처음 맞닥뜨렸을 때의 충격과 혼란은 어느 성노 성리가 뇌었다.

침착과 냉정의 대명사인 와룡성검 예국홍이기에 가능한 일이었다. 빌려 입은 장충걸의 몸뚱이와 외모는 여전히 어색할 따름이었지만.

어색한 것은 또 있었다.

다른 것들은 자신이 평소 하던 대로 하면 되었지만 딱 하나 하기 힘든 것이 있었는데, 바로 아침에 일어나 가장 먼저 하는 일과인 아침 문안이 그것이다.

자신의 친아버지인 예정문을 따로 두고 장팔봉을 아버지라 부르며 문안 인사를 하려니 영 발이 떨어지지 않는 것이다.

"오늘이 칠 일째인가?"

이형환영대법의 충격을 맞은 지 정확히 칠 일째 아침.

그동안 단 한 번도 장팔봉에게 아침 문안을 하지 않았다는 사실을 국홍은 새삼 곱씹었다. 문안은커녕 아직 얼굴도 대면한 적이 없었다.

재밌는 건, 그럼에도 불구하고 장팔봉에게서 가타부타 말이 없다는 사실이다.

하루만 문안 인사가 빠져도 말이 나오는 백림과 달리, 이 흑천이란 동네는 문안 인사라는 격식 자체가 없었고 아버지와 아들이 정해진 시간에 맞추어 식사를 같이하는 법도 없었다.

어쩌다 죽이 맞으면 같이할까, 그 외엔 각자 마음 내키는 대로였다.

그 모두가 흑천 고유의 자유분방한 생활 방식에서 비롯된 것이었는데 국홍에겐 적지 않은 문화적 충격이기도 했다.

"얼핏 보면 무질서하게만 비춰질 수도 있지만, 나름대로 장단점이 존재하는 것 같구나."

며칠 동안 흑천을 살피면서 얻은 결론이었다.

어쩌면 자유분방함이야말로 흑천이 지닌 강력한 힘의 근원인지도 모를 일이었다. 덕분에 껄끄러운 장팔봉과의 조우를 맘 편히 미뤄두는 혜택을 보기도 했고.

"어떻게 해나갈까 황당하기만 했는데… 어쩌면 의외의 흥미로움이 있을지도 모르겠구나."

국홍은 흑천 특유의 느긋한 활기가 느껴지는 아침 풍경을 창밖으로 내다보며 중얼거렸다.

그때였다.

똑똑!

가볍게 문을 두드리는 소리에 국홍은 돌아섰다.

"들어오너라."

잠시 후 조심스럽게 문이 열리더니 낯익은 시비가 빠끔히 얼굴을 들이밀었다.

"안녕히 주무셨어요, 공자님……?"

아마 이름이 춘희라고 했던가?

본래는 활달하고 명랑한 성격인 듯싶은 시비였는데, 지난 며칠 동안 왠지 모르게 자신을 대하는 것이 서먹하고 어색한 분위기가 역력했다.

국홍이 어찌 그 이유를 모르랴.

사람이 너무 갑작스럽게 변해도 주변 사람들에겐 부담스럽기 마련인 것이다.

국홍은 쓴웃음을 지으며 입을 열었다.

"춘희로구나. 오늘은 날씨가 참 맑구나."

말을 꺼내놓고 보니 쓴웃음이 짙어졌다. 평소 장충걸은 이런 투의 말을 전혀 쓰지 않는 것이 분명했다. 여지없이 동그랗게 뜬 춘희의 눈이 그 반증이다.

국홍은 어색함을 무마하기 위해 말을 바꾸었다.

"무슨 일이더냐?"

빤히 쳐다보던 춘희가 냉큼 시선을 피하며 대답했다.

"천주께서 기다리시고 계세요. 모처럼 아침 식사를 함께하시자고……."

국홍은 눈빛을 굳혔다.

'천주라면… 장팔봉?'

엿새가 지나도록 장팔봉을 직접 대면한 적이 없다.

오늘따라 뜬금없이 무슨 일일까?

예고 없는 부름에 국홍으로서도 긴장하지 않을 수 없었다.

가볍게 심호흡을 하여 평정심을 되찾은 뒤, 국홍은 조용히 입을 열었다.

"앞장서거라."

상다리가 부러지도록 차려진 아침상에는 큼지막한 화주병이 가장 먼저 눈에 띄었다. 국홍이 도착했을 때 장팔봉은 이미 화주를 가득 채운 대접을 막 비우고 있는 참이었다.

"커어, 좋구나! 역시 이 맛이야! 크핫핫!"

쿵!

빈 대접을 기세 좋게 내려놓으며 장팔봉은 양소를 터뜨렸다. 그러다 갑자기 웃음을 딱 멈추고 고리눈을 치떴다. 자리로 다가온 국홍과 눈이 마주친 직후였다.

"엉? 너, 뭐야, 임마?"

놀라서 하마터면 뒤로 넘어갈 뻔한 장팔봉이 버럭 고함을 내질렀다.

"이거 멀쩡한 놈이 왜 이렇게 됐어, 이거?"

어이가 없는 노릇이었다.

그도 그럴 것이, 자신의 아들이 환골탈태했다는 가당치도 않은 얘기를 어제야 전해 듣고서 놈이 또 무슨 장난질을 치나 확인도 해볼 겸 아침 핑계를 대고 부른 참이었다.

그런데 황당하게도 소문은 사실이었다.

반듯하게 빗어 넘겨 묶은 머리 하며, 거뭇거뭇하던 수염을 말끔하게 면도한 모습. 게다가 저놈의 어울리지 않는 단정하고 예의 바른 몸짓은 또 뭐란 말인가?

'이놈이 미쳤나?'

단순무식의 본좌 상쌍봉의 부릅뜬 고리눈을 가득 채운 의문이었다.

"아침부터 술을 드시면 건강에 해롭습니다."

가볍게 고개를 숙여 보인 뒤 자리에 앉으며 한다는 아들놈의 발언.

"뭐, 뭐가 어쩌고 저째?"

장팔봉은 엉덩이를 들썩거렸다.

자신이 이렇게 말을 더듬어본 게 대체 얼마 만인가?

"하, 나 이거야 원."

장팔봉은 맞은편에 앉은 국홍을 잡아먹을 듯이 노려보다가 픽 코웃음을 쳤다.

"홍! 어림없다, 이놈아. 내가 네놈의 장난질에 넘어갈 것 같으냐? 헛짓거리 그만 하고 술이나 처마셔."

그리고는 다짜고짜 국홍의 앞에 놓인 술대접에다 화주를 콸콸 들이부었다.

언제나처럼 익숙한 상황.

이쯤 되면 당연히 장충걸이란 놈은 혀를 차게 마련이다.

'에이, 이거 뭐, 속아줘야 재미가 있지!'

그러면서 힐끔 아비를 째려본 뒤 술대접을 한입에 들이부으면서 본색을 드러내리란 게 장팔봉이 예상한 그림이었다.

하지만 예상은 보기 좋게 깨졌다.

"말씀드렸듯이, 아침술은 건강에 좋지 않습니다."

그러면서 술대접을 슥 옆으로 밀어두는 아들의 모습.

장팔봉의 쌍심지가 슬그머니 하늘로 솟구쳤다.

"아니, 그런데 이 자식이 진짜 미쳤나? 그냥 하던 대로 해, 인마!"

"……."

국홍은 내심 쓴웃음을 삼켰다.

장팔봉의 어법에서 평소 흑천의 두 부자가 나누는 대화 방식과 분위기를 짐작할 수 있었다. 정형에 익숙한 자신으로선 불편하기도 했지만 나름 정감이 가기도 했다.

물론 그렇다고 자신도 그렇게 맞추고 싶은 마음은 별로 없었지만.

"보는 눈이 있습니다. 말씀을 가려서 하시는 것이 좋을 것 같습니다."

"뭐? 뭘 가려?"

장팔봉이 술대접을 들다 말고 다시 고리눈을 치떴다.

국홍은 모른 척 흐트러짐 없는 몸짓으로 식사를 시작했다.

겉으론 멀쩡해 보였지만 내심 그는 평정심을 유지하기 위해 애를 쓰고 있는 중이었다.

얼핏 보면 산적 두목처럼 보이는 장팔봉이지만 맞은편에 앉아 있는 것만으로도 경지를 추측할 수 없는 무지막지한 기세가 전신을 압박해 오고 있었다.

도왕이라 불리는 거인의 진면목이었다.

'……'

국홍은 장팔봉의 눈길—정수리에 구멍을 뚫어버릴 기세인—을 피하며 차분히 식사를 했다. 젓가락을 놀리는 것이 이렇게 만만찮을 수도 있다는 사실을 난생처음 실감하는 순간이었다.

반면, 장팔봉은 침착하게 식사에 몰두하는 자신의 아들놈을 뜨악한 눈으로 쳐다보고 있었다.

'이놈 봐라?'

황당하기 짝이 없는 노릇이다.

장난인 줄 알았는데 장난이 아니었다. 미끈하게 변신한 몰골도 몰골이지만 저 간지러운 말투는 뭐며, 그 좋아하던 화주엔 눈길도 주지 않는 정신 나간 행동은 또 뭐란 말인가?

'이놈이… 진짜로 미친 거 아냐?'

아무리 뜯어봐도 맞은편에 앉은 녀석은 분명 자신의 피를 받은 장충걸이란 녀석이 분명했다.

아니, 분명히 맞는데 아니었다.

천하의 호걸 장충걸이가 어떻게 저렇게 좀팽이스럽게 변

할 수 있단 말인가? 그것도 불과 며칠 사이에.

미치지 않고서야 있을 수 없는 일이란 것이 일차적인 결론이었다.

그렇게 장팔봉이 밥 먹는 것도 잊고 국홍을 뜯어보고 있을 무렵, 갑자기 바깥에서 말소리가 들려왔다.

"호법을 뵙습니다!"

"오냐. 주군께선 어디 계시느냐?"

"소주와 함께 식사 중이십니다."

"응? 소주도 같이 계신다고? 옳거니, 마침 잘됐구먼."

시위와 대화를 나눈 카랑카랑한 목소리의 주인공이 장팔봉과 국홍의 눈앞에 모습을 드러낸 것은 잠시 후였다.

"좌우쌍로, 주군을 뵙습니다."

등장하자마자 깍듯하게 장팔봉을 향해 예를 취한 인물은 한 명이 아니라 두 명이었다.

'……!'

예국홍은 등장한 두 사람을 보자마자 눈에 이채를 드러냈다. 좌우쌍로라 하면 그도 익히 알고 있는 흑천의 또 다른 괴물 고수들.

비쩍 마른 체구에 괴팍한 인상의 장년인이 필시 좌염일 것이고, 비대한 체구에 능글능글한 인상의 장년인이 우태백일 것이다.

외모상으론 전혀 어울리지 않는 이들이지만 수십 년 동안

한 몸으로 붙어 지내면서 일심동체가 된 괴물들이라고 알려
졌다.

"화주 한 사발로 시작하는 아침이라……. 멋집니다, 주군.
껄껄!"

예를 취할 때의 정중하던 모습은 간데없이 이내 허물없는
태도로 농담을 건네는 좌우쌍로의 모습에 국홍은 적지 않게
놀랐다.

그런 좌우쌍로를 대하는 장팔봉 역시 허물없긴 마찬가지
였다.

"이리 와서 한잔씩들 하라고."

"좋지요. 껄껄!"

넘치도록 화주를 따른 사발을 좌우쌍로에게 건네는 장팔
봉이나 받아 든 술 사발을 시원스럽게 들이켜는 좌우쌍로의
모습이나 적응하기 힘든 건 마찬가지.

백림이라면 상상조차 할 수 없는 광경이었다.

'으음.'

인사할 때를 빼곤 도무지 격식이라곤 찾아볼 수 없는 세 사
람을 응시하며 국홍은 혼란에 빠졌다. 자유분방과 무례의 차
이를 좀처럼 가늠하기 힘들었다.

"쌍로가 아침부터 무슨 바람이야?"

"예, 주군. 산책 나왔다가 급전 들고 튀어오는 녀석을 만났
더랬지요. 놈에게 들은 얘기가 재밌어 직접 전해 드리려고 왔

습니다."

그런가 하면 저렇게 예고 없이 진지한 분위기로 돌변하는 모습도 적응하기 어렵다.

어느 틈엔가 눈을 부릅뜬 좌우쌍로가 갑자기 국홍을 돌아보았다.

"소주께서 열 좀 받으실 소식이지요."

국홍은 눈빛을 굳혔다.

괴팍한 얼굴에 냉소를 머금은 좌염이 자신의 반응을 기대한다는 듯이 말을 잇고 있었다.

"백림의 소림주란 녀석이 강남으로 넘어왔다고 합니다, 소천주. 그것도 단신으로 말이지요."

"⋯⋯?"

국홍은 천천히 미간을 좁혔다.

좌염의 말을 순간적으로 이해하지 못한 탓이었다.

백림의 소림주는 여기 있는데 누가 자신 행세를 한단 말인가?

하지만 다음 순간,

"백림의 소림주⋯⋯!"

국홍은 나직이 부르짖으며 자리에서 일어섰다.

장충걸!

찰나지간 잊었던 것이다. 현재의 백림 소림주는 자신이 아닌 장충걸이란 사실을.

"그가, 백림을 떠나 이곳으로 오고 있단 말입니까?"

"그렇다는군요. 구강으로 들어섰다고 막 급전이 날아왔답니다. 껄껄!"

천하의 앙숙인 백림의 소림주가 흑천의 영역을 침범했다는 건 깜짝 놀랄 만한 소식이었다.

그럼에도 좌우쌍로는 태평이었다.

코웃음을 치는 장팔봉 역시 마찬가지.

"단신으로 강을 건너? 그놈의 작은 좀팽이가 미쳐도 단단히 미쳤구먼."

"그러게 말입니다. 하하!"

"껄껄껄!"

웃음에 동참하지 않은 건 국홍뿐이었다.

뒤늦게 그 사실을 알아차린 장팔봉과 좌우쌍로가 웃음을 뚝 그쳤다. 백림의 소림주 얘기라면 당연지사 누구보다 방방 뛰어야 할 인물이 입을 딱 닫고 있으니 이상할 수밖에.

스윽…….

조용히 자리에 도로 앉는 국홍의 모습은 더욱 황당했다. 살짝 굳었을 뿐 별다른 기색이 없는 표정까지도.

"인마, 너 뭐라고 반응을 보여야 하는 거 아냐?"

장팔봉이 어이가 없다는 표정을 지었고, 좌우쌍로는 서로를 마주 보며 입맛을 다셨다.

그 무렵 국홍은 평정심을 되찾아가는 중이었다.

장충걸이 장강을 넘었다면 이유는 보나마나다.

'그 성질에 갑갑하기도 했겠지.'

충분히 이해가 갈 만한 상황이었다.

그러나 그냥 웃고 넘길 상황도 아니다.

장충걸이 움직였다는 건, 아란이 경고한 대법의 금제가 깨어질 위험이 농후하단 소리가 아닌가?

'……!'

국홍의 안색이 어두워졌다.

장충걸의 심정을 이해는 하지만 금제를 깨뜨리는 것만은 막아야 했다.

"그가 구강까지 남하했다고 했습니까? 그러면 그를 지금 누가 막고 있습니까?"

국홍은 조용히 입을 열었다.

시선을 받은 좌우쌍로가 뜨악한 표정을 지었다. 그제야 국홍의 적응 안 되는 말투를 깨달은 탓이다.

"거시기… 구강이야 대웅방이 맡고 있으니 당연히 곽대웅이가 나갔을 것이고……."

우태백이 대답을 하다 말고 힐끔 좌염을 보았다.

좌염이 괴팍한 인상을 찡그린 채 말을 이었다.

"마침 훈련 차 파양호(鄱陽湖) 쪽에 나가 있던 화호대가 구강으로 이동했다고 합니다."

국홍의 눈에 찰나지간 섬광이 피었다가 사라졌다.

자신이 직접 나서야 할 상황인지 고민하던 중이었다.

그러나 결론은 지금 이 상태로 장충걸과 직접 맞닥뜨리는 건 피해야 한다는 것.

문제를 해결해 준 건 화호대란 이름이었다.

흑천의 무력 집단 중 가장 강하다는 화호대라면 장충걸을 막는 것이 가능하지 않을까?

'화호대의 막강한 무력이라면 그 역시 무력을 쓰지 않을 수 없을 것이고, 그렇다면……'

제아무리 난폭하고 무식한 장충걸이라지만 그도 엄연히 인간. 자신의 수하들을 상대로 피를 볼 순 없으리란 생각이었다.

국홍은 나직이 한숨을 내쉬며 쓴웃음을 지었다.

'선택의 여지가 없겠지.'

이러지도 저러지도 못해 방방 뛰는 충걸의 모습이 훤히 눈앞에 보이는 듯했다. 그에겐 미안한 일이지만, 일단은 그것이 최선의 답이었다.

결론을 내린 국홍은 자리에서 일어섰다.

"화호대가 나섰다면 걱정할 일은 없겠군요. 그럼 저 먼저 일어서겠습니다."

장팔봉을 향해 예를 취한 국홍은 좌우쌍로에게도 목례를 건넨 뒤 돌아섰다.

"……!"

장팔봉은 입을 딱 벌렸고, 좌우쌍로는 얼빠진 표정으로 변했다.

국홍이 사라지고도 한참이나 이어지던 침묵은 좌염의 황당함을 감추지 못한 혼잣말에 깨어졌다.

"허! 저분이 정녕 소천주이신가?"

"쩝……!"

우태백은 입맛만 다셨다.

두 사람의 눈길이 나란히 이동했다. 장팔봉의 똥 씹은 듯한 얼굴이 기다리고 있었다.

"저 자식이 미쳐도 아주 단단히 미쳤구먼."

"……."

좌우쌍로는 꿀 먹은 벙어리가 되었다. 멀뚱멀뚱 장팔봉의 눈치만 살피던 그들은 슬그머니 다시 고개를 돌려 국홍이 사라진 입구를 쳐다보았다.

[소문이 사실이었던 게로구먼.]

[그러게 말이야. 이거야 원, 두 눈으로 보고도 믿지 못하겠으니.]

몰래 전음을 주고받은 좌우쌍로는 약속이나 한 듯이 목을 뽑아 창밖을 올려다보았다.

혹시나 해가 서쪽에서 떴나 싶어서였다.

第三章
첫 만남, 그리고 뒷간

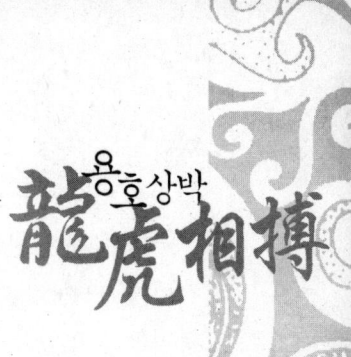

龍虎相搏
용호상박

　무창에서 구강까지 오는 이틀 동안 도합 세 개의 방어선을
뚫었다.

　말이 뚫었다는 것이지 길을 가로막는 녀석들을 뿌리치고
도망치듯 달려온 것이 실상이었다. 흑천의 영역을 지키겠다
고 용감무쌍히 나선 휘하 방파의 형제들을 차마 성질대로 줘
팰 수는 없었기 때문이다.

　무릇 충걸로선 인내심의 극한을 시험하고 있는 중이었다.

　"저건 또 뭐야?"

　한달음에 달려온 구강 남쪽, 멀리 거대한 파양호의 자취가
아련히 보이는 평원에서 충걸은 숨 돌릴 틈도 없이 눈을 부라

렸다.

평원 맞은편에 보란 듯이 진을 치고 있는 무리가 있었다.

부라린 눈에 잔뜩 안력을 돋우자니 인간인지 불곰인지 분간이 안 가는 장한 하나가 진 중앙에 떡하니 버티고 선 것을 확인할 수 있었다.

"저 인간은?"

충걸은 가물가물한 기억을 더듬었다.

간질거리던 기억이 냉큼 되살아났다. 언젠가 고루신마 때문에 도움을 청하러 흑천에 들렀던 불곰 한 마리가 떠오른 것이다.

"대웅방! 곽대웅!"

충걸은 버럭 소리를 질렀다.

공력이 실린 고함이 평원을 쩌렁 울렸고, 곧바로 저편에 버티고 섰던 곽대웅이 휘청했다. 그러다 재빨리 다시 중심을 잡고 서는 모습에 놀란 기색이 역력했다.

"하하! 그, 그깟 고함에 이 곽대웅이 기죽을 줄 아느냐!"

질세라 더듬거리며 고함을 치는 모습 또한 가관이다.

"오냐. 용감하다, 용감해."

충걸은 콧방귀를 뀐 뒤 성큼 걸음을 내찼다.

거침없이 평원을 가로지르는 그의 모습에 대웅방의 방어선이 술렁거렸다. 그때 곽대웅이 뭐라고 소리치자 앞줄에 있던 십여 명의 방도들이 일제히 튀어나왔다.

"이곳은 대웅방이 지킨다! 우와아—!"

"얼씨구."

충걸은 눈도 꿈쩍 않고 걸음을 빨리했다.

가속도가 붙은 그의 신형이 바람처럼 질주하는가 싶더니 순식간에 달려오는 방도들의 코앞으로 육박했다.

"비켜, 이것들아!"

일갈 한 번에 용감히 달려들던 방도들이 휘청거렸다.

때를 놓치지 않고 충걸은 발끝으로 지면을 찍었다.

파앗—

"어어?"

단 한 번의 도약으로 횡하니 머리 위를 넘어 날아가는 충걸을 방도들은 멀거니 올려다보았다. 닭 쫓던 개 신세가 된 그들을 대신해 불똥이 떨어진 건 곽대웅이 버티고 선 본진이었다.

"이, 이쪽으로 옵니다!"

기겁한 수하가 득달같이 소리칠 때 이미 곽대웅의 얼굴은 허옇게 떠 있었다.

"마, 막아라!"

"막긴 뭘 막아?"

말이 떨어지기가 무섭게 번쩍 눈이 뜨일 만큼 미끈한 얼굴이 코앞으로 불쑥 닥쳐왔다.

'헉! 어느 틈에!'

곽대웅은 가슴이 철렁했다.

그 와중에 번뜩 의문이 뇌리를 스쳤다.

와룡성검 예국홍이 본래 이렇게 입이 거친 인간이었던가?

의문을 풀 정신도 없이 그는 득달같이 수중의 도를 휘둘렀다. 그와 동시에 눈앞에서 별이 번쩍했다.

떠엉—

곽대웅의 거구가 큰대 자로 벌렁 나뒹굴었다.

"끄으으."

비틀거리며 머리통을 흔들고 일어서는 모습은 영락없이 술 취한 불곰이 따로 없다.

"술 먹고 재주 부리냐?"

충걸은 실소를 흘렸다.

대웅방의 방도들이 분기에 찬 얼굴로 앞으로 나섰다.

"이놈! 감히 우리 방주님을 모독하다니!"

충걸은 일순 말문이 막혔다.

그사이 눈두덩이 시퍼렇게 부어오른 곽대웅이 잔뜩 열받은 모습으로 수하들 사이를 헤치고 걸어나왔다.

"듣자 하니 백림의 소림주가 예와 법도에 있어선 으뜸이라 하더니, 역시 소문은 믿을 게 못 되는구나. 와룡성검이란 별호가 아까울 따름이다."

곽대웅의 치뜬 눈을 빤히 응시하던 충걸은 시선을 아래로 내렸다. 곽대웅의 털북숭이 손엔 부러진 칼이 힘껏 틀어쥐어져 있었다.

다시 시선을 틀어 철통같이 앞을 가로막고 선 대웅방 방도들을 천천히 쓸어보면서 충걸은 입맛을 다셨다.

"이건 뭐, 하나같이 겁대가리가 없으니."

장강을 넘은 이후 이곳까지 오는 동안 길을 막았던 놈들이 다 그랬다. 이놈의 대웅방도 역시나 마찬가지.

저 시퍼렇게 치뜬 눈을 보라.

저게 어디 겁먹은 놈들의 모습인가?

"에휴."

충걸은 한숨을 폭폭 내쉬었다.

일단은 작전을 바꿀 필요가 있었다.

"이봐, 불곰."

성질에 안 어울리는 말을 하려니 낯짝이 간질거렸지만 충걸은 기를 쓰고 배시시 웃었다.

"그래, 그래. 내가 말이야, 웅? 거, 뭐시냐, 인격적으로다가 모독한 건 미안하다구. 웅? 내가 사과할 테니까 여기서 서로 좋게 좋게 끝내자고. 여기서 더 투덕거려 봐야 네놈들만, 아니, 그쪽만 다친다니까. 그러니까 몸 성할 때 서로 웃으면서 째지자고. 웅?"

충걸의 사전에 말로 해결 보는 법은 없다.

하지만 지금은 상황이 달랐다.

한 식구나 다름없는 녀석들을, 그것도 앙숙에게서 영역을 지키겠다고 나선 녀석들을 사전에 나온 대로 박살 낼 수는 없는 노릇이었다.

'이 장충걸이도 알고 보면 마음이 대해와 같은 사나이란 말이지, 암!'

충걸은 자신의 너그러운 진심을 읽은 곽대웅이 얌전히 물러나리라 믿어 의심치 않았다. 녀석의 똘마니들도 물론.

하나 아쉽게도 그건 혼자만의 상상이었나 보다.

"본 대웅방은 여기서 뼈를 묻는 한이 있어도 뒤로 물러서진 않을 테다!"

즉각 되돌아온 살벌한 대꾸.

큼지막한 곽대웅의 콧구멍이 당당하게 벌렁거리고 있었다.

"뭐시라?"

충걸은 서서히 정수리가 달아오르기 시작했다.

"아니, 이것들이 귓구멍이 막혔나, 왜 사람 말귀를 못 알아처먹어!"

버럭 내지른 고함에도 요지부동이었다.

쫄기는커녕 도리어 기세가 흉흉해지는 곽대웅과 방도들의 모습을 보자니 기가 막힐 노릇이었다.

"끄으으응!"

포위망을 뚫을 때마다 등장하던 앓는 소리가 재현되었다.

선택의 여지가 없음을 알리는 신호.

충걸은 고리눈을 치뜨고 주먹을 틀어쥐었다.

"으이그, 이것들을 그냥!"

그러나 충걸은 다시 슬그머니 주먹을 풀었다.

공력을 운용하지 않아도 스치기만 해도 뼈마디가 나갈 주먹이다.

말귀 못 알아먹는 천둥벌거숭이들, 성질대로 하면 자근사근 뼈마디를 안마해 주고 싶지만 차마 그러진 못하겠고.

이것저것 빼고 나니 결국 남은 방법은 점혈법뿐이었다.

"도대체 내 팔자가 왜 이 모양이 됐냐고. 망할."

충걸은 바람 빠지는 소리로 중얼거렸다.

그러면서 터덜터덜 앞으로 걸어나갔다.

바짝 긴장하여 동태를 주시하고 있던 곽대웅이 눈을 부릅떴다.

"쳐라!"

"우와아아!"

용감무쌍한 함성.

충걸은 우거지상으로 고개를 내저은 뒤 달려드는 대웅방도들 속으로 파묻혔다. 그리고 바람이 되었다.

스스스슷!

"컥!"

"캑!"

사방에서 어지럽게 단말마가 터졌다.

영문도 모른 채 점혈되어 나동그라진 대웅방도들의 신음 소리였다.

뒤쪽에서 그 광경을 지켜보고 있던 곽대웅의 눈이 튀어나올 듯 커졌다.

'아니, 저 보법은?'

곽대웅은 급히 눈을 비벼댔다.

그리곤 다시 뜬 눈을 정신없이 끔뻑여 댔다.

자신의 안력으론 도저히 잡을 수 없는, 희끗한 잔영만 남긴 채 무시무시한 속도로 움직이는 저 보법!

'설마 흑천의 독문보법인 호왕영산보……?'

말 그대로 눈에 제대로 보이질 않으니 확신할 수가 없었다.

때마침 자신과 똑같은 생각을 한 사람이 등장한 건 그때였다.

"멈춰라ㅡ!"

득달같이 날아든 사납고 거친 노호성.

약속이나 한 듯 장내의 소란이 뚝 멎었다.

장내를 돌아보던 곽대웅은 황망한 표정을 지었다.

불과 숨 몇 번 들이켤 시간에 장내에 멀쩡히 서 있는 건 단 한 명, 백림의 소림주뿐이었다. 서른 명에 달하던 자신의 수하들은 모조리 뻣뻣한 통나무가 되어 땅바닥에 널브러져 있었고.

"흐으."

곽대웅은 수중의 부러진 도를 힘껏 틀어쥐었다.

순간, 그는 바로 좀 전에 들었던 사나운 노호성을 떠올렸다. 퍼뜩 뒤를 돌아보던 그가 불곰처럼 입을 떡 벌렸다.

"오오!"

콰두두두—

평원 저편에서 무서운 기세로 말을 몰아 질주해 오는 일단의 검은 무리. 선두에서 위풍당당하게 펄럭이고 있는 검은 바탕의 깃발, 시뻘건 '화(火)' 자가 두 눈으로 빨려 들어왔다.

"화호대!"

곽대웅은 덩실덩실 춤이라도 추고 싶었다.

비호대만 와도 춤을 출 마당에 흑천 최강의 무력인 화호대가 등장했으니 와룡성검이 열이라 한들 무서우랴.

더구나 화호대의 수장이 누구인가?

사나운 성질로만 따지면 장팔봉, 장충걸 부자에게도 밀리지 않는다는 독안의 미친 호랑이, 조춘이 아니던가.

"우하하!"

곽대웅의 쩍 벌어진 입에서 기세등등한 웃음이 터져 나온 반면, 맞은편 충걸의 얼굴은 똥 씹은 얼굴로 변해가는 중이었다.

"아니, 저것들이 왜 여길?"

어째 돌아가는 분위기가 심상치 않았다.

다른 인간도 아닌 조춘과 화호대라니?

자신이 장강을 건너자마자 저것들이 귀신같이 알고 달려왔단 소리인가?

그렇게 기가 막혀 있는 사이, 질풍처럼 달려온 화호대가 뿌연 먼지구름을 이끌고 장내에 당도했다.

끼히히히힝!

힘찬 말 울음소리와 함께 우람한 인영 하나가 먼지 속으로 솟구쳤다.

"감히 대흑천의 땅을 침범하다니!"

파라라락!

충걸은 거친 일갈의 주인공이 코앞에 내려서는 것을 빤히 쳐다보았다. 먼지 속에서 천천히 모습을 드러내는, 훤한 민머리의 우락부락한 면상도.

하나뿐인 눈알을 잡아먹을 듯 번뜩이는 조춘을 향해 충걸은 어이가 없다는 표정으로 물었다.

"조 대주, 네가 여긴 왜 왔냐?"

조춘의 독안이 꿈틀했다.

그 하나뿐인 눈으로 살기등등한 안광을 뿜어내면서 조용히 도파에 손을 얹었다. 그리고는 저승사자처럼 입술을 달싹였다.

"경고한다, 와룡성검. 당장 여기서 발길을 돌려라."

"……!"

충걸은 말문이 턱 막혔다.

저렇게 제대로 살벌한 조춘의 기세는 평소에 보지 못한 것
이었다. 그래서 더 열이 뻗쳤다.

감히 자신에게 눈을 부라리고 겁을 줘?

"안 돌리면 어쩔 건데?"

우두두둑!

서슬 퍼렇게 주먹 관절 꺾는 소리가 단박에 기세를 뒤집었
다.

하지만 독안화호는 역시 달랐다.

꿈쩍도 않고 충걸을 쏘아보던 조춘이 뱉듯이 말했다.

"천하의 와룡성검 말버릇이 삼류 하오배가 따로 없군."

'삼류… 하오배?'

충걸의 얼굴이 와작 구겨질 때 기다렸다는 듯 맞장구를 치
고 나선 인물이 있었다. 곽대웅이었다.

"내 말이 그 말이오, 조 대주! 예와 법도 하면 와룡성검이라
더니 그 말도 백림에서 만들어낸 헛소리인 것 같소."

"아니, 이것들이 진짜……!"

충걸은 버럭 고함을 치다 말고 멈칫했다.

말이야 맞는 말이었다. 예국홍이란 인간을 씹는데 자신이
열받을 필요는 없는 것이다.

"그러니까, 말이야 바른 말인데……."

그런데 이 지랄 같은 기분은 뭔가.

성질대로 말 한마디 제대로 못하는 신세가 팔딱 뛰고 엎어

질 노릇이다.

"저것 보시오. 제 입으로 맞다고 하질 않소? 흐흐."

조춘 쪽으로 다가붙은 곽대웅이 갑갑증에 불을 질렀다.

충걸은 도끼눈을 뜨고 그를 노려보았다.

"불곰 너, 한마디만 더 지껄이면, 죽는다."

무시무시한 눈빛에 곽대웅이 자라목이 되었다. 하지만 조
춘과 화호대의 존재를 재확인한 그는 다시금 어깨를 부풀렸
다.

"흥, 아직도 상황 판단을 못하고……."

씨이잉—

쿠앙!

일시에 터져 나온 바람 소리와 무지막지한 격타음.

놀란 조춘이 독안을 부릅떴을 땐 이미 충걸은 거짓말처럼
제자리로 돌아와 팔짱을 끼고 있었고 곽대웅은 입에 거품을
문 채 저만치 날아가고 있는 중이었다.

철퍼덕!

요란스레 널브러진 불곰 한 마리.

눈을 까뒤집은 채로 바르르 떨던 불곰은 이내 정신을 놓고
축 늘어졌다.

조춘의 얼굴이 불곰을 떠나 천천히 되돌아왔다.

돌덩이처럼 굳은 얼굴에 노기 띤 의혹이 선명했다.

"지금 그 신법은……?"

이토록 무지막지하게 빠르고 사나운 신법은 천하에 오직 하나뿐이다.

"네놈이… 어찌 노호탄주를 흉내 낸단 말이냐?"

노호탄주(怒號彈走)는 오직 천하에 두 사람만이 익힐 수 있고 시전할 수 있는 최강의 경공. 그 속에 백림의 소림주란 신분은 있을 수가 없다.

"더러운 놈, 주군의 독문경공을 훔쳐 익혔구나."

조춘의 독안에서 시퍼런 불똥이 튀었다.

우두머리 화호의 본색이었다.

상황을 예의 주시하던 화호도수들이 곧장 조춘의 변화를 뒤따랐다.

채채챙!

스스스슷.

일시에 도를 뽑고 사방을 차단하여 에워싼 화호도수들.

포효 직전의 화호들의 기세는 단숨에 장내를 압도했다.

적의 입장에서 느끼는 그것은 더욱 실감나게 폐부를 쑤셔댔다.

'이것들 봐라?

웃어야 할 판인지 울어야 할 판인지.

등골을 오싹하게까지 만드는 화호대의 기세가 듬직하기도 했지만, 지금은 그런 게 전혀 도움이 안 될 상황이다.

게다가 저 으르렁거리는 조춘을 보라.

"노호탄주를 어디서 어떻게 훔쳐 배웠느냐?"

대답을 어떻게 하든 한입에 잡아먹을 분위기가 아닌가 말이다.

"어이구, 두야."

충걸은 지끈거리는 이마를 짚었다.

와중에 조춘의 분위기는 더욱 살벌해져 갔다.

"와룡성검의 진면목을 알게 된 금일부로 네놈은 흑천의 생사지적 명부에 이름을 올렸다."

스릉!

서슬 퍼런 광채가 피어올랐다.

도를 뽑아듦으로써 화호로 변신을 완료한 조춘의 기세는 과연 충걸의 눈에도 막강했다.

서른 명 남짓한 화호도수들 역시.

그러나 감탄은 찰나요, 두통은 영겁이다.

조춘과 서른 명의 화호도수들이라면 대웅방과는 차원이 다른 존재. 결코 만만하게 볼 수만은 없는 것이다.

물론 맘만 먹는다면 박살이야 내겠지만, 그러자면 적지 않은 피를 봐야 했다. 실력도 실력이지만 조춘과 화호대는 목이 잘려도 길을 비켜줄 얼치기들이 아니란 게 문제였으니.

"으흐흐."

충걸은 우거지상으로 웃음을 게워내며 하늘을 째려보았다.

어쩌다 자신의 팔자가 이렇게 꼬이게 되었는지, 당장이라도 천기자란 영감을 잡아 족치고 싶었다.

'끙!'

충걸은 질끈 눈을 감았다가 다시 떴다. 몇 차례 심호흡을 하고난 뒤 최대한 부드럽게 배시시 웃었다.

"그러니까 말이시, 일단 우리 볼일은 나중에 보도록 하자고. 응? 내가 지금 좀 바빠서 말이야. 일단 흑천성에 가서 누굴 좀 만나야 되거든? 그러니까 조용히 길 좀 비켜주면 안 될까?"

선택의 여지가 없는 당근책이었다.

독안화호가 당근 따위엔 전혀 관심이 없는 인물이란 걸 누구보다 잘 알지만.

"흑천에서 누굴 만난단 소리냐?"

"누구긴 누구야. 거시기, 예… 아니… 장충걸이 말이지."

조춘의 독안이 번쩍했다.

다음 순간 그의 입가에 살기 띤 냉소가 피어올랐다.

"미친놈."

"……!"

"와룡성검이 미쳐도 단단히 미쳤구나."

억지웃음을 짜내고 있던 충걸의 얼굴이 와그작 찌그러졌다.

"대머리 너, 지금 말 다했냐?"

충걸이 고리눈을 치뜨자 조춘의 독안에서도 질세라 불똥
이 튀었다. '대머리'는 그가 가장 싫어하는 단어였다.

하지만 충걸 역시 이미 머리 뚜껑이 반쯤 열린 상태.

"이것들이 보자 보자 하니까, 네들 다 죽고 싶어?"

"……."

조춘과 화호도수들은 대꾸가 없었다. 살벌한 눈빛에 실어
보낸 강력한 적의와 함께 서서히 원을 그리며 돌기 시작했을
따름이다.

이미 물러설 수 없는 싸움이 시작됐음을 알리는 신호였
다.

"으흐흐흐……!"

충걸은 어금니를 씹어 물고 웃었다.

이젠 이판사판이었다.

"오냐, 네들은 다 죽었다."

충걸은 주먹을 틀어쥐고 성큼 발을 내디뎠다.

순간,

쐐액ㅡ

기다렸다는 듯이 밀려온 강력한 기운.

조춘의 도기였다.

충걸은 코웃음을 치며 주먹을 내질렀다.

쿠앙ㅡ

달려들던 것보다 더 빠른 속도로 뒤로 주르륵 미끄러지는

조춘을 충걸은 그림자처럼 따라붙었다. 동시에 질풍처럼 쌍권을 내질렀다.

떠더더더덩!

정신없이 도를 휘둘러 주먹을 막아내는 조춘이 대경실색한 얼굴로 부르짖었다.

"풍호십삼권······!"

믿을 수 없는 일이었다. 노호탄주에 이어 풍호십삼권까지.

백림의 소림주가 흑천의 독문무공을 제 것처럼 흉내 내고 있는 것이다.

분노한 조춘은 대갈일성을 터뜨렸다.

"이노옴―!"

수세에 몰렸던 묵강도가 불을 뿜으며 허공을 베어왔다.

충걸은 조춘의 묵강도에서 일 장가량 튀어나온 검붉은 기운을 똑똑히 보았다.

화호대주란 이름이 부끄럽지 않은 도강!

"얼씨구."

코웃음을 친 충걸은 제자리에서 펄쩍 뛰었다.

쉬잇!

간발의 차이로 조춘의 도강을 피해 솟구친 그의 신형이 허공에서 기쾌하게 뒤집히는가 싶더니 냅다 발끝으로 조춘의 뒤통수를 걷어찼다.

퍼억!

서너 장을 날아가 뒹군 조춘이 곧바로 비틀거리며 일어섰
다.

"네놈이 비호번신까지……!"

충걸은 이글이글 타오르는 조춘의 독안을 보며 입맛을 다
셨다. 몸뚱이는 예국홍인데 몸에서 나오는 무공은 죄다 장충
걸의 것이니 그가 열받는 것도 당연한 결과다.

"어때? 쓸 만하냐? 흐흐."

재미 삼아 무심코 꺼낸 농담이었다.

그리고 그 결과는 엄청난 살기로 되돌아왔다.

"와룡성검… 죽인다……!"

조춘의 묵강도가 분노로 전율했다.

그것이 신호였다.

쐐애액!

순간 충걸은 찔끔했다. 자신을 둘러싼 무리가 화호도수들
임을 찰나지간 잊은 것이다.

"헛!"

쉬쉬쉬쉬쉭!

더도 말고 조춘만큼 열받은 화호도수들은 입도 뻥긋 않고
묵강도를 휘둘러 왔다.

평소 훈련받은 대로 일파가 공격하고 나면 다시 이파가, 그
리고 삼파가, 숨 돌릴 겨를도 없이 정신없는 도기의 공세가
몰아쳐 왔다.

"이놈들이 사람 잡겠네!"

농담이 아니라 발 하나만 삐끗해도 그대로 목이 달아날 판이었다.

"오냐."

충걸은 히죽 입술을 비틀었다.

그의 발놀림이 서서히 빨라지기 시작했다.

화호도수들 틈으로 조춘이 가세한 직후 발놀림은 한층 더 빨라졌다. 이 정도로 강력한 실전 상대는 그로서도 처음이다. 이성에 앞서 몸이 먼저 반응을 보인 것도 그런 이유였다.

"이젠 내 차례다, 이놈들아!"

현란한 보법으로 어지러운 도기 속을 휘젓고 다니던 충걸이 갑자기 버럭 일갈했다. 동시에 앞으로 불쑥 내지른 그의 손엔 어느 틈엔가 뽑아 든 예국홍의 독문병기 용천검이 검갑째 쥐어져 있었다.

콰콰콰콰—

검기인지 도기인지 모를 기운이 그물망처럼 천공을 뒤덮었다.

정확히 말하면 검으로 시전한 도막, 다수의 적을 상대할 때 제 위력을 발휘하는 절초 만호창망이었다.

뿌따다다다당!

"크윽!"

요란한 쇳소리에 어지러운 단말마가 뒤엉켰다.

충걸은 아차 싶어 황급히 신형을 빼냈다.

여남은 명의 화호도수들이 쓰러져 피를 흘리고 있었는데 용케 팔다리가 날아간 자는 없었다. 호기로 검을 뽑았으되 오성의 공력만 운용하고 검갑째 휘두른 게 그나마 천만다행이었다.

'휴우—!'

가슴을 쓸어내린 충걸은 손에 쥔 용천검을 힐끔 보고선 얼른 등에 다시 꽂아버렸다.

"이러다 애들 다 잡겠군."

와중에 그는 또 잊어버렸다. 그런 말을 얌전히 듣고 있을 조춘과 화호대가 아니란 것을.

"크크크."

기괴한 웃음소리에 충걸은 찔끔했다.

예상대로 조춘의 험악한 얼굴이 저승사자처럼 일그러져 있었다. 같은 화호의 피를 받은 수하들 역시 다를 바 없었다. 부상당한 동료들의 보복심까지 더한 판이라 그들의 살기는 광분 수준이었다.

충걸은 머리를 긁적이다 말고 버럭 소리를 질렀다.

"이것들아, 정신들 차리라고!"

딴엔 미안한 마음을 눙치기 위한 것이었는데 돌아온 건 무시무시한 살기의 폭주뿐.

"나, 조춘… 화호대의 이름을 걸고 맹세한다. 오늘 이 자리에서 화호대와 와룡성검 둘 중에 하나는 죽는다……!"

충걸은 입을 딱 벌렸다.

그그그그…….

조춘을 필두로 묵강도를 땅바닥에 질질 끌며 다가오는 화호노수들.

죽음을 불사한 결전에 임할 때나 볼 수 있는 광경이었다.

"어어, 잠깐! 잠깐만 좀 기다려 보라고, 이놈들아!"

충걸은 후다닥 뒤로 물러서며 두 손을 내저었다.

그러나 조춘과 화호도수들은 꿈쩍도 하지 않았다.

더욱 맹렬한 살기를 폭주하며 압박해 올 따름이었다.

그사이 양자 간의 거리는 누가 먼저 도약만 하면 맞붙을 만큼 좁혀졌다.

"아이고, 미치고 환장하겠네."

이러지도 저러지도 못한 충걸이 엉거주춤한 찰나,

파파파팟!

조춘과 화호도수들이 동시에 일제 도약했다.

콰아아아―

한 덩어리가 되어 쓸어오는 무지막지한 도기!

그대로 물러나면 꼼짝없이 갈가리 찢긴 걸레 꼴이 될 판.

충걸은 본능적으로 등 뒤의 검파를 잡았다.

콰악!

검파를 움켜쥔 채로 충걸은 눈을 부릅떴다.

이대로 검을 휘두르면?

십중팔구 화호대의 절반은 명년 오늘이 제삿날이다.

"……!"

부릅뜬 고리눈이 속절없이 춤을 췄다. 그리고 그 속으로 코 앞으로 덮쳐온 사나운 도기의 폭풍이 반사된 찰나,

"아이고—!"

검파를 팽개친 충걸은 뒤도 안 돌아보고 몸을 날렸다.

꽈꽈꽈꽝!

간발의 차이로 충걸이 떠난 땅바닥이 초토화가 되었다.

조금만 늦었다면 말 그대로 걸레쪽이 되었을 광경.

입을 딱 벌린 충걸의 눈과 먹잇감을 놓치고 살기가 더해진 조춘의 독안이 딱 마주쳤다. 조춘이 주저없이 포효하며 신형을 날렸다.

"죽인다!"

질세라 그 뒤로 화호도수들의 살벌한 도기 세례가 따라붙었다.

한숨 돌릴 틈도 없이 충걸은 다시 똥 씹은 얼굴이 되었다.

"으으, 저것들이."

악착같이 달려드는 조춘과 화호대.

평소 같으면 대견하다고 뒤통수를 한 방씩 갈겨주었을 것이다. 하나 지금은 아니다. 팔딱 뛰고 돌아가실 지금은 결단

코 아니었다.

"으아아! 쫓아오지 말란 말이다, 이 자식들아―!"

충걸은 괴성을 지르며 내달았다.

호왕폭도 장충걸의 사전에 적에게 등을 보인다는 건 없다.

그것도 진짜 적도 아닌 수하들에게 쫓겨 달아난나는 선 꿈에도 상상 못했던 광경.

이리저리 정신없이 내쫓기던 충걸은 결국 평원 저편으로 질풍처럼 달아났다. 조춘과 화호도수들로서도 따라잡을 수 없는 무지막지한 속도였다.

"정지!"

조춘이 도를 쳐들었다.

일제히 질주를 멈춘 화호도수들이 거친 숨을 내뿜으며 눈을 부라렸다.

숨 막히는 추격전이 끝난 평원 저편, 길게 꼬리를 이은 먼지바람 끝자락으로 펄쩍펄쩍 뛰고 있는 누군가의 모습이 보였다.

"네들이 감히 나한테! 오냐, 이 자식들아, 두고 보자! 나중에 다 죽었어! 다 죽었다고, 이놈들아아아―!"

방방 뛰는 충걸을 노려보던 조춘이 독안을 번뜩이며 뱉듯이 중얼거렸다.

"비겁한 놈. 소주께서 여기 계셨으면 넌 벌써 죽었다."

화호도수들이 당연하다는 듯 고개를 끄덕였다.

양숙 집단의 작은 우두머리를 내쫓았다는 자부심이 당당한 그들의 표정에서 배어 나오고 있었다.

그 무렵,

저 멀리 평원 반대편에선 서러움과 울분에 찬 메아리가 바람을 타고 아련히 울려 퍼지고 있었다.

"제기랄! 염병! 망할!"

*   *   *

어떻게 천중산까지 돌아왔는지 기억도 가물가물했다.

무창의 선착장까지 오는 동안 다시 몇 차례 흑천 똘마니들을 만나 줄기차게 도망을 쳤고, 간신히 배를 잡아타고 장강을 건넌 뒤 사흘 밤낮을 얼빠진 사람처럼 터덜터덜 걸어온 기억뿐이었다.

"천하의 호왕폭도가 어쩌다 이 꼴이 됐냐. 에고……!"

한탄과 울분이 섞인 넋두리가 걸음걸음 쌓였다.

그렇게 정처 없이 걷다 보니 어느 틈엔가 산세 웅장한 산자락이 떡하니 눈앞을 가로막고 있었다.

백림의 터전, 천중산이었다.

"휘유—"

충걸은 한숨을 내쉬며 어깨를 축 늘어뜨렸다.

온몸의 맥이 탁 풀렸다.

마치 집 나가서 생고생을 하다 돌아온 것 같은 기분이었다.

"최소한 여기선 날 쫓을 놈은 없겠지."

충걸은 웃는 것도 우는 것도 아닌 얼굴로 중얼거렸다.

그러자 마치 기다렸다는 듯이 어디선가 감지된 기척이 있었다.

스스슷.

'......!'

맥이 풀렸던 충걸의 눈이 칼날처럼 번뜩이며 날아간 곳.

전방의 죽림에서 네댓 명의 백의검사가 표홀히 신형을 드러내고 있었다.

"소주, 이제 오십니까!"

하나같이 반가운 기색이 역력한 검사들의 모습에 충걸은 떨떠름한 표정이 되었다. 한달음에 달려와 예를 취하는 검사들 중엔 눈물까지 글썽이는 녀석도 있었다.

"걱정했습니다, 소주."

"무사하셔서 정말 다행입니다!"

충걸은 입맛을 다시며 먼 산을 보았다.

'이걸 좋아해야 돼, 말아야 돼?'

어쨌거나 싫진 않은 기분이었다.

진짜 수하란 놈들에게 죽을 둥 살 둥 시달리다 돌아온 길이었으니 어찌 극진한 환대가 반갑지 않으랴?

'오냐. 지금 이 순간만은 그래도 네들이 낫다.'

기를 쓰고 자신을 쫓아내던 놈들을 떠올리며 충걸은 내심 이를 갈았다.

"어서 가시지요. 저희가 모시겠습니다."

알아서 정중히 길을 여는 저 모습은 또 어떤가?

충걸은 떨떠름한 얼굴로 입맛을 다셨다.

그때 앞장서서 길을 열던 검사들 중 하나가 돌아보며 공손히 말했다.

"주군께서 걱정을 많이 하셨습니다."

"주군?"

충걸은 잠시 미간을 좁혔다가 픽 웃었다.

예정문의 대쪽 같은 얼굴이 떠올랐다.

"그 양반이 뭐 하러 날 걱정해?"

움찔 걸음을 멈춘 검사들이 일제히 놀란 얼굴로 돌아보았다. 눈을 끔벅이는 그들을 보자니 충걸은 엉뚱하게도 목이 칼칼해졌다.

"근데 네들, 술 가진 거 없냐?"

"예에?"

안 그래도 커졌던 검사들의 눈이 한층 더 커졌다.

"술을… 말씀입니까?"

"그런 건 저희가……."

당황한 기색으로 말을 흐리는 검사들의 모습에 충걸은 혀를 내찼다.

"아서라, 아서. 고리타분한 좀팽이 똘마니들이 그런 걸 가지고 다닐 리가 없지."

"⋯⋯."

머쓱한 표정의 검사들은 본체만체하고 충걸은 늘어지게 기지개를 켰다.

"으아아함! 가서 한잔 들이붓고 잠이나 때려야겠다."

"주군을⋯ 먼저 찾아뵙지 않고 말입니까?"

"피곤해 죽겠는데 무슨. 뭐, 궁금하면 직접 찾아오겠지."

충걸의 콧방귀에 검사들은 입을 딱 벌렸다.

그사이 휘적휘적 앞서 가던 충걸은 갑자기 '흡!' 소리와 함께 아랫배를 틀어쥐었다.

꾸루루룩!

"이런, 젠장."

느닷없이 아랫도리가 터질 조짐을 보이고 있었다.

"그놈의 자식들한테 쫓겨 댕기느라 며칠 동안 볼일도 못 봤더니만 한꺼번에 터질 모양이네."

충걸은 공력을 운용, 아랫도리를 틀어막았다.

자신의 거처가 있는 내림(內林)이 머지않았으니 그때까진 대충 견딜 듯싶었다.

"가자마자 터뜨려야겠구먼."

시원스럽게 뒷간부터 해결하고, 그다음엔 뜨끈한 물에 몸

을 담근 채로 화주에다 오리구이를 뜯으면 극락이 따로 없을
터였다. 기왕이면 나긋나긋한 여자 시비의 손에 등을 맡기는
것도 좋을 것이고.

"살다가 이런 꼴도 보는구나. 이놈의 동네가 맘에 들 때도
있으니. 크흥!"

충걸은 설레설레 고개를 저으면서도 기세 좋게 걸음을 내
찼다. 황망한 표정으로 그 모습을 쳐다보던 검사들이 서둘러
뒤를 따라붙었다.

*   *   *

"아이고! 죽겠다."

충걸은 처소에 들어서자마자 침상에 대 자로 엎어졌다.

몸이 물먹은 듯 천근만근, 손가락 하나 까닥하기가 귀찮았
다. 그 상태로 충걸은 입만 놀렸다.

"시아인지 뭔지 하는 시비는 왜 안 보이냐. 쪼르르 달려와
서 옷도 갈아입히고 목욕물에다 술상도 받아와야 할 거 아
냐?"

항상 처소 근처에서 얼쩡거리던 시비가 오늘따라 안 보인
다는 게 이상하긴 했다.

소리없이 문이 열린 건 그때였다.

바깥 공기와 함께 스며든 한가닥의 방향(芳香).

충걸은 눈을 감은 채로 피식 웃었다.

"도둑놈도 제 말 하면 온다더니."

소리 죽인 기척이 사뿐사뿐 침상으로 다가왔다.

"응, 옷 좀 벗겨봐. 내가 지금 피곤해 돌아가시겠다구."

여전히 충걸은 눈을 감고 엎어진 채 입만 놀렸다.

방향이 지척으로 다가왔다.

그런데 그게 끝이었다. 당연히 나긋나긋한 손길로 옷을 벗겨야 하건만 아무 반응이 없었다.

"뭐 하냐고, 옷 안 벗기고?"

충걸은 귀찮음을 무릅쓰고 눈꺼풀을 열었다.

그 순간,

"얼씨구!"

난데없는 코웃음과 함께 경풍이 일었다.

와락!

"헛!"

충걸의 입에서 헛바람이 샜다.

그도 그럴 것이, 눈 깜짝할 사이에 뒤에서 달려든 손길에 상반신을 제압당해 버린 것이다.

그것도 시비 시아의 것이 아닌 누군지 모를 여인의 손에.

충걸은 정신이 없었다. 어처구니없이 낯선 여인의 손에 제압당했다는 사실보다 등짝에 생생히 와 닿는 물컹한(?) 느낌 때문이었다.

급 몽롱해진 정신을 예의 콧방귀 소리가 일깨웠다.

"흥! 어디 갔다 이제 온 거야?"

충걸은 대답 없이 침만 꼴깍 삼켰다.

"뭐야? 왜 대답이 없어?"

말과 동시에 다시 와락 상체를 잡아채는 손길.

자의와 상관없이 휙 몸을 돌리게 되었을 때, 마침내 충걸은 문제의 그녀를 보게 되었다.

'……!'

충걸의 눈이 단박에 튀어나올 듯이 커졌다.

그리곤 다시 그 상태로 얼어붙어 버렸다.

장난기와 지혜로움이 더불어 반짝이는 흑백이 뚜렷한 눈망울. 사내 못지않게 큰 신장에 늘씬하고 풍만한 몸매. 털털한 성격을 대변하듯 별다른 장식 없는 백의 경장 차림에 가지런히 빗어 넘긴 흑단 같은 머릿결.

'우오오!'

충걸은 꿈속에서 괴성을 질렀다.

환상의 나래가 눈앞에 펼쳐졌다.

아니, 환상과 현실의 감격적인 상봉이었다.

환상 속에서 현실로 튀어나온 미지의 미녀가 자신의 얼굴을 이리저리 잡아 뜯고 있었다.

"어라? 설마했는데 진짜네? 천상서생은 어디 가고 이게 웬 무식한 놈팡이야?"

충걸은 미지의 미녀에게 몸을 내맡긴 채 눈만 끔벅였다.

왠진 모르겠지만 미녀는 잔뜩 놀란 눈치였다.

"우와, 이거 진짜 충격인데? 오라방이 수염을 길러? 푸하하하!"

덥수룩하게 자란 충걸의 수염을 잡아 뜯던 미지의 미녀가 허리를 잡고 웃음을 터뜨렸다.

미녀답지 않은 그 호탕한 웃음소리에 충걸은 다시 한 번 넋이 나갔다.

'오옷! 저 웃음소리!'

도무지 정신을 차릴 수가 없다.

백 근짜리 쇠망치로 냅다 뒤통수를 얻어맞은 충격이 이런 것일까?

'설마 이게 망할 놈의 개꿈은 아니겠지?'

충걸은 두 눈을 질끈 감았다가 뜬 뒤 다시 미녀를 쳐다보았다.

그리고 그 순간, 그것이 찾아왔다.

꾸루루룩!

'흡─!'

기습적인 아랫배의 요동.

충걸의 얼굴이 대번에 시뻘게졌다.

빤히 자신을 쳐다보던 미녀의 눈이 천천히 아래쪽으로 이동하고 있었다. 그녀의 눈길이 자신의 아랫배에 닿기가 무섭게 다시 한 번 굉음이 일었다.

꾸루룩! 꾸루루루룩—!

'으헉!'

충걸의 두 손이 번개같이 움직였다.

어느 틈엔가 엉덩이를 틀어쥔 두 손.

내력으로도 더 이상 막을 수 없는 일촉즉발의 위기를 감지한 본능이었다.

"거, 거시기, 자, 잠깐만⋯⋯!"

무슨 말을 웅얼거렸는지 기억도 나질 않았다.

"응? 뭐라고?"

미지의 미녀가 눈을 깜박였을 때 이미 충걸은 득달같이 창밖으로 튀어나간 뒤였다.

쌔앵—

"⋯⋯?"

미지의 미녀가 본 것은 안뜰 뒷간으로 튀어 들어가는 충걸의 뒷모습뿐이었다. 다음으로 이어진 건 뒷간과 안뜰을 통째로 뒤흔드는 요란한 폭발음이었고.

뿌지직!

뿌지지지지직—!

멀뚱히 뒷간을 응시하던 미지의 미녀, 청미의 입이 벌어지더니 이내 허리를 잡고 폭소를 터뜨렸다.

"아하하하!"

그 무렵, 뒷간에 웅크린 충걸은 와락 머리통을 싸쥐었다.

'이런 망할! 이게 무슨 개망신이냐!'

뿌지직! 뿌지지지직—!

아랫도리에선 해방감을 만끽한 굉음이 줄기차게 터져 나오고 있었다. 때를 맞춰 밖에선 깔깔거리는 폭소가 들려왔다.

"아하하하……!"

'꼴깍!'

웃음소리와 함께 충걸의 눈빛은 다시 몽롱해졌다.

이성 경험이 적지 않은 자신이지만 이런 기분은 머리털 나고 처음이었다.

'좀팽이 집안에 저런 미녀가 있었다니! 으흐흐흐!'

충걸은 다시 환상의 나래로 빠져들었다.

뒷간에서 엉덩이를 깐 채로 춤이라도 추고 싶었다.

그러나 문득 떠오른 기억 하나에 환상이 와작 깨어졌다.

'가만, 근데 아까 나보고 뭐라고 불렀지? 오라방?

오라방? 오라버니?

충걸의 얼굴이 서서히 구겨졌다.

"그럼 저 환상의 미녀가… 작은 좀팽이의 여동생인……!"

남해 보타문에 무공 수학을 갔다던 백림의 유일한 여식.

와룡일미라는 별호보다 고리타분한 예씨 가문의 돌연변이로 더 유명한 왈가닥 무공광.

"……!"

뒷간의 고약한 냄새도 잊고 충걸은 입을 쩍 벌렸다.

그것도 모자라 제자리에서 벌떡 일어섰다.

볼일을 보고 아직 뒤처리도 안 했다는 사실조차 잊어버렸다.

第四章
돌연변이들

龍虎相搏
용호상박

와룡성검이 홀로 강남을 침범했다가 화호대에 쫓겨 달아
난 얘기는 의외로 크게 떠들썩한 사건이 되지 못했다.

소문을 들은 사람들이 아예 믿지를 않은 게 그 이유였다.

필히 할 일 없어 정신 나간 누군가가 와룡성검 흉내를 낸
게 틀림없다는 것이 소문을 접한 이들의 중론이었다.

대외적인 여론은 그런 반면, 사건 직후 흑천성 내성의 밀실
에선 은밀한 회의가 열렸다. 와룡성검을 직접 상대한 독안화
호 조춘의 보고로 시작된 회의였다.

"외모상으로 놈은 분명 와룡성검이었습니다. 그런데 문제
는 놈이 쓰는 무공이 소천주의 무공이었다는 점입니다. 그것

도 거의 완벽한 수준으로 흉내 내고 있었습니다."

"거의 완벽한 수준?"

심드렁하던 장팔봉의 반응도 진지해졌다.

"예. 저와 화호대의 힘으로도 제압할 수 없을 정도의 실력이었습니다."

분기를 드러내며 고개를 떨어뜨리는 조춘의 모습에 장팔봉의 눈빛이 달라졌다.

조춘에다 화호대원 삼십이라면 웬만한 무림 문파쯤은 찜쪄 먹을 막강한 무력. 그런 힘으로도 제압하지 못한다면 현무림에서 열 손가락 안에는 들 정도의 실력이란 소리가 아닌가?

"놈이 와룡의 무공은 전혀 쓰질 않더냐?"

"예, 주군. 검만 와룡검을 들었을 뿐 그쪽의 무공은 전혀 쓰질 않았습니다."

"흥. 별 이상한 자식을 다 보겠네."

농담 같은 대꾸였지만 장팔봉의 고리눈은 평소와 달리 날이 서렸다. 그의 눈빛에 사위가 숨을 죽였다.

"놈은 와룡성검이 아니다."

침묵을 깬 장팔봉의 어조는 짧고도 단호했다.

"고리타분한 좀팽이들이지만 그런 장난질을 칠 놈들은 아니다. 어떤 미친놈이 좀팽이들에게 덮어씌우려고 장난을 친 게지."

정적 속에 장내의 시선이 장팔봉의 고리눈에 집중되었다.

장팔봉이 히죽 웃었다.

소름이 돋기에 충분한 살벌한 웃음이었다.

"문제는, 그 미친놈이 대흑천의 무공을 훔쳐 배울 만큼 겁
대가리를 상실했다는 것이고."

"……!"

좌우쌍로를 위시한 장로와 호법들, 수석총관 우공, 조춘을
비롯한 각 대주들, 회의에 참석한 모든 이가 힘주어 고개를
끄덕였다.

장팔봉의 바로 옆에 자리한 국홍 역시 예외가 아니었다.

'……!'

조용히 장팔봉을 응시하는 국홍의 눈엔 감탄의 빛이 어렸
다.

옆에 있는 건장한 장년인은 평소의 산적 두목 같던 단순무
식의 본좌 장팔봉이 아니었다. 중원의 반을 호령하는 검은 호
랑이군단의 수장으로서의 진면목을 여지없이 보여주고 있었
다.

'과연 도왕… 허명이 아니구나.'

단 한 마디로 백림의 혐의를 잘라 버리는 단호한 판단력 또
한 감탄을 자아내게 했다. 포악함은 몰라도 단순무식함은 어
디에서도 찾아볼 수 없었다.

도왕이란 이름을 통해 흑천이란 집단이 다시 한 번 달리 보

이는 순간이었다.

'그런데 이거 상황이……'

문제는 따로 있었다.

국홍으로선 어색하기 짝이 없는 자리인 것이다. 이곳에 모인 수많은 사람들 중 오직 자신만이 가짜 와룡성검 사건의 진실을 알고 있었으니.

'난감하게 됐구나.'

내심 쓴웃음을 지을 때, 카랑카랑한 음성이 장내를 울렸다. 좌우쌍로의 일인인 좌염이었다.

"결국 요는, 그 간덩이 부은 놈이 어떻게 소천주의 무공을 훔쳐 배웠냐 하는 것이로구먼."

다시 중인들이 고개를 끄덕였다.

하지만 이어지는 발언은 없었다. 일제히 심각한 표정으로 입을 닫고 생각에 골몰할 뿐이었다.

그때 태사의 깊숙이 몸을 묻은 채 허공을 노려보던 장팔봉이 갑자기 인상을 쓰며 휙 고개를 틀었다.

"넌 왜 아까부터 가타부타 말이 없냐? 네 무공을 흉내 내는 미친놈이 있다는데 열도 안 받냐?"

국홍은 올 게 왔구나 싶었다.

기다렸다는 듯이 좌중의 시선이 자신에게 날아들고 있었는데, 그 대부분의 눈빛은 장팔봉의 그것과 별반 다르지 않았다.

국홍은 가볍게 헛기침을 한 뒤 입을 열었다. 미리 준비하고 있던 말이 담담히 흘러나왔다.

"소자도 기분이 편치는 않습니다. 도둑 무공을 쓰는 자가 곱게 보일 리가 없지요."

"……."

장팔봉의 얼굴이 천천히 일그러졌다.

다른 이들의 반응 역시 비슷했다.

호왕폭도답게 일단 육두문자부터 시원스럽게 튀어나올 거라 여겼던 기대가 보기 좋게 빗나갔으니.

"그게 다냐? 기분이 편치 않다, 그게 다야?"

장팔봉이 눈을 부라리며 채근했다.

국홍은 잠시 침묵을 지킨 뒤 준비해 둔 두 번째 발언을 꺼냈다.

"좌염 장로께서 말씀하신 대로 문제의 핵심은 그자가 어떻게 본 천의 무공을 훔쳐 배웠는지를 밝히는 것이라고 판단됩니다. 일단 이번 사건을 철저히 대외비로 하고, 아울러 본 천의 감찰기관을 발동시켜 혹시나 있을지 모를 대 내의 밀정을 색출해 내는 조치를 취해야 할 것입니다. 또한 본 천과 백림의 이간질을 꾀하고 있을지 모를 제삼의 외부 세력을 암암리에 탐색해 봐야 할 것입니다. 그것이 현 상황에서 취할 수 있는 최선의 방책이라고 생각합니다."

"……!"

장내엔 숨소리도 들리지 않았다. 말을 끝낸 국홍의 얼굴이 슬쩍 붉어질 만큼 어색하고 민망한 정적이었다.

'그냥 그럴듯하게 맞춰본 얘기인데… 이거 참.'

뻔히 다 아는 상황에 그럴듯하게 얘기를 꾸미는 것도 민망한데 결과는 더 민망했다. 하나같이 토끼눈을 뜨고 입을 딱 벌린 채 자신을 쳐다보는 모습이라니.

미처 피할 새도 없이 커다란 손바닥이 머리통을 후려갈긴 건 그때였다.

퍼억!

'앗!'

놀란 국홍이 머리를 붙잡고 튕기듯 일어서기가 무섭게 쩌렁한 광소가 터져 나왔다.

"크하하하!"

침을 튀기며 웃던 장팔봉이 갑자기 웃음을 뚝 그쳤다. 그리곤 일어선 국홍을 향해 고리눈을 치떴다.

"이 자식아, 하던 대로 하란 말이다! 하던 대로!"

국홍은 어정쩡하게 선 채로 쓴웃음을 지었다.

그새 또 잊은 것이다. 자신이 둔갑한 장충걸의 본래 모습을.

얼떨떨하게, 혹은 걱정스럽게, 혹은 신기하단 표정으로 자신을 뜯어보고 있는 중인들의 모습이 새삼스럽게 그 사실을 재확인시켜 주고 있었다.

확실히 흑천이란 집단은 평범한 집단이 아니었다.

회의가 파하자마자 긴밀히 움직이는 검은 호랑이들의 모습은 절로 고개를 끄덕이게 만들었다.

하지만 국홍에겐 그것조차 민망하고 미안할 따름이었다. 그들이 움직이는 것이 결국 자신이 내린 결론에 따른 것이었기 때문에.

극비하에 감찰기관을 발동시켜 흑천 내에 잠복한 밀정을 색출하고, 한편으론 흑천과 백림을 이간질시키려는 목적으로 가짜 와룡성검 사건을 일으킨 혐의가 농후한 제삼의 외부 세력 탐색에 들어가고.

극비하에 움직이는 것이었기에 강호가 시끄러울 일은 없을 터였다.

하지만 개미새끼 한 마리라도 걸리면 아주 초토화를 시킬 검은 호랑이들의 기세를 보자니 쓴웃음을 지울 수 없었다. 행여 애먼 문파에 불똥이라도 튀면 어떡하나 걱정도 앞섰고.

'아무튼… 볼수록 의외의 모습을 보여주는 집단이로군.'

천성부터 어긋난 앙숙 집단이라고 여겼던 흑천.

국홍은 조금씩 호기심이 이는 것을 느꼈다.

'반년 동안 눌러 살려면 어차피 알 만큼은 알아야겠지.'

이제 불과 열흘이 지났다.

남은 일백 하고도 칠십 일 동안 차질 없이 장충걸 역할을 수행하려면 원본 장충걸만큼의 지식이 필요했다.

"서두르면 될 일도 망치는 법. 조급하게 굴지 말고 천천히, 느긋하게 해나가도록 하자."

국홍은 생각을 정리한 뒤 걸음을 옮겼다.

마음처럼 걸음에도 여유로움이 담겼다.

아직은 어색하긴 하지만 그래도 이젠 제법 길에서 마주치는 식솔들의 인사를 받아주기도 했다.

"날씨가 좋구나."

국홍은 맑게 갠 하늘을 올려다보며 미소 지었다.

막 내성에서 외성으로 나선 직후였다.

'흑천 알기'를 위해 요즘은 거대한 흑천성 구석구석을 둘러보는 것이 주 일과다. 덕분에 최근 성내엔 새로운 소문이 나도는 중이었다.

─환골탈태를 한 소천주가 이젠 성내를 시찰하며 민심까지 살피더라! 성군의 재탄생이다!

구석구석 살피러 다니다 보면 신기하게 쳐다보는 사람들이 부쩍 많아진 것도 그 덕분인 모양이었다.

하지만 어색하게 대하는 사람들 또한 적지 않았다. 그 이유 또한 짐작하는 국홍으로선 실소를 삼킬 수밖에 없었다.

'얌전한 호왕폭도가 어색하기도 할 테지. 후후.'

국홍은 뒷짐을 진 채 여유롭게 외성 산보에 나섰다.

외성을 관통하는 중앙대로 주변엔 각양각색의 건물이 열

과 대오도 없이 어지럽게 들어서 있었다. 일정한 틀과 형식을 갖춰 건물이 들어선 백림과는 천양지차인 모습.

그러나 어지러움 속에 배어 나오는 것은 자유로움과 호방함이었다. 처음 볼 때만 해도 몰랐던 흑천성 특유의 풍조를 이젠 어렴풋이 느낄 수 있었다.

그래도 아직 적응이 안 되는 게 없진 않았다.

사방에서 터져 나오는 거칠고 걸쭉한 육두문자가 그것이었다.

"야 이 자식아! 죽고 싶어?"

"어쭈? 한 주먹거리도 안 되는 거지발싸개 같은 자식이 어디서 지랄이야?"

"뭐? 거지발싸개? 이런 개 호랑말코 같은 자식이! 오냐, 너 죽고 나 살자, 이 자식아!"

우당탕! 쿵쾅!

외성 산보를 나선 지 사흘째인데 그때마다 빠지지 않는 난리법석이다. 자유롭고 호방한 풍조라곤 하지만 예와 법도에 익숙한 국홍에겐 눈살을 찌푸리게 만드는 풍경이기도 했다.

'근본을 무시한 자유와 호방함이라…….'

호기심이 일긴 하지만 여전히 이해하기 힘든 부분이 더 많은 집단이었다.

국홍은 소란을 피해 걸음을 빨리했다. 나선 김에 오늘은 연무장에 가서 흑천의 무공을 구경해 볼 참이었다.

본래는 자존심 때문에 흑천의 무공에 대한 관심은 애써 접어두었었다. 그런데 생각이 바뀌었다. 나쁜 마음으로 보겠다는 것이 아니라 단지 흑천이란 곳을 알기 위한 순수한 마음에서였다. 무공이란 익힌 사람의 성정과 기질을 거짓 없이 보여주는 거울과 같은 것이었기에.

그동안 앙숙으로 지내면서 질리도록 봐왔지만 연무장에서 땀을 흘리며 수련하는 모습은 또 다른 느낌을 전해주리란 생각이었다.

국홍은 고개를 끄덕이며 걸음을 계속 옮겼다. 그러다 연무장이 멀지 않은 곳에서 걸음을 멈췄다. 자의로 멈춘 게 아니라 누가 불러 세웠기 때문이다.

"소천주니임—!"

국홍은 천천히 돌아섰다.

대로 좌측, 일반 무사들의 거주지 밀집 구역에서 자신을 불러 세운 장본인이 기를 쓰고 달려오고 있었다.

열 살이나 되었을까 싶은 까까머리 소동.

천진난만한 웃음을 함박 머금은 얼굴이 귀엽고 당찼다.

"아이고, 숨차! 헥헥!"

막 코앞에 당도한 소동이 가쁜 숨을 할딱거렸다.

국홍은 희미한 미소를 머금고 소동을 지켜보았다.

숨을 고른 녀석이 벙긋 웃어 보이더니 씩씩하게 입을 열었다.

"우와, 소천주님! 오랜만이에요! 헤헤."

국홍의 미소가 짙어졌다.

확실히 아이들도 달랐다.

백림의 아이였다면 두 손 모아 공손히 예부터 취했으리라.

그러나 기분이 나쁘진 않았다. 어쩌면 소동이 똘망똘망한 눈망울을 지녔기 때문인지도 모르겠지만.

"이름이 무엇이더냐?"

국홍이 머리를 쓰다듬기 무섭게 소동이 입을 내밀었다.

"피이, 벌써 까먹으셨어요? 지난번에 가르쳐 줬잖아요! 맹탄!"

국홍은 머쓱하게 웃었다.

"그래, 맞다. 맹탄. 멋진 이름을 까먹다니 미안하구나. 하하!"

"뭐, 그럴 수도 있죠. 괜찮아요. 헤헤."

소동은 금세 벙긋 웃었다.

눈망울만 또랑또랑한 게 아니라 변죽도 좋은 녀석이었다.

"그런데 무슨 일로 날 불렀느냐?"

국홍이 다시 묻자 웬일인지 녀석은 웃기만 할 뿐 대꾸가 없었다. 국홍은 그제야 녀석의 한 손이 등 뒤로 가 있는 것을 보았다.

이윽고 소동이 감췄던 손을 불쑥 코앞에 들이밀었다.

"이거요. 헤헤."

녀석의 고사리 같은 손엔 손때 묻은 만두 하나가 놓여 있었다.

빤히 만두를 쳐다보던 국홍은 소동에게 물었다.

"나 주려고 일부러 가져온 것이냐?"

소동이 샐쭉한 표정을 지었다.

국홍의 반응이 만족스럽지 못한 눈치였다.

"지난번에 목도 만들어주셔서 가져온 선물인데……."

"……."

멈칫했던 국홍은 조용히 미소 지었다.

그리곤 소동의 손에서 만두를 집어 들어 입으로 가져갔다.

"맛이 기막히구나."

맛있게 먹는 국홍의 모습을 보고서야 소동의 얼굴이 확 밝아졌다.

"헤헤."

어떻게 구해온 만두인진 몰라도 흑천의 소천주에게 직접 목도를 선물받은 기쁨만큼이나 소중한 만두일 거라고 국홍은 생각했다. 소동의 머리를 쓰다듬으며 물었다.

"그래, 수련은 열심히 하고 있느냐?"

"그럼요! 하루에 두 시진씩이나 하는걸요!"

"무엇을 위해서 그렇게 열심히 수련하느냐?"

소동이 눈망울을 빛내며 국홍을 빤히 올려다보았다.

꾹 다물렸던 입술이 당차게 열렸다.

"소천주님처럼 용감하고 멋진 대장부가 될 거예요."

"대장부? 왜 무인이 아니고 대장부지?"

국홍은 진심으로 궁금했다.

그리고 이어진 소동의 대답에 그는 일순 말을 잃었다.

"저번에 그러셨잖아요. 무인이 되는 것보다 대장부가 되는
게 더 중요하고 멋진 거라고."

"……!"

말을 잃고 생각에 잠긴 국홍의 모습에 소동이 고개를 갸웃
했다. 그리고는 국홍을 요모조모 뜯어보다 말고 불쑥 말했다.

"근데 이상해요."

퍼뜩 정신을 차린 국홍은 소동을 보았다.

"이상해? 뭐가?"

"꼭 딴사람 같아요. 껄껄 웃지도 않고, 볼을 막 잡아당기지
도 않고……."

오늘만 몇 번 짓는지 모를 쓴웃음이다.

국홍은 부드럽게 소동의 머리를 쓰다듬어 주었다.

"수련 열심히 해서 꼭 대장부가 되도록 하여라."

떨떠름한 표정의 소동을 남겨둔 채 국홍은 돌아섰다.

내딛는 걸음에 저도 모를 힘이 실리고 있었다.

지금껏 자신이 알고 있던 '호왕폭도 장충걸'이란 인물에
대한 선입관에 금이 간 때문인지는 알 수 없었다.

"저토록 총명하고 순수한 아이들이 선망하는 사내라면."

국홍은 입을 다물었다.

외성을 나설 때 보았던 하늘을 다시 올려다보았다.

여전히 맑고 청명한 하늘이었다.

얼핏 낯익은 얼굴이 하늘을 스쳐 지난 듯한 건 착각이었을까.

'그대도 인간인가 보군.'

가슴이 없는 사람은 인간일 수 없다는 말이 뇌리를 스쳤다.

하늘 저편에서 '껄껄!' 호탕한 웃음소리가 들려오는 듯했다.

웃음소리 때문이었는지, 눈앞에서 어른거리는 소동의 또랑또랑한 눈망울 탓이었는지.

연무장을 찾으려던 생각마저 잊은 국홍의 발길은 내성 쪽으로 향하고 있었다.

'그'를 보게 된 건 만두를 선물한 소동 때문일 수도 있고, 소동과의 만남으로 인해 대연무장을 찾으려던 것을 깜빡한 건망증 때문일 수도 있었다.

어쩌면 우연히 듣게 된 중문 경비무사들의 대화 때문인지도 몰랐다.

'이런, 내 정신 하곤. 대연무장으로 간다는 게 다시 내성으로 돌아왔구나.'

중문이 저만치 다가왔을 무렵에야 국홍은 자신이 깜빡했

다는 걸 깨달았다. 그때 중문 쪽에서 나직한 말소리가 들려왔다. 웬만한 청력으론 듣지 못할 은밀한 육성이었다.

국홍은 무심코 걸음을 늦추면서 청력을 끌어올렸다.

"놀랄 노자지. 우리 소천주께서 하룻밤 새 그렇게 반듯하고 품위있는 사람으로 다시 태어날 줄 누가 알았겠냐고? 이건 천지개벽보다 더한 대사건이다."

"내 말이. 적응이 안 돼, 적응이. 꼭 백림의 작은 좀팽이를 보는 것 같아서 말이지."

"크크, 너도 그러냐? 이젠 얻어터질 일이 없어서 좋다는 놈도 있긴 하지만, 역시 소천주는 화끈하고 걸걸해야 제격이거든. 갑자기 사람이 달라진 뒤로는 영 재미가 없단 말이야."

"주군께서도 골치가 쑤신다잖아. 사람이 갑자기 너무 변해도 문제라고."

뭔가 특별한 얘긴가 싶었더니 지겹도록 들은 얘기다.

국홍이 실소를 흘리며 걸음을 옮길 무렵, 갑자기 목소리가 낮아졌다.

"사실 달라져야 할 사람은 둘째 공자인데 말이야. 안 그래?"

"흥! 네가 아직 뭘 모르는구나."

"모르긴 뭘 몰라, 자식아?"

국홍은 다시 멈춰 섰다.

한층 낮아진 음성이 귓전으로 스며들었다.

"둘째 공자가 달라졌다는 소리 못 들었냐? 거기도 딴사람이 돼가고 있다더라."

"딴사람이라니?"

"바깥엔 얼굴도 안 내비치고 내실에서만 지낸다고 알려진 둘째 공자가 실은 남몰래 무공을 수련하고 있다는 얘기 말이다. 벌써 상당한 수준이라던데? 게다가……."

"게다가?"

"성격도 괴팍해졌다더군. 얼마 전엔 시비 하나가 머리가 깨져서 실려 나왔다더라."

"그게 정말이야?"

"내가 네놈한테 사기 치겠냐?"

"흐음… 계집애 같다고 구박데기 취급을 받았는데 차라리 잘된 거 아닌가?"

"인마, 사람이 변해도 정상적으로 변해야 하는 거다."

"그건 그렇지. 젠장, 사람 속은 알다가도 모르겠군."

"흥! 딴사람은 몰라도 네놈 속은 내가 다 알지."

"염병하고 있네."

시위들의 대화는 국홍에게 잊고 있던 기억 하나를 되살려주었다.

단순무식, 포악함으로 대변되는 흑천에 존재하는 돌연변이.

이름부터 말해주듯 소녀처럼 나약하고 여린 성정으로 구

박덩이 취급을 받으며 자란 장충걸의 하나뿐인 동생.

'장충혜⋯⋯!'

국홍은 새로운 호기심이 이는 것을 느꼈다.

그는 곧바로 중문으로 향했다. 자신의 접근을 확인한 시위들이 즉각 부동자세를 취했다. 그들의 칼 같은 눈빛 사이를 지나친 국홍은 몇 발짝 더 가다 말고 멈춰 섰다.

"가만, 나온 김에 충혜 녀석한테나 가볼까?"

들으란 듯이 중얼거린 국홍은 성큼 걸음을 내차려다 말고 시위들을 돌아보았다.

"이봐."

국홍의 눈짓을 받은 시위 하나가 한달음에 튀어왔다.

"옛, 소천주!"

"혼자 가려니 심심해서 말이지."

국홍은 태연히 턱짓을 했다. 시위가 즉각 구십 도로 허리를 접으며 소리쳤다.

"제가 모시겠습니다!"

가문의 영광이라도 선사받은 양 잔뜩 눈을 부라린 채 앞장을 서는 시위.

국홍은 어깨를 으쓱했다.

'대단하군. 호왕폭도의 인기가.'

웃음은 곧 사라졌다.

호랑이군단의 돌연변이를 난생처음 만나러 가는 길이었다.

설렘과 긴장감이 교차하는 묘한 기분이었다.

*　　　*　　　*

좀처럼 바깥나들이를 하지 않는 성격을 증명하듯 장충혜
의 거처가 있는 별원은 내성의 후미진 곳에 있었는데, 이름
모를 수목과 기화묘초가 우거진 숲에 가려져 밖에선 잘 보이
지도 않았다.

언뜻 한적하고 아늑한 공간인 듯싶었지만 알게 모르게 음
습하고 폐쇄적인 분위기가 배어 나오고 있었다.

'요란스럽고 시끌벅적한 흑천과는 전혀 어울리지 않는 분
위기구나.'

길잡이 역할을 수행한 시위를 돌려보낸 뒤, 국홍은 홀로 별
원을 마주하고 섰다.

바깥이 뜨겁고 쨍쨍한 햇살이라면 이곳은 삭막한 그늘이
었다. 들은 대로 주변을 지키는 시위들의 모습도 찾아볼 수
없어 삭막함을 더했다.

'안에서 무슨 일이 일어나도 알 수조차 없겠군.'

국홍은 이 삭막하고 외딴 그늘의 주인공에 대한 호기심이
커졌다. 어디까지나 자신은 친형의 입장이었으니 예고없이
불쑥 찾아온 게 실례가 되진 않을 거라고 믿었다.

천천히 걸음을 옮긴 국홍은 별원을 감추듯 에워싼 숲을 통

과했다. 숲 속에선 아무런 기운도 감지되지 않았다.

그러던 그가 갑자기 걸음을 멈춘 건 숲을 지나 막 별원 입구로 다가가려는 찰나였다.

"닥쳐!"

쨍그랑!

"어이쿠!"

"아악!"

음습한 바람에 묻혀 아련히 들려온 소란.

고함 소리와 뭔가 깨지는 파열음, 그리고 남녀의 비명이 한꺼번에 뒤섞였다.

국홍은 안광을 발하며 청력을 끌어올렸다.

"좋은 말로 할 때 비켜!"

"고, 공자님, 고정하십시오!"

"내 말 안 들려? 비키란 말이다!"

퍼억—

"컥!"

다시 비명이 울렸다.

주먹에 격타당한 것임을 국홍은 직감했다.

뒤따라 여인의 비명 소리가 이어졌다.

"아악! 살려주세요!"

"이 멍청한 년! 네가 나를 우습게봐?"

짜악!

"악!"

"내가 오늘 아주 죽여주마."

퍽! 퍼퍽!

국홍의 눈빛이 변했다.

더 이상 여인의 비명은 들을 수 없었다. 무자비한 격타음만 들려올 뿐이었다.

파앗!

국홍의 신형이 순식간에 별원 안으로 사라졌다.

소란의 출처는 별원에서도 가장 안쪽의 내실이었다.

"공자, 그것만은, 그것만은 안 됩니다!"

그동안에도 끊이지 않는 비명에 국홍의 마음은 다급해졌다. 마침내 문제의 내실이 눈앞에 등장한 순간 그는 한 모금의 진기를 끌어올리며 몸을 날렸다.

"멈추어라!"

콰앙—

발끝에 문짝이 산산조각이 났다.

파편 사이로 날아내린 국홍의 눈에 가장 먼저 띈 것은 피투성이가 된 채 쓰러져 있는 소녀였다.

낯익은 시비 복장을 확인한 국홍은 부릅뜬 눈을 틀었다.

곧장 두 명의 사내가 빨려 들어왔다. 날 시퍼런 도를 움켜쥔 청년과 청년의 다리를 안간힘으로 붙잡고 늘어진 왜소한 노인.

한쪽 눈두덩이가 시퍼렇게 물든 노인의 얼굴을 확인한 순간 국홍은 신음을 흘렸다.

"우 총관……?"

노인의 퍼렇게 물든 얼굴이 얼음장처럼 변했다.

하지만 흑천의 살림을 도맡고 있는 수석총관 우공이란 신분을 감출 순 없었다.

안색이 변한 건 그만이 아니었다. 우공을 지나 국홍의 시선과 마주친 청년, 그 역시 백지장처럼 하얗게 질려 있었다.

"소, 소천주!"

"혀, 형님……!"

두 노소의 입에서 동시에 떨리는 음성이 흘러나왔다.

국홍은 청년의 하얗게 질린 얼굴에 시선을 고정했다. '형님' 이란 말이 모든 의문을 풀어주었다.

"장충혜, 지금 이게 무슨 짓이냐?"

국홍은 노기를 억누르고 있었다. 가짜 장충걸이든 아니든 자신의 눈으로 직접 목격한 상황은 해결을 해야 했다.

장충혜의 커진 눈이 바람을 맞은 듯 흔들렸다.

털썩!

"형님! 흐윽……!"

돌연 무릎을 꿇은 장충혜가 울음을 터뜨렸다.

국홍은 굳은 표정으로 흐느끼는 장충혜를 응시했다.

아버지나 형에 비하면 왜소한 체격이다. 바닥에 부복한 채 부들부들 어깨를 떨며 눈물을 쏟아내는 모습은 영락없이 호랑이를 만난 사슴이었다.

"소, 소천주……."

국홍은 더듬거리는 목소리를 따라 시선을 돌렸다.

총관 우공 역시 겁에 질린 표정으로 주춤주춤 다가오고 있었다.

"소천주께서 여, 여길 어떻게……."

우공의 창백한 얼굴엔 충격과 경악, 당황함이 어지럽게 뒤섞여 있었다.

"제가 못 올 곳을 왔소이까?"

"……!"

국홍의 말에 우공이 입을 다물었다. 울상을 한 채 주름진 눈만 끔벅일 따름이었다.

"잠시 기다리시오."

국홍은 우공을 남겨둔 채 몸을 날렸다. 쓰러져 있는 시비를 잊고 있었던 것이다.

"으음……."

국홍은 침음을 흘렸다.

시비의 상태는 생각보다 중했다. 어떻게 맞았는지 늑골이 세 대나 부러졌고 턱뼈와 이빨도 부서진 상태였다. 부러진 늑골이 장기를 손상시키지 않은 게 그나마 천운이었다.

급히 응급처치를 하자니 뒤에서 조심스런 기척이 들려왔다. 방구석에 숨어 있었던지 미처 보지 못한 또 한 명의 시비였다.

국홍은 시비에게 명했다.

"가서 사람들을 불러오시오."

눈물을 훔친 시비가 고개를 끄덕이며 돌아설 때, 국홍은 겁에 질린 얼굴로 이쪽을 보고 있는 장충혜와 눈이 마주쳤다. 눈물 콧물로 범벅이 된 그 얼굴은 제발 살려달라고 애원하고 있었다.

막 방을 나서려던 시비를 국홍은 조용히 불러 세웠다.

"이목을 피해서, 의원만 불러오시오."

힐끗 장충혜를 돌아본 시비가 고개를 끄덕인 뒤 사라졌다.

침음이 일었다.

넋이 나간 듯 서 있던 우공이었다.

"소천주… 감사하오이다……."

국홍은 묵묵히 일어서서 걸어갔다.

부복한 장충혜가 다시 몸을 떨며 울음을 터뜨렸다. 그런 그의 앞에 멈춰 선 국홍은 한쪽 바닥에 떨어져 있는 도를 주워 들었다.

날이 좁고 날카로운 협봉도였다. 휘두르거나 베는 것이 아닌 찌르는 것을 위주로 하는 기형도다.

'흑천의 무공엔 협봉도를 쓸 일이 없을 텐데.'

협봉도와 떨고 있는 장충혜가 눈앞에 겹쳐졌다.

장충혜의 근골은 한눈에도 알 수 있을 만큼 빈약했다.

천약지체(天弱之體)인 것이다. 오음절맥까지도 의심이 갈 정도였다.

'몸이 아픈 걸 넘어 마음까지 상한 것인가?'

국홍은 소리없이 한숨을 삼켰다. 어느덧 억눌렀던 노기는 희미해진 상태였다.

"소천주……."

심약한 모습으로 주춤주춤 다가서는 우공.

"형님… 흐윽……!"

호왕폭도 장충걸과 피를 나눈 동생이라고는 도저히 믿기 힘든 가련한 청년.

두 사람의 모습을 차례로 눈에 담은 뒤에는 그나마 한가닥 남아 있던 노기마저 남김없이 흩어져 버렸다.

국홍은 다시 한숨을 내쉬며 우공을 돌아보았다.

"어떻게 된 일인지 설명이나 해주시겠소?"

*　　　*　　　*

뒷간에서 터져 나오던 요란스런 폭발음.

아마 죽어도 잊지 못할 것 같은 광경이었다.

그때야 배꼽 잡고 웃느라 정신이 없었지만 지난 이틀 동안은 생각하면 할수록 황당하기 짝이 없었다.

"사람이 변해도 그렇게 변하다니, 내 눈으로 보고도 못 믿겠네. 참나."

운기조식을 하다 말고 골똘히 생각에 잠겼던 청미는 침상에 벌렁 드러누웠다.

"에이, 그럴 수도 있지, 뭐! 본래 사람은 변신에 능한 동물이니까."

믿기 힘든 변신을 선보인 장본인의 얼굴이 금방 눈앞을 채웠다. 더 이상 '천하제일 예의공자' 라는 별명으로 부르기 힘들게 된 청년의 얼굴이었다.

청미는 다시 아미를 찡그렸다.

"아무리 그래도 그렇지, 어떻게 그렇게 하루아침에 딴사람으로 변할 수가 있어? 무슨 약이라도 먹은 거야?"

약이란 말과 동시에 청미는 발딱 몸을 일으켰다.

"아니면… 뭔가 특별한 깨달음을?"

청미의 눈이 사건 해결의 결정적인 단서를 잡은 포두처럼 빛났다. 이리저리 따져 본 이유 중에 그나마 가장 설득력이 큰 추측이었다.

무공을 업으로 삼는 무인에게 '깨달음' 은 곧 고수가 되기 위한 척도와 같다. 깨달음의 크기와 깊이에 따라 보다 고차원의 고수로 나아가는 환골탈태의 수준이 달라지는 것이다.

"옳거니!"

청미는 득의양양 탄성을 질렀다.

환골탈태는 육체적인 것도 있지만 정신적인 것도 있다. 자신이 기억하기로 오라버니 예국홍은 이미 육체적인 환골탈태를 거친 천부적인 무재였다.

그렇다면 이번엔 보다 고차원이라는 정신적인 환골탈태를 겪었다는 소리?

"뭐야? 그럼 이젠 아예 따라잡기도 힘들어졌단 소리잖아?"

탄성을 지를 땐 언제고 청미는 와락 인상을 찡그렸다.

왈가닥 무공광으로 알려진 자신이 어린 시절부터 거울로 삼은 대상은 다름 아닌 예국홍.

천부적인 무재인 오라버니가 실은 왈가닥 무공광을 탄생시킨 촉발점인 셈이었다. 한마디로, 고개를 저은 아버지를 조르고 졸라 남해 보타문으로 무공 수학을 떠난 것도 그 때문이었는데.

"쳇!"

침상이 다시 출렁거렸다.

맥 빠진 소리와 달리 침상에 드러누운 청미의 표정은 밝았다. 오라버니의 변신이 '깨달음'에 의한 것이란 확신, 그리고 그 확신을 뒤따라 가슴이 두근거렸다.

부러움을 가볍게 제압한 기쁨이었다.

"하여간 복도 많다니까."

청미의 눈이 다시 반짝이기 시작했다.

변신의 이유를 골몰할 때완 분위기가 달랐다.

"흥, 궁금한걸. 어디, 환골탈태의 위력을 한번 시험해 볼까나?"

말과 동시에 침상이 다시 출렁했다.

다음 순간 청미는 허리에 손을 짚은 채 침상 옆에 서 있었다. 저벅저벅 걸어간 그녀가 벽에서 한 자루의 고풍스런 보검을 집어 들었다.

찌잉……!

가볍게 손가락으로 톡 건드린 검갑이 나직한 검명과 함께 몸을 떨었다.

청미는 생긋 웃으며 검을 치켜들었다.

"나도 만만치 않게 변했다구."

말과 함께 그녀는 신형을 돌렸다.

저벅저벅, 거침없는 발길을 따라 늘씬한 뒷모습이 문밖으로 사라졌다.

이리 뒹굴, 저리 뒹굴.

지난 이틀 동안 한 일이라고는 침상을 껴안고 뒹군 게 다였다. 딱 네 마디의 말만 반복하면서.

"아흐흐, 이런 개망신이 있나."

몸살을 앓던 침상이 비명을 멈췄다.

한참을 뒹굴던 충걸이 대 자로 널브러진 탓이다.

그래도 운공은 빼먹지 않아 눈빛은 멀쩡한데, 달랑 속곳 바람으로 훌러덩 벗어부친 몸에다 제멋대로 뻗치고 헝클어진 머리가 영락없이 방구석을 수호하는 백수 꼴이다.

"호왕폭도 장충걸이 이런 개망신을."

내력으로 실내의 음파를 차단했으니 걱정할 건 없다.

충걸은 오만상으로 천장을 노려보며 버럭 소리를 질렀다.

"에라, 이 미친놈의 영감탱이야!"

천기자와 아란이 천장에서 생글생글 웃다가 사라졌다.

붕붕 휘두른 주먹이 애꿎은 허공만을 두들겼다.

"꺼헝!"

충걸은 괴상망측한 신음과 함께 질끈 눈을 감았다.

하지만 감은 눈앞은 훤했다.

평생 개망신으로 남게 될 뒷간 사건의 광경, 그리고 그 개망신의 역사적인 현장을 함께한 장본인의 모습이 생생하게 떠올랐다.

'쩝!'

충걸은 본능에 충실히 입맛을 다셨다.

슬며시 눈꺼풀을 열어젖힌 눈이 몽롱하게 변했다. 천장에 등장한 청미는 허리를 잡고 깔깔 웃고 있었다.

"좀팽이 자식한테 그런 여동생이라니, 이런 개떡같이 불공평한 인생을 봤나. 어흥!"

충걸은 뿔난 호랑이처럼 쿵쿵거렸다.

그러다 고개를 갸웃했다.

가만 생각해 보니 말이 틀렸다. 만약 청미가 자신의 동생이었다면? 그것도 안 될 말이 아닌가? 친동생이랑 사랑 놀음을 할 미친놈은 없으니까.

하지만 양숙의 동생이란 것도 전혀 달갑지가 않다.

더구나 현재 자신의 처지를 생각하자면…….

"어흐웅—!"

'고민' 이나 '생각' 과는 거리가 먼 단순무식한 호랑이. 할 수 있는 것은 침상을 껴안고 몸부림치는 것뿐이었다.

한참을 뒹굴던 호랑이가 갑자기 뚝 움직임을 멎었다.

거처로 다가오는 기척이 있었다.

거침없고 자신만만한, 여자의 것이다.

'……!'

왜 별안간 그녀가 떠올랐을까? 이것도 본능인가?

석상으로 변한 충걸, 오로지 눈만 끔뻑이며 문을 쳐다보았다. 가슴이 쿵쾅쿵쾅 요동을 쳐댔다.

그리고 마침내 문이 벌컥 열렸다.

"……!"

바깥 공기와 함께 밀려든 상큼하고 기분 좋은 향기.

문 앞에 당당히 버티고 선 향기의 주인공을 충걸은 멀거니 쳐다보았다.

"방구석에서 뭐 해?"

충걸은 아무 소리도 들리지 않았다. 처음 만났던 그때처럼 넋 나간 표정으로 그녀를 바라볼 뿐이었다.

번쩍 정신을 깨운 웃음소리 역시 그때와 똑같았다.

"호오, 보기 좋은데? 깔깔!"

허리를 잡고 웃는 청미의 모습.

그녀의 시선을 따라 내려가던 충걸은 기겁했다.

"으헉!"

후다닥!

단숨에 이불 속으로 파고든 충걸의 얼굴이 불타는 고구마로 변했다.

빤히 그 모습을 쳐다보던 청미의 눈이 묘하게 반짝였다.

"흠! 아무래도 환골탈태를 너무 심하게 한 거 같단 말이야. 뭐, 보는 사람 눈이야 즐겁긴 하지만. 후훗."

환골탈태 어쩌고 하는 말을 충걸은 무슨 말인지 알아들을 수가 없었다.

알아들어도 이해 못할 소리였지만.

이어진 청미의 말조차 이해 못한 판이었다.

"간만에 한판하자."

충걸은 눈을 끔뻑였다.

그러다 덜컥 당황한 얼굴로 더듬거렸다.

"한판? 지금? 여기서?"

육체적인 본능은 적절히 발산하는 것이 건강의 척도라는

것이 호왕폭도의 지론.

연애를 즐기는 한량 장충걸이지만, 지금 이 순간 그의 본능은 순결한(?) 숫총각으로 돌아갔다.

와락!

반 나신을 가린 이불의 방어막이 더욱 공고해졌다.

얼굴만 내민 충걸이 침을 꼴깍 삼킬 때, 느닷없이 시퍼런 검광이 눈앞에서 번쩍였다.

"후딱 나와. 보타문의 검공을 맛보여 줄 테니까."

말과 함께 휑하니 사라진 청미.

당당하고 시원스럽고 거침없으며 늘씬 쭉쭉 빵빵한 환상은 사라지고, 남은 것은 서슬 퍼런 검광의 잔재였다.

'그러니까 한판이란 게… 그 한판이 아니라 그 한판이었던 거야?'

이해력이 돌아온 충걸은 청미가 사라진 문간을 멀거니 쳐다보았다. 허탈감과 무안함, 황당함이 적절히 뒤범벅된 얼굴이 찌그러졌다.

절강성 앞바다 주산군도, 보타산.

비구니들이 구성원인 청정 도량.

좀처럼 강호에 출도하지 않는 신비 문파.

검공의 절대고수를 꼽을 때 빠지지 않는 이름, 검후.

검후의 비전 검법 관음탕마검법……

충걸이 보타문에 관해 꿰고 있는 지식의 전부였다.

강호가 위기에 닥쳤을 때만 등장한다는 신비지문의 전설.

전설로만 접해보았을 뿐, 실제론 본 적도 없는 비구니들에게 관심이란 코딱지만큼도 없었다.

그래서 정신적인 타격은 더 컸다. 말로만 들어온 보타문의 검공이 이렇게 살벌한지는 난생처음 알았으니까.

쉐쉐쉑!

"으갸갸!"

쏟아지는 검기를 피해 충걸은 정신없이 달아났다.

'지는 사람이 술 내기'란 한마디를 던진 직후 다짜고짜 검을 휘두르기 시작한 청미.

언뜻 단순하고 간결한 듯한 그녀의 검초엔 놀라운 변화가 숨어 있었다.

추측을 불허하는 기기묘묘한 변화, 매섭고 살벌한 검세, 그리고 한번 잡은 먹이는 결코 놓치지 않는 늑대처럼 인정사정없이 끈질겼다.

쉐엑―

'으헉!'

번쩍 공기를 두 쪽 내며 날아든 검기에 몇 가닥의 머리칼이 흩날렸다.

'이런 망할!'

반사적으로 주먹을 틀어쥐었다.

하지만 거기까지였다.

주먹을 쥔 것보다 더 빨리 충걸은 냅다 튀었다. 그 뒤로 청미의 무지막지한 검기가 쏟아졌다.

"자꾸 도망만 갈 거야! 진짜 죽고 싶어!"

한입에 잡아먹을 듯한 기세의 고함은 들은 척 만 척 충걸은 정신없이 달아났다.

도망가는 이유는 네 가지였다.

첫째는 청미의 무공이 상상 이상으로 막강해서였고, 둘째는 백림의 무공을 쓸 줄 몰라서, 셋째는 그녀 앞에서 흑천의 무공을 썼다간 진짜 칼침 맞고 죽을 것 같아서.

거기에 결정적인 이유는 '지는 사람이 술 사기'란 그녀의 선전포고 때문이었다.

여자한테 져주는 거야 당연한 거고, 거기다 술자리까지 덤으로 끼면 꿩 먹고 알 먹기 아닌가?

그런데 문제가 있었다.

'젠장! 황천에 간 놈이 술을 어떻게 처먹냐고!'

술 내기고 뭐고 숨통을 부지하기도 급급한 판인 것이다.

그나마 본신의 보법과 신법조차 제대로 펼치지 못하는 판국이니 덮쳐오는 검초 하나하나에 명줄이 달렸다.

"으갸갸갸!"

정신없이 청미의 공세를 피하는 충걸의 두 발은 질풍과 같았다. 정체를 짐작조차 할 수 없는 괴상한 보법이었다.

그 광경을 지켜보는 청미는 청미대로 눈살을 찌푸렸다.

'대체 저게 무슨 보법이야? 깨달음을 얻고 새로 만들어낸 보법인가?'

감탄은 둘째 치고 열이 받았다.

보기엔 어설프고 제멋대로인 보법이 매번 간발의 차이로 위기를 벗어나는 재주를 부리고 있는 것이다.

정신없는 충걸의 도망질과 열받은 청미의 추격은 지칠 줄 모르고 계속되었다.

그 와중에 충걸은 혀를 내둘렀다.

'이놈의 살벌한 검법이 말로만 듣던 관음탕마검법?'

어떻게 검후 비전이라는 관음탕마검법을 사사했는지는 몰라도 그나마 오의를 완전히 깨닫지 못한 상태라 다행이었다.

만약 그 반대였다면…….

'으흐흐, 생각하기도 싫어!'

몸서리를 친 충걸은 무심코 상상의 나래로 빠져들었다.

상상 속에선 하루가 멀다 하고 청미에게 두들겨 맞는 애처로운 그녀의 남편이 보였다. 남편의 얼굴이 자신을 쏙 빼닮았다는 것을 깨달은 찰나, 눈앞이 번쩍했다.

"뜨억!"

뜨끔한 촉감과 함께 후각을 건드린 미약한 혈향.

목에 대었다 뗀 손에 엷은 혈흔이 묻어 나왔다.

그 와중에 상상의 나래를 펼친 대가였다.

'아이고—!'

충걸은 전력으로 튀었다.

단번에 오류 장을 날아올라 후원의 나무 위로 달아났다.

살벌한 고함이 즉각 꽁무니로 따라붙었다.

"이리 안 내려와? 치사하게 도망만 갈 거야!"

충걸은 말이 끝나기가 무섭게 번쩍 두 팔을 쳐들었다.

"내가 졌다! 졌다고! 항복!"

청미의 쌍심지가 하늘로 치솟았다.

충걸은 재빨리 배시시 웃으며 몸을 꼬았다.

"우리 청미 최고! 기념으로 오라비가 한잔 사마! 헤헤."

"……!"

매섭게 째려보던 청미의 인상이 서서히 풀어졌다. 마침내
그녀가 풀썩 웃었을 때 충걸은 속으로 만세를 불렀다.

"어이가 없네. 진짜 와룡성검 맞아?"

빤히 충걸을 올려다보던 청미가 콧방귀를 뀌며 돌아섰다.

"흥! 각오하는 게 좋을걸. 나보다 마신 술이 적으면 그땐
진짜 가만 안 둘 거야."

충걸의 입이 귀에 걸렸다.

고리타분한 좀팽이라면 모를까 천하의 장충걸이 남한테
술을, 그것도 여자한테 진다면 천지가 개벽할 노릇이다.

휘리릭!

충걸은 회회낙락 나무에서 날아내렸다.

'그래, 거하게 한잔 들이부으면서 서로에 대해서 검색 좀 해보자고. 흐흐!'

휘적휘적 청미의 뒤로 따라붙던 충걸.

귀에 익은 목소리가 판을 깼다.

"공자니임—!"

발목을 붙잡은 장본인이 헥헥거리며 달려오고 있었다.

시비 시아였다.

예정문은 요즘 심기가 편치 않았다.

백림의 식솔이라면 누구라도 짐작하는 그 이유는 다름 아닌 하나뿐인 후계자 때문이었다.

"진정 국홍이 깨달음을 얻었기 때문이란 말인가?"

친아버지인 자신도 적응하기 힘들 만큼 하나뿐인 아들의 변신은 파격적이었다.

그런 파격적인 변신을 두고 최근 대세를 이루고 있는 추측은 '깨달음'이었다. 그게 아니라면 사람이 그렇게 변할 수가 없다는 주장.

예국홍이 무인이기에 충분히 일리있는 주장이었고, 예정문도 공감하는 부분이 없지 않았다. 사실이라면 능히 기뻐할 일이었고.

그럼에도 불구하고 아들의 변신에 적응하기가 대책없이 힘들었다.

"마치 하오배를 보듯 단정하지 못한 행색에다 제멋대로인 언행이라니……."

털털하고 자유롭다는 개념은 관심조차 없었다. 모름지기 스스로에게 엄격하지 않은 무인은 무인이라 할 자격이 없다는 것이 그의 신념이자 원칙이었다.

―스스로에게 엄격하지 않은 자, 어찌 성장을 위한 깨달음의 기회를 얻고자 하는가.

단정함과 반듯함의 대명사였던 아들이 진정 깨달음을 통해 탈태환골한 것이라면……. 그러한 희한한(?) 깨달음의 과정은 자신도 거치지 못한 것이라 이해가 쉽지 않을 터.

하지만 예정문은 염려하지 않을 수 없었다.

'깨달음이 아니라 일종의 주화입마라면?'

가슴이 철렁할 소리였다.

흔히 주화입마라면 불구가 되는 것을 말하지만 실성을 하는 등의 정신적인 주화입마 역시 존재하니까.

'으음!'

예정문은 마음이 급해졌다. 즉시 사람을 불러 술상을 준비하라 이르곤 예국홍을 불러오라 명했다.

깨달음이든 주화입마든, 아니면 실성을 했든 모처럼 술잔을 사이에 두고 아들과 마주 앉을 필요가 있다고 판단했다. 술 한잔을 나누면서 허심탄회하게 대화를 나누다 보면 미처 알지 못한 아들의 속내를 읽을 수도 있을 것이라 믿었다.

노을이 나뭇가지에 걸친 초저녁 무렵,

청량한 바람이 감도는 정자에 푸짐한 주안상이 준비되었다.

상석에 앉은 예정문은 차분히 술잔을 기울이며 대화 상대를 기다렸다.

얼마의 시간이 지난 후 마침내 문제의 인물이 등장했다.

"어흥!"

건들거리는 걸음걸이에 잔뜩 골이 난 얼굴.

반사적으로 예정문은 눈빛을 굳혔지만 이내 마음을 가다듬고 희미한 미소를 머금었다.

"어서 오너라."

부성애를 넉넉히 담은 첫 마디였다.

하지만 돌아온 건 들으란 듯이 퉁명스런 혼잣말.

"에잉, 하필이면 이럴 때 판을 깨고 난리여."

"……!"

잔뜩 눈을 부라린 아들의 품행은 평소보다 몇 배는 더 단정치 못했다. 그래도 예정문은 입가의 미소를 풀지 않았다. 아들의 속내를 알기 위한 최대의 무기는 인내심이었다.

"무슨 안 좋은 일이라도 있었던 게냐? 심기가 편치 않아 보이는구나."

철퍼덕 맞은편에 주저앉는 아들에게 인내의 미소를 보내주었다. 차마 봐주기 힘든, 코밑과 턱밑을 거무스름하게 덮은 수염과 산발하다시피 한 머리칼이 눈을 찔렀지만 그래도 참아냈다.

그 인내의 시선을 받은 장본인 충걸은 속으로 떫은 감을 씹고 있었다.

'이 양반이 바쁜 사람 불러놓고 왜 이리 간지럽게 쳐다봐? 뭐 잘못 먹었나?'

느닷없이 술상을 차려놓고 자신을 부른 것이 황당했다.

그것도 하필이면 왈가닥 미소녀와 한잔 푸러 가려는 마당에.

"큭!"

충걸은 콧방귀를 날리며 술병을 집어 들었다.

그리곤 대뜸 입 안으로 콸콸 술을 들이부었다.

쾅!

"꺼어억!"

기세 좋게 트림을 뿜은 충걸은 구운 닭다리를 덥석 손으로 집어 입으로 가져갔다.

닭다리 맛은 환상이었지만 제대로 소화가 될지는 의문이다.

맞은편에 꼿꼿이 앉은 예정문을 힐끔 보자니 의문은 더욱 부풀었다.

'젠장, 분위기 한번 죽여주누만.'

흑천에서 장팔봉과 독대하여 술 내기를 즐긴 자신이다.

하지만 이런 분위기는 아니었다. 술 먹다가 체하기 딱 좋은 분위기는 질색인 것이다.

"어험."

가벼운 헛기침 소리가 들려왔다.

충걸은 못 들은 척 얼른 술병으로 손을 뻗었다. 그런데 손에 잡혀야 할 술병이 거짓말처럼 맞은편으로 미끄러져 날아갔다. 날아간 술병이 안착한 곳은 예정문의 손이었다.

"아비가 한잔 따라주마."

예정문은 여전히 입가에 미소를 머금고 있었다.

충걸은 슬며시 미간을 좁혔다.

'이 양반이 지금 뭐 하자는 거야?'

예정문의 담담한 눈빛에 담긴 염려와 애정을 간파했다.

하지만 아쉽게도 충걸은 전혀 다른 방식의 부성애에 길들여진 인물이었다.

"한잔 주십쇼."

충걸은 퉁명스럽게 손을 내밀었다. 그 손엔 간에 기별도 안 갈 술잔 대신 큼지막한 대접이 들려 있었다.

예정문의 미간이 꿈틀했다.

충걸은 슬쩍 딴청을 피웠다.

호기로 버틴 눈싸움의 후유증을 익히 아는 탓이다.

"언제부터 술을 즐겼더냐?"

대접을 채운 예정문이 물었다.

꿀꺽꿀꺽!

충걸은 단숨에 비운 대접을 들고서 씩 웃었다.

"이 술이란 놈이 먹어보니까 꽤 좋더란 말입니다. 웬만한 인간보다 더 쓸 만한 놈이란 말이죠. 후후."

"……."

예정문의 눈빛이 한층 꼿꼿해졌다.

입가의 미소는 보기 힘들게 희미해졌다.

"전혀 틀린 말이라 할 순 없겠구나. 그러나 지나침은 아니함만 못한 법이다."

"아하! 과유불급!"

충걸은 손가락을 딱 튕기며 소리쳤다.

예정문의 표정이 한층 더 굳어졌다. 입가의 미소는 이제 흔적도 남지 않았다. 조용히 눈을 감았던 그가 입술을 달싹이면서 눈을 떴다.

"요즘 별일은 없느냐? 특별히 심기가 불편하다거나… 아니면 말 못할 고민이 있다거나……."

"뭐 사는 게 다 그런 거 아닙니까? 좋기도 하고 엿 같기도 하고. 핫핫!"

충걸은 냉큼 말을 자른 뒤 껄껄 웃었다.

돌덩이로 변하는 예정문의 인상은 일부러 모른 척했다.

머릿속엔 얼른 이 자리를 벗어나 기다리고 있는 청미한테 후다닥 달려갈 생각뿐이었다.

"사는 게 좋을 때든 지랄 같을 때든, 그저 이놈이 최고라 이겁니다. 핫핫! 어때요? 오늘 나랑 술 내기 한판 해보실라 우?"

장팔봉과 술 내기를 제안할 때 버릇처럼 했던 방식.

넉살 좋게 주절거린 충걸은 덥석 술병을 집어 들고 예정문의 술잔을 채웠다. 이어 자신의 대접을 넘치도록 콸콸 채웠다.

그사이 예정문의 냉엄한 얼굴은 굳다 못해 얼음덩어리로 변해갔다.

"자, 위하여!"

충걸은 한입에 술 대접을 털어 넣었다. 그리곤 다시 채우고 한입에 털어 넣고, 다시 채우고 또 털어 넣고.

연거푸 다섯 잔을 마시는 동안 하얗던 예정문의 얼굴은 시커멓게 변했다. 질끈 눈을 감은 미간이 파르르 떨리고 있었다.

"꺼억! 좋구나!"

그 사실을 아는지 모르는지 충걸은 다시 여섯 잔째의 술 대접을 목구멍에 털어 넣었다.

예정문이 번쩍 눈을 치뜬 건 그때였다.

"이놈!"

창노음이 정자를 뒤흔든 순간,

쿠웅……!

기다렸다는 듯 술상이 비명을 내질렀다.

"좋구나… 음냐… 술에 취하니 인생이 취하고… 꺼억… 인생이 취하니 검도 취하노라… 음냐……."

"……!"

예정문은 눈만 부릅뜬 채 할 말을 잃었다.

술상에 엎어진 채 웅얼거리는 청년.

인피면구를 쓰고 흉내를 낸들 아비가 몰라보랴.

술에 취해 알아듣지도 못할 말을 지껄이며 해롱거리는 청년은 분명 천하제일 예의공자라 불리던 자신의 아들 와룡성검이었다.

변신, 환골탈태, 깨달음, 단정치 못한 품행, 술, 인생…….

예정문은 손으로 이마를 짚었다.

"끄응……."

골치가 지끈거렸다.

적응도, 감당도 하기 힘든 아들의 변신이 가져다 준 두통이었다.

[소림주를 처소로 모시도록 하라.]

예정문은 전음을 남긴 뒤 자리에서 일어섰다. 정자를 나서는 그의 뒷모습이 오늘따라 무척이나 피곤해 보였다.

예정문이 떠남과 동시에 등장한 두 명의 무사가 널브러진 충걸을 들쳐 업었다.

"휴! 변해도 너무 변하셨어."

"왜? 난 인간적이라 보기 좋은데."

두 무사는 의견이 엇갈렸다.

그들만의 논쟁을 벌이며 얼마나 갔을까?

"아따, 그놈들, 어지간히 떠들어 쌌네."

따닥!

"어쿠!"

무사들이 머리를 싸쥐고 주저앉았다.

그런 그들의 앞에 누군가 싱글거리며 버티고 섰다.

좀 전까지 만취해 세상모르고 늘어져 있던 충걸이었다.

어리둥절한 표정의 무사들을 향해 충걸은 히죽 웃어 보였다.

"난 이대로 내 방에 가서 늘어지게 잔 거다. 알겠냐?"

"예에?"

무사들이 머리를 싸쥔 채 눈을 끔벅였다.

그들의 눈앞에 다시 별이 번쩍했다.

따다닥!

"아이쿠!"

나동그라지는 무사들을 보며 충걸은 코웃음을 쳤다.

"눈치도 없는 놈들이 귀까지 처먹었네. 소림주는 이대로 방에 가서 곯아떨어진 거란 말이다, 자식들아!"

"존, 존명!"

뒤늦게 감을 잡은 무사들이 복창할 무렵,

이미 충걸은 눈앞에서 사라지고 없었다.

휘둥그레진 무사들의 눈에 잡힌 건 어둠 속으로 똥줄이 타는 듯 달려가는 충걸의 뒷모습이었다.

第五章
흐르는 물과 고인 물

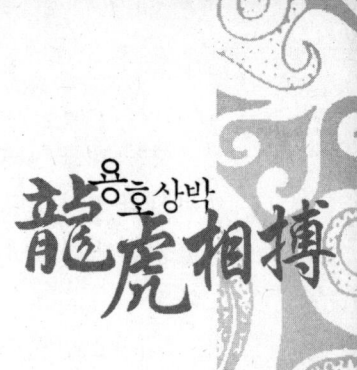

龍虎相搏
용호상박

　흐드러진 달빛이 춤을 추는지 제 몸이 춤을 추는지 헷갈렸
다. 누가 춤을 추든 지금 중요한 건 기분이 째진다는 것이다.

　"헐헐."

　휘적휘적 자신의 처소로 향하는 충걸의 입은 귀에 걸려 있
었다. 조금 전에 헤어진 청미의 얼굴이 눈앞을 떠나지 않은
탓이었다.

　부리나케 튀어간 인근 산골의 객점.

　청미는 막 두 번째 술병을 비우는 중이었다. 왜 이제 겨우
두 병째냐고 물으려던 충걸은 객점 한쪽에 널브러져 있는 장
한들을 발견했다. 눈먼 산적들이었다.

쯧쯧, 혀를 찬 충걸은 산적들을 집어 들어 바깥으로 내던진 뒤 냉큼 청미의 맞은편에 자리를 잡았다. 그런 그에게 청미는 곧장 술잔 대신 술병을 건넸고, 그로부터 술 내기는 시작되었다.

"내력 쓰면 죽어."

"당근! 호호."

마치 비무의 연장인 듯 두 사람은 질세라 술 항아리를 비워 댔고, 빈 술 항아리는 기하급수적으로 늘어났다.

마침내 빈 술병이 서른 개가 훌쩍 넘었을 때 청미의 혀가 꼬이기 시작했다.

"이봐, 오라방. 그거 알아? 난 말이야… 당신 변한 게… 무지 마음에 든다구… 응……?"

내력을 쓰지 말라던 경고를 청미는 충실히 지키고 있었다.

충걸은 묵묵히 귀를 기울이며 술을 마셨다.

"고리타분한 인간은… 밥맛이란 말이야… 모름지기 사내란… 털털한 구석이 있어야 하는 거라구……!"

충걸은 비운 술병을 내려놓고 청미를 지켜보았다.

살짝 풀린 눈빛에 발그레해진 얼굴, 혀가 꼬이는 말로 삿대질을 해대는 모습.

충걸은 취기가 오르는 와중에 그런 생각이 들었다. 쉽게 기억에서 지워지지 않을 것 같은 모습이라고.

객점을 나와 백림으로 돌아오는 길은 묘하게 편안하고 아늑했다. 부축을 마다한 청미가 비틀거리면서도 용케 쓰러지지 않아서인지도 몰랐다. 늘 보던 달빛이 평소와 달리 정겹게 느껴진 탓일 수도 있었다.

어쨌든 충걸은 난생처음 느끼는 묘한 기분을 만끽했다. 알아듣기 힘든 말과 노래를 흥얼거리며 비틀비틀 앞서 가는 청미를 뒤따라가면서.

그렇게 오는 동안 그녀는 점차 취기가 깼고, 각자의 처소로 헤어질 무렵엔 왈가닥 본연의 모습을 거의 회복했다.

"정말 놀랄 노자네. 술이라곤 입에도 안 대던 샌님이 술대포가 되었다니. 쳇!"

청미는 먼저 취했다는 사실이 믿기지 않는다는 투였다.

"네 말대로 오라비가 이젠 진짜 사내가 된 모양이다."

충걸은 껄껄 웃었다. 빤히 자신을 쳐다보던 청미 역시 깔깔 웃었다. 그러다 갑자기 뚝 웃음을 그치더니 예상치 못한 돌발 행동을 했다.

"진짜 사내가 된 걸 기념하는 선물!"

기습적으로 볼에 뽀뽀를 한 청미는 그 말을 남겨두고 떠나갔다. 홀로 남겨진 자신은 손을 흔들며 멀어져 가는 그녀의 뒷모습을 멍청히 바라보았고.

"으흐흐."

회상을 끝낸 충걸은 헤벌쭉 웃으며 볼을 두드렸다.

기습 뽀뽀가 남긴 부드럽고 짜릿한 촉감이 생생했다.

"호호, 기왕이면 입에다 선물하지."

천하의 호왕폭도가 몸을 꼬았다.

희한한 일이었다. 강남에서 최고로 잘나간다는 기녀들과 연애를 할 때도 이런 기분은 맛본 적이 없었다.

"엉?"

충걸은 흠칫 아래를 보았다.

강력한 뻐근함의 출처는 아랫도리. 보이지 않던 산봉우리 하나가 불끈 솟아 있었다.

충걸은 재빨리 주변을 휘둘러보며 엉덩이를 뒤로 뺐다.

요행히 주변에서 감지되는 인기척은 없었다.

엉거주춤 선 충걸의 얼굴이 벌겋게 달아올랐다.

"하여간 이 자식은 시도 때도 없이."

두 손으로 아랫도리의 봉우리를 가린 채 충걸은 어기적거리며 걸어갔다. 전신의 말초신경을 자극하는 뻐근함 속으로 청미의 얼굴이 다시 아른거렸다.

충걸은 급히 머리를 휘저었다.

"아서라, 아서. 너는 예국홍이고 그녀는 네 동생이란 말이다. 사고 치면 개판 나는 거라고, 인간아."

충걸은 딴생각을 하려고 용을 썼다.

때마침 그런 노력을 도와주는 소리가 있었다.

어디선가 두런두런 들려온 말소리.

청미가 사라진 반대편 후원으로 향하는 길목, 내원 경비를 담당하는 시위대의 막사였다.

"그래도 파괴력을 위주로 한 중검이 앞서지 않을까?"

"중검이 힘을 쓰기도 전에 제압할 수 있는 쾌검이 우월하지."

"내 생각은 달라. 어떤 것이 우월하다고 말할 수 없을 것 같아. 각기 장단점이 있기 때문이지."

"내 생각도 마찬가지다. 검이란 곧 쓰는 사람의 재능과 체질에 따라서 그 위력이 천양지차로 변하니까."

"흠, 듣고 보니 그 말이 맞는 것 같군. 검과 도 중 어떤 것이 더 우월한가를 단정할 수 없듯이."

"맞아. 일반적으로 도보다 검이 강하다 하지만 어떤 사람이 익히느냐, 얼마나 오래 수련하느냐에 따라 결과가 달라지는 법이잖아."

"검을 쓰는 우리 백림과 도를 쓰는 흑천이 중원을 양분하고 있는 현실을 봐도 알 수 있지."

"그래도 호왕도보단 와룡검이 강해."

"무조건 강하다는 맹신은 위험해. 제압할 수 있다는 자신감과 자신감을 지키기 위한 부단한 노력이 중요하지."

"그 말이 정답이다."

"동감이야."

늦은 시간을 의식한 나직한 대화였지만 충걸의 귀엔 천둥소리처럼 들렸다.

"저것들은 잠도 안 자고 뭐 하는 거여?"

퉁명스런 말투와 달리 충걸의 표정은 진지했다.

이채를 띤 호목이 달빛에 반사되어 번쩍였다.

―군자는 근본에 힘을 쓰니 근본이 서면 도가 생겨날 것이다.

백림의 상징과도 같은 계율이 떠올랐다.

지난 며칠 동안 알게 모르게 봐온 백림의 실상도 빠르게 뇌리를 스쳤다. 고리타분한 좀팽이들의 앙숙 집단이 고리타분함 속에 숨긴 진정한 힘을 조금씩 피부로 느껴가던 시간.

늦은 시간 잠도 잊고 논검(論劍)을 하는 무사들의 목소리는 그런 실상을 증명하는 거울과 같았다.

―근본이란 오직 고리타분하게 보일 뿐, 그 깊이를 헤아릴 수 없는 뿌리와 같다.

'깊이를 알 수 없는 뿌리의 힘은 무서운 법이지.'

충걸은 팔짱을 낀 채 고개를 주억거렸다.

'뿌리 없는 나무가 쉽게 썩는 법이고. 근데 이놈의 동네 뿌리는 은근히 질기기까지 한 것 같단 말이야.'

어쩌면 가식같이 보였던 백림의 단정함은 가식이 아닌, 보이는 그 자체의 진솔함일지도 모른다.

충걸이 슬쩍 인상을 찡그릴 때 다시 막사 쪽에서 말소리가 들려왔다.

"싸움에 능한 자는 쉽게 노하지 않고, 승리에 능한 자는 쉽게 싸우지 않는다. 그러나 일단 검을 들었다 하면 반드시 제압해야 함이다. 와룡의 진정한 힘은 이 말에서 나오는 것 같아."

"인생을 살아가는 데는 많은 길이 있지. 그중에 가장 멋진 길은 참다운 장부로 사는 것이고. 그것이 내가 백림을 선택한 이유다."

"어? 그건 내가 선택한 이유인데?"

"그래? 하하!"

소리를 죽인 무사들의 웃음은 역시나 좀스러웠다.

하지만 호기로움과 자신감을 품고 있었다.

"쿵."

충걸은 코를 벌름거렸다.

냄새가 났다. 슬쩍 배가 아픈 냄새였다.

아버지 장팔봉은 가뭄에 콩 나듯이 명언을 남겼다. 주로 술이 거나하게 취했을 때나 들을 수 있었던 명언 중 하나가 생각났다.

"뛰어난 무인은 하늘에 달려 있고 능력있는 무인은 부지런함에 달려 있다. 이놈아, 접수했냐?"

충걸은 고리눈을 번쩍이며 묵묵히 서 있었다.

어디선가 청량하게 흐르는 물소리가 들리는 듯했다.

물소리는 곧 달짝지근한 청미의 뽀뽀에 홀려 있던 자신을 깨운 무사들의 논검이었다. 이어 물소리는 형형히 빛나는 무사들의 눈빛으로 변했다.

"크흥—!"

콧방귀의 기세가 높아졌다.

어느새 본래의 우악스런 표정으로 돌아온 충걸은 막사 쪽을 향해 와락 눈을 부라렸다.

"달밤에 쉰 소리 말고 잠이나 쳐 자, 이것들아!"

고함과 동시에 막사가 잠잠해졌다.

은은히 새어 나오던 불빛마저 황급히 사라졌다.

막사 쪽을 흘겨준 충걸은 어깨를 으쓱이며 걸음을 내찼다.

혼자만 알아들을 말을 중얼거리면서.

"그래도 검은 호랑이가 장땡이여."

*   *   *

그날의 일은 여섯 사람만이 아는 비밀이었다.

자신과 장충혜, 우공, 두 명의 시비, 그리고 다친 시비를 치료한 의원. 시비들과 의원에게 국홍이 직접 부탁해 두었기에 가능한 일이었다.

"칠칠맞게 또 어디서 엎어진 거야?"

오직 총관 우공만이 아침 조회에서 퍼렇게 멍든 얼굴 때문에 장팔봉에게 핀잔을 들었을 뿐이다.

문제의 그날은 국홍으로선 새로운 관심의 대상이 생긴 날이기도 했다. 하지만 관심을 이행하는 데는 벽이 있었다.

그날 이후 장충혜의 거처를 두 번 찾았지만 그때마다 만날 수가 없었다. 장충혜가 만나기를 거부한 것이 이유였다.

그리고 오늘이 정확히 세 번째 퇴짜였다.

을씨년스런 장충혜의 처소를 벗어나며 국홍은 짤막히 한숨을 뱉었다.

"쉽지 않은 친구로군."

복잡한 인물이었다.

거침없는 기질의 아버지와 형에게 호감을 사지 못한 것이 이해가 됐다.

"갑갑하겠지, 두 사람의 눈에는."

국홍은 문제가 간단치 않을 것 같다고 생각했다.

장충혜가 태어나던 시절의 비화는 들어서 알고 있었다.

태어나면서부터 생겼을지 모를 장충혜의 벽은 이미 무너 뜨리기가 힘들 만큼 케케묵은 것인지도 몰랐다.

"그만큼 단단하다는 말일 수도 있겠지."

국홍은 걸음을 멈추고 뒤를 돌아보았다.

그늘진 숲 속에 숨은 장충혜의 거처는 보이지 않았다. 을씨 년스런 바람 소리만 들려올 뿐이었다.

마치 바람이 웃는 듯했다.

"갑자기 사람 변한 척하지 마. 언제부터 나한테 관심을 가졌다

고 그러는 거지? 그냥 하던 대로 하라고. 호왕폭도 장충걸답게
말이야. 후후……."

어딘지 모르게 뒤틀린 냉소였다.

국홍은 걸음을 옮겼다.

오늘은 무척이나 혼란스러웠다. 자신이 장충걸인지 예국
홍인지, 아니면 이미 기정화된 소문처럼 환골탈태한 장충걸
행세를 해야 하는 건지.

"좀 더 시간이 필요하겠구나."

국홍은 고개를 가로저었다.

그리곤 내성으로 향하던 발길을 돌려 외성 쪽으로 향했다.

대연무장에는 기합 소리로 들썩이고 있었다.

거칠고 씩씩한 기합 소리를 들으니 한결 기분이 개운해지
는 느낌이었다.

"생동감. 호랑이들의 터전에서나 볼 수 있는 풍경이지."

국홍은 고개를 끄덕였다.

다른 건 몰라도 흑천 특유의 넘치는 활력과 생기는 마음에
들었다. 때론 도가 지나칠 때도 없진 않았지만.

끝도 아득한 평원에 터를 닦은 흑천성답게 대연무장은 무
식하리만큼 크고 넓었다. 그 드넓은 연무장엔 검은색 일색의
건장한 장한들이 한창 도법 수련 중이었다.

국홍은 수련을 방해하지 않기 위해 기척을 죽여 인근의 전 각 지붕으로 날아올랐다.

"시원하구나."

사방이 탁 트인 지붕 위에선 대연무장이 한눈에 내려다보 였다. 국홍은 편안한 자세로 자리를 잡았다.

연무장에서 땀을 흘리는 장한들은 수백 명.

일견 다 똑같이만 보이던 흑의 무복은 문양에 따라 세 개의 집단으로 나뉜다는 걸 알 수 있었다. 오와 열도 없이 내키는 대 로 수련하는 것 같지만 암중의 규칙이 있다는 것도 깨달았다.

'비호대, 맹호대, 그럼 저기가 화호대겠군.'

넓은 연무장을 찬찬히 훑어보던 국홍의 눈에 이채가 담겼 다. 각 대가 웬만한 방파 하나는 장난처럼 뒤집어엎을 수 있 는 무력이지만 과연 그중에서도 화호대가 가장 눈에 띄었다.

흑천의 주력을 보는 와중에 문득 떠오르는 이름이 있었다.

백림의 주력인 벽룡검, 회룡검, 황룡검.

엇갈린 여섯 개의 이름은 수평을 그렸다. 어느 한쪽으로 기 울어지지 않고서.

세인들의 평가도 마찬가지였다. 가장 객관적인 지표라 할 수 있는 용호지쟁의 결과 역시 마찬가지였고.

"그러니 앙숙이라 하는 거겠지."

국홍은 미소 지었다.

연무장에 시선을 고정한 그의 표정은 곧 미소를 지우고 진지해졌다.

흑천의 도법은 익히 알고 있던 대로 거침이 없고 사나웠으며 흉맹했다. 방어보다는 공격을 위주로 한 직선적인 초식들이 주를 이루었다.

수련 중에 터져 나오는 우렁찬 기합과 함성을 듣노라니 실제 호랑이의 포효를 듣는 듯한 착각에 빠졌다. 웬만한 무인은 오금이 저릴 수준이었다.

'강할 수밖에 없는 도법. 이미 눈빛과 기세로 적의 기를 제압해 버리니. 맹수의 제왕 산천대호가 그러하듯……'

동물들의 먹이사슬, 그 정점에 호랑이가 있다.

여타의 동물들, 웬만한 맹수조차 횃불처럼 타오르는 호랑이의 동공만 마주하면 꼬리를 만다. 산천을 뒤흔드는 포효를 들으면 까무러칠 지경이다.

그러한 호랑이의 기세가 이곳에 존재했다. 연무장 곳곳에서 그와 유사한 기세가 꿈틀거렸다.

기세의 출처는 바로 흑천의 도법이었다.

일견 단순무식해 보이지만 결코 단순무식한 것이 아니었다.

'도라는 병기의 최강점은 파괴력을 통한 살상력. 하나 단순히 힘에만 의존하는 것이 아니다. 보이지 않는 세기를 갖추어 파괴력을 극대화시켰다.'

연무장에 눈을 사로잡힌 국홍은 시간의 흐름도 잊었다.

반면 시간이 지날수록 눈에 담긴 이채는 강렬해졌다.

천생 앙숙 흑천. 그들이 강한 연유를 연구해 보지 않은 건 아니지만 직접 눈으로 보고 느끼는 것은 달랐다. 그리고 다른 것은 또 있었다.

'묵강도……!'

국홍은 문득 흑천의 묵강도가 어떤 재질로 만들어졌는지 궁금해졌다.

힘과 세기의 겸비가 흑천이 강한 주된 연유라면, 거기에 병장기의 특별한 재질이나 정련술 같은 부수적인 연유도 존재하지 않을까?

특이하게 칙칙한 먹빛으로 물들인 묵강도는 보기에도 위압적인 기운을 발산했다. 금석을 두부처럼 베는 최강의 도로 이름 높았지만 정작 그 정련술이나 재질에 대해선 알려진 바가 없었다.

"할 일이 또 하나 생겼군."

국홍은 빙긋 웃었다.

할 일이 생겼다는 건 지루할 틈이 없다는 소리이니 반가울 일이다. 어쩌면 흑천이란 앙숙 집단에 대한 거부감이 스스로도 느끼지 못하는 사이 다른 형태의 감정으로 바뀌어가는 탓인지도 모를 일이지만.

툭툭.

국홍은 자리를 털고 일어났다.

가볍게 지붕에서 날아내린 그는 잠시 주변을 둘러보다가

어디론가 발길을 옮겼다.

"일단 대장간부터 찾아봐야겠지?"

하지만 몇 걸음 가다 말고 다시 멈춰 섰다.

자신의 모습을 내려다보며 국홍은 중얼거렸다.

"이대론 곤란할 것 같은데?"

모종의 결심으로 눈을 빛낸 국홍은 다시 발길을 움직였다.

처음 내성을 나설 때보다 눈에 띄게 가벼워진 발걸음이었다.

무식할 정도로 크고 넓은 것을 지향하는 호랑이군단답게 대장간 역시 으리으리할 것이라 믿었다.

하지만 확신은 여지없이 깨어졌다.

"……!"

국홍은 눈앞에 마주한 초라한 대장간을 보며 잠시 말을 잃었다. 정신을 되돌린 것은 대장간에서 들려온 기운찬 쇳소리였다.

국홍은 쓴웃음을 지었다.

"이건 정말 의외인데?"

뒤통수를 한 방 맞은 기분이었다.

눈앞의 대장간은 어디에서나 볼 수 있는 작고 허름한 평범한 대장간이었다.

물끄러미 대장간을 응시하던 국홍의 눈빛이 변했다.

선입견에 혹한 스스로를 책망하는 눈빛이었다.

'어찌 겉만 보고 판단하는가? 이미 이곳에 와서 깨달은 바가 없지 않거늘.'

평정심을 되찾은 국홍은 손을 들어 슬쩍 얼굴을 매만졌다. 평소와 다른 이질적인 촉감이 느껴졌다.

연무장에서 거처로 돌아와 가장 먼저 한 건 시위를 불러 극비하에 인피면구를 구해오라 명한 것이었다. 반 각도 안 되어 인피면구는 눈앞에 대령되었고, 다시 반 각 후 호왕폭도의 모습은 사라지고 대신 후줄근한 인상의 초로의 노인이 남았다.

'아무래도 소천주의 모습으론 힘들 테니까.'

진솔한 실상을 알고 싶다는 바람에서 그렇게 변신은 했지만 막상 대장간을 마주하니 저도 모르게 긴장하지 않을 수 없었다.

"후."

국홍은 가볍게 심호흡을 한 뒤 대장간 안으로 들어섰다.

입구로 들어서자마자 밀려온 건 숨 막히는 후끈한 열기, 그리고 귀가 멍멍할 만큼 요란한 쇳소리였다.

땅땅땅!

국홍은 놀라지 않을 수 없었다.

일부러 인적이 뜸한 늦은 저녁 무렵을 택해 왔건만 대장간 안에선 수많은 이들이 한창 일에 열중하고 있었다.

대장간 안은 바깥에서 보기보다 훨씬 넓었다. 그 안에 웃통을 벗어부친 수십 명의 대장장이들이 각자의 자리에서 구슬

땀을 흘리고 있었다.

가장 먼저 눈에 띈 건 열심히 숫돌질을 하고 있는 연사들이었다. 그 맞은편에선 목공들이 칼자루와 칼집을 만드는 데 열중이었으며, 또 다른 한쪽에선 두석장들이 완성된 강도를 붙들고 문양을 조각하느라 여념이 없었다.

그리고 대장간 가장 안쪽에 그가 있었다.

대장간을 들어서면서부터 남다른 기운을 발산하며 시선을 잡아끌었던 거친 마의 차림의 노인. 마치 그 자체가 한 자루의 쇠꼬챙이를 보는 듯한 인상의 노인이었다.

국홍은 말없이 마의노인을 향해 걸어갔다.

제각기 일에 열중인 대장장이들은 그런 자신에게 눈길조차 주지 않았다.

'특이한 분위기로군.'

차라리 잘됐다 싶었다.

그사이 마의노인이 눈앞으로 다가왔다. 그는 채 도의 형태를 갖추지 못한 뭉툭한 쇠뭉치를 들고 메질과 담금질을 반복하고 있었다.

땅! 땅! 땅!

치이익……!

국홍은 노인의 손을 주시했다.

굳은살로 뒤덮인 마의노인의 손은 마치 요술을 부리는 듯했다. 불과 눈 몇 번 깜빡일 사이에 뭉툭한 쇠뭉치가 뾰족한

한 자루의 도로 변신하고 있었던 것이다.

국홍은 무심코 손을 뻗어 막 변신을 완료한 강도를 집어 들었다. 그 모습을 힐끔 쳐다본 마의노인은 아무런 관심도 없다는 듯 또 다른 쇠뭉치를 들고 메질을 할 따름이었다.

'⋯⋯!'

국홍은 눈빛을 굳혔다.

마의노인이 신기와 같은 손놀림으로 두들겨 변신시킨 강도의 재질을 확인한 뒤였다.

'백년현철⋯⋯!'

병장기를 만드는 데 쓰이는 꿈의 재료는 만년현철 혹은 만년금강석이다.

하지만 만 년 묵은 현철이나 금강석은 전설에 불과할 뿐이었고, 그나마 천년현철이나 천년금강석 정도가 일생에 한 번 볼까 말까 한 재료이다. 그러니 시중에서 구할 수 있는 가장 값비싼 재료가 바로 백년현철과 백년금강석.

국홍은 묘한 웃음을 머금고 고개를 끄덕였다.

무림의 양대산맥 중 하나인 흑천이라면 백년현철을 쓰는 게 이상할 게 없다. 또 다른 양대산맥인 백림이 백년금강석을 주재료로 쓰듯이.

'재료마저 갈리는구나.'

웃음을 띠고 강도를 살피던 국홍은 내심 탄성을 흘렸다.

자신 정도의 고수라면 촉감만으로 병장기의 제련술을 짐

작하는 것이 가능하다. 강도의 재질도 재질이지만 직접 손으로 느낀 제련술은 무림에서 찾아보기 힘든 것이었다.

"육십 평생 한 일이 쇳덩이 두들기는 건데 그 정도도 못 만들면 밥이나 먹고살까."

심중의 탄성을 듣기라도 한 것일까?

메질에 한창이던 마의노인이 들으란 듯이 말했다. 퉁명스런 음성이지만 적의는 느껴지지 않았다.

국홍이 대꾸를 하기도 전에 노인이 말을 이었다.

"백년현철, 백일제련. 그거지 뭐. 별게 있겠어?"

국홍은 빤히 마의노인을 응시했다.

갑자기 노인의 정체가 궁금해졌다.

그러거나 말거나 노인은 땅땅, 강도를 두들기며 말을 잇고 있었다.

"다른 건 몰라도 호왕도를 만들 땐 뼛골이 좀 삭았지. 천년현철을 삼백 일 동안 잠 한 숨 안 자고 두들겨 댔으니까."

"⋯⋯!"

국홍은 눈을 치떴다.

아무렇지도 않게 내뱉는 노인의 말투가 놀랍기도 했고 신기하기도 했다. 하지만 이어진 노인의 말은 더욱 놀라웠다.

"백림의 와룡검이 천년금강석, 삼백 일 정련이라지? 흥, 호왕도에 맞먹을 놈은 전 무림에 그놈 하나뿐일 게야."

국홍은 물끄러미 노인을 쳐다보았다. 그러다 가볍게 너털

웃음을 흘리며 물었다.

"허허, 묻지도 않은 말을 왜 해주는 것이우?"

변신한 모습에 걸맞은 노쇠한 목소리였다.

노인이 힐끔 쳐다보았다. 국홍은 찔끔했다. 쇠라도 녹일 듯한 노인의 눈빛 때문이었다.

땅! 땅!

어느새 노인은 아무 일도 없었다는 듯 메질을 하고 있었다.

"같은 재료라도 만드는 인간이 누구냐에 따라 달라지는 법이지. 땀과 정성으론 부족해. 혼을 불어넣을 줄 모르는 인간은 대장장이가 아니야. 그렇다고 내가 낫다고는 말 못해. 하지만 지진 않는다곤 자부하지."

잠시 말을 끊은 노인이 노려보듯 국홍을 쳐다보았다.

예의 화로 같은 눈빛이었다.

"육십 평생 바쳐 얻은 비장의 무기가 있거든."

그러면서 불쑥 수중의 강도를 들어 보이며 코웃음을 쳤다.

"이놈이 시커멓게 변하는 순간 무적이 되는 게야. 그게 비장의 무기지."

국홍은 강도를 뚫어지게 응시했다.

이제 날이 서기 시작한 강도는 시퍼런 본래의 색을 발했다.

대장간 한쪽에 차곡차곡 쌓여 있는 수백 자루의 강도 역시 묵강도로 변신을 기다리는 중이었다.

"묵강도란 놈은 야밤에 태어나야 제대로지. 산천대호가 달밤에 사냥을 나가듯이. 클클…….."

쉿소리를 닮은 노인의 웃음소리가 일깨워 주었다.

무적으로 알려진 묵강도 정련술의 핵은 다름 아닌 검은 옷으로 갈아입는 과정에 있음을.

국홍은 물었다.

"어쩌다 이곳에 발을 들이게 되었소이까?"

마의노인은 대꾸 없이 메질에 열중했다.

찰나지간 또 한 자루의 강도를 만들어낸 그가 새로운 쇠뭉치를 손에 쥐면서 코웃음을 쳤다.

"인간은 흔히 제 눈으로 보지 못한 것도 곧잘 부풀려 얘기하지. 도왕 장팔봉을 천하에 가장 무식하고 포악한 사람이라 일컫는 자들이 그런 인간들이야."

땅! 땅! 땅!

기운 찬 메질 소리에 노인의 무뚝뚝한 음성이 스며들었다.

"가업인 대장장이가 싫어 방황하던 시절이 있었지. 철없는 아들 때문에 불구가 된 아버지의 모습도 보았고. 웃기는 일은 그때 일어났어. 손 하나를 잃고서도 악착같이 대장간에 붙어 있는 보잘것없는 늙은이에게 삼고초려를 한 사람이 있었거든."

국홍은 눈을 빛냈다.

"혹시 그가……?"

노인은 들은 척 만 척 메질을 했다.

"그 모습을 보고 정신이 번쩍 들었지. 웬 정신 나간 사람인가 했는데, 알고 보니 무림에서 가장 사납고 무서운 사람이었거든."

국홍은 자신의 직감이 맞았음을 깨달았다.

"하지만 나한테는 누구보다 그럴듯한 사내였지. 그토록 들어오기 싫었던 이놈의 대장간에서 삶의 낙을 찾게 만들어주었으니까. 아버지가 손을 잃어가면서도 찾아주지 못했던 낙을 말이지. 클클……."

"……."

"그 아비에 그 아들이라고, 어쩌면 뒤늦게 팔자를 깨달은 건지도 모르지. 도왕이란 인물이 삼고초려를 하던 그 순간에 말이야. 아니면 천하에 나만 아는 삼고초려의 비밀을 지키기 위해서인지도 모르고."

"……."

"그러고 보면 공통점이 있어. 주군이나 나나. 돈보다는 의리를, 계집보다는 술을 중요하게 여기거든. 아직 어린 소천주야 둘 다 똑같이 좋아하지만. 클클."

"소천주는 가끔씩 난폭한 행동을 한다던데……."

그 말에 마의노인의 눈빛이 변했다. 힐끔 국홍을 쏘아본 그가 다시 허공을 보았는데 강퍅한 얼굴에 지금까지완 느낌이 다른 미소가 스쳤다.

"암, 적수가 없을 사고뭉치지. 거칠기도 하고. 뚜껑 열리면

천하의 도왕도 한 수 접어줄 정도거든. 그런데 가만 보면 재
밌는 구석이 있어. 말보다 손이 먼저 나가긴 하는데 꼭 필요
할 때만 나가거든. 나간 뒤엔 쓰다듬어 주는 것도 잊지 않고.
어떤 인간이 단순무식하다 한지 몰라도, 그놈은 소천주를 겪
어보질 않아서 그럴 거야."

"……."

대꾸를 하고 싶은데 선뜻 말이 나오질 않았다.

말할 여유가 없는 탓인지도 몰랐다. 눈앞에서 싱글거리며
웃고 있는 장충걸의 영상에다 노인의 말을 대입하느라 바빴
기 때문에.

노인이 코앞으로 불쑥 얼굴을 들이민 건 그때였다.

주름투성이 강퍅한 얼굴에 뜻 모를 웃음이 담겨 있었다.

"뭐 하는 양반인지, 뭘 바라고 그렇게 요상한 가죽을 뒤집
어쓰고 이곳에 나타났는지는 모르겠지만……."

"……!"

국홍은 입을 꾹 다물었다.

귓전으로 쳇소리와 흡사한 노인의 음성이 스며들었다.

"대충 하고 가보라고. 괜히 어정거리다 육손이 꼴 나지 말
고."

"육손이가 누굽니까?"

국홍은 물었다.

"언젠가 당신처럼 꼼수를 쓰고 여길 기웃거린 친구가 있었

지. 내가 말했잖은가? 도왕과 호왕폭도는 괜찮은 사내라고. 하지만 열받으면 인정사정 봐주지 않는 맹수이기도 하지. 육손이는 쥐도 새도 모르게 잡혀갔어. 그 다음날 목 없는 시신이 되었고."

국홍은 다시 입을 다물었다.

노인이 흐릿한 웃음을 남기며 돌아서고 있었다.

"보아하니 육손이 같은 인간은 아닌 것 같아서 일러주는 게야. 대충 들을 거 들었으면 그만 뜨라고. 목 없이 황천 가고 싶지 않으면."

땅! 땅! 땅!

치이익……!

뜨거운 수증기와 기운찬 쇳소리가 다시 귀를 멍하게 했다.

국홍은 조용히 발길을 돌렸다.

노인이 육손이 얘길 꺼내던 찰나, 오감을 자극했던 강렬한 적의—대장간 곳곳에서 날아온—는 흔적도 없이 사라졌다.

여전히 그를 신경 쓰는 이는 아무도 없었고 구슬땀을 흘리며 제 할 일에만 열중이었다.

'만드는 것만큼이나 칼을 쓰는 실력도 못지않은 대장장이들이라……'

호굴에 들어갔다 나오는 기분이 이런 것인가 싶었다.

대장간을 나선 국홍은 나직이 숨을 뱉었다.

땅에 눌어붙은 황혼을 타고 시원한 바람이 불어왔다.

기분이 상쾌해졌다.

범상치 않은 집단은 대장장이마저 범상치 않다는 간단한 진리 외에 제법 얻은 게 많은 방문이었다.

"역시 무서운 동네로군."

국홍은 희미한 미소를 머금고 중얼거렸다.

단박에 인피면구를 꿰뚫어 본 노인의 철안(鐵眼)은 좀처럼 잊지 못할 것 같았다.

*　　　*　　　*

"정녕 그놈이 미친 것이냐, 환골탈태를 한 것이냐?"

의심과 불만이 짙게 밴 굵은 음성이 암중을 울렸다.

건조한 음성이 은밀히 뒤를 이었다.

"다각도로 주변을 살펴보았지만 정확한 결론을 내리기가 쉽지 않습니다."

"도무지 종잡을 수가 없소이다. 주화입마로 실성을 한 것인지, 소문처럼 깨달음을 얻어 변한 것인지."

냉랭한 세 번째 음성이 짜증을 뱉었다.

"제아무리 깨달음을 얻어 환골탈태를 한들 멀쩡하던 인간이 어찌 하루아침에 그렇게 정반대로 달라질 수가 있소이까?"

"흠……."

굵은 음성이 사이를 두었다가 정적을 깼다.

"요즘도 놈의 일과는 변함이 없느냐?"

"표면적으로는 그렇습니다. 먹고 자고 마시는 게 다입니다. 다만 한 가지가 더 늘었다면, 돌아온 와룡일미와 자주 어울린다는 것뿐입니다."

"천하에 고리타분하기론 으뜸이던 오라비가 둘도 없는 왈패로 변신했으니 죽이 맞기도 하겠지."

"말씀대로입니다."

건조한 음성의 대답에 냉기 어린 음성이 따라붙었다.

"놈의 변신이 진정 깨달음에 의한 것이라면 무공에도 눈에 띄는 진전이 있을 텐데?"

"저 역시 그 점이 가장 궁금했지만, 수련하는 모습을 전혀 외부에 드러내지 않고 있습니다."

"내부의 연공실에 숨어서 수련한단 말인가?"

"의심이 가지만 저희로선 확인할 길이 없습니다."

"빌어먹을."

벽에 부딪친 문답이 짜증에 휩싸였다.

짜증이 살기로 탈바꿈한 건 굵은 음성이 좌중을 울린 뒤였다.

"이 모든 것이 놈의 의도라는 냄새는 나질 않더냐?"

"아직까진 뚜렷이 감지된 게 없었습니다."

"영민하고 교활한 놈이다. 우습게봐선 안 돼. 모든 가능성을 놓쳐선 안 된단 말이다."

"옳으신 말씀이외다. 철저히 놈의 주변을 훑어야 할 것이
네."

냉랭한 음성이 거들자 암중의 살기는 더욱 짙어졌다.

"주야를 막론하고 살피겠습니다."

"눈치가 빠른 놈이야. 감시의 눈을 늘리되 철저히 보안을
유지하도록."

"존명."

"놈이 아비와 남몰래 접촉하는지도 확인하고, 바깥으로 출
행을 할 때도 절대 행적을 놓치지 마라."

"지난번의 접촉 이후 함께 동석한 적은 없습니다. 최근엔
예청미와 자주 어울릴 뿐 특별히 출행에 나선 적도 없습니
다."

"의도된 연막일 수 있단 말이다."

"명심하겠습니다."

"빌어먹을. 예상치도 못한 놈의 변신이 상황을 꼬이게 만
드는군."

"어쩌면… 우리에게 이득이 될 수도 있습니다."

"그건 무슨 소리냐?"

"그의 변신이 의도한 것이라면 상황이 심각해지겠지만, 만
일 그 반대라면 오히려 손을 뻗는 것이 가능해질 수도 있지
않겠습니까?"

"......!"

침묵을 지키던 굵은 음성이 코웃음을 쳤다.

"그래, 그럴 수도 있겠군. 하필 놈의 변신한 모양새가 본좌의 입맛에 딱 맞는 것이니까."

"제 아비에겐 밥맛이겠지만 말입니다."

"후후후......."

음산한 냉소가 한동안 이어졌다.

잠시 후 굵은 음성이 칼로 베듯 웃음의 여운을 배었다.

"일단 놈의 주변을 예의 주시하자고."

"......."

"그러면 결론이 나올 테지. 두 가지로 말이야."

"두 가지라 하심은?"

"놈이 숨긴 진의가 있다면 그 숨은 의도에 따라 뒷일을 결정할 것이다. 반대로 정녕 놈이 실성한 것이라면......!"

"......?"

"그땐 당근을 써야겠지. 단순무식한 왈패 놈이 덥석 물을 만한 것으로 말이야. 후후."

"흐흐흐......."

밀회의 야음(夜陰)이 깊어갔다.

*   *   *

"회룡검식 제일초 회룡등천!"

"타앗!"

차창—!

"제이초 회룡창망!"

"하압!"

챙! 채챙!

달콤한 늦잠을 깨운 건 우렁찬 기합성과 검명이었다.

"음냐… 뭐가 이렇게 시끄러……?"

충걸은 반쯤 눈을 뜬 채 웅얼거렸다.

내걷어찬 이불은 방바닥 한구석에 날아가 처박혀 있고 언제나 그랬듯 달랑 속곳만 걸친 반 나신은 침상 위에 대 자로 뻗었다.

반쯤 열린 눈이 되감기려 할 때 한층 더 우렁찬 소음이 잽싸게 날아와 눈꺼풀을 붙들었다.

"회룡산개!"

차차차차창!

"씨앙, 아침 댓바람부터 어떤 미친놈들이……!"

감기던 눈을 되뜨자마자 쨍쨍한 햇살이 우르르 쏟아져 내렸다. 아침 댓바람이란 불평과 어울리지 않게 태양이란 놈은 떡하니 중천에서 뛰어노는 중이었고.

"합!"

"타앗!"

문제의 소음은 갈수록 욱일승천의 기세였다.

"이것들이 미쳤나?"

충걸은 우거지상을 지었다.

말이 끝나기가 무섭게 펄쩍 일어난 그는 어느새 창문 쪽으로 향하고 있었다.

콰앙—

냅다 지른 발길질에 창틀이 통째로 비명을 지르며 날아갔다.

늦은 아침의 아름다운 후원의 풍경이 한눈에 들어왔다.

잠을 깨운 주범인 기합성이 한층 가깝게 들려왔고 그 출처가 멀리 연무림 쪽이란 것도 짐작하게 만들었다.

"니미."

충걸은 잠이 싹 달아난 눈을 부라렸다.

안 그래도 조만간 날 잡아 무공 수련하는 좀팽이들의 모습은 얼마나 웃길지 구경해 보려던 참이었다.

때가 좀 빨랐지만 아무래도 상관없었다.

"오냐, 이놈의 좀팽이들."

말이 나온 김에 가서 연무림을 뒤엎어주리라 맘먹었다.

휘휘휙!

몇 차례 바람 소리가 이는가 싶더니 대충 옷을 걸친 충걸의 신형은 벌써 부서진 창밖으로 튀어나가고 있었다.

대번에 뒤집어엎을 것 같던 기세완 달리 연무림에 당도한 충걸은 묵묵히 팔짱을 낀 채 자리를 지켰다. 그러다 주위를 휘둘러보더니 인근의 나무 위로 훌쩍 날아올랐다.

"어디, 얼마나 잘 노나 한번 보자고."

나무 위에선 연무림이 한눈에 들어왔다.

충걸은 가지 위에 팔베개를 하고 드러누웠다.

"용행출진!"

정연히 대열을 갖추고 혼연일체가 되어 검을 휘두르는 수백의 검수들. 장관이 따로 없었다.

"잘들 노누만."

충걸은 코웃음을 치면서도 연무림에서 눈을 떼지 않았다.

검수들이 똑같이 맞춰 입은 하얀 무복. 회색 수실로 수놓인 용 문양이 눈에 들어왔다. 백림의 삼대검단 중 두 번째로 강하다는 회룡검단임을 짐작케 하는 표식이다.

회룡검수들은 십여 명씩 무리를 지어 검진을 형성하고 있었다. 충걸도 익히 알고 있는, 소수로 다수의 적을 상대할 때 그 위력을 떨친다는 소용행검진(小龍行劍陣).

십여 개의 소용행검진이 일사불란하게 돌아가는 모습 또한 장관이었다. 웅혼한 기합성을 쫓아 허공을 가르고 햇살을 꿰뚫는 검광의 파편들이 눈부셨다.

스스스슷!

돌연 십여 개의 소용행검진이 어지럽게 뒤섞이기 시작했다.

그러더니 순식간에 세 개의 대형 검진이 만들어졌다.

무림 최강의 검진으로 평가받는 대용행검진(大龍行劍陣)이 었다.

"흐흥. 이번엔 큰놈이군."

충걸은 콧방귀를 꼈다.

무림 최강의 검진을 유일무이하게 막아낸 집단, 흑천의 작은 주인만이 보일 수 있는 반응이었다.

그사이 위력적인 무력을 과시하던 대용행검진은 마무리 단계로 접어들고 있었다.

"타앗! 용행섬천—!"

콰아아!

도합 일백을 훌쩍 넘는 검이 뿜어낸 무시무시한 검풍에 연무림 전체가 출렁였다. 가히 하늘을 꿰뚫고도 남을 와룡의 기세였다.

"검진 해제! 도열!"

대용행검진이 순식간에 해제되고 본래의 대오로 일사불란하게 도열하는 회룡검수들.

그 모습을 충걸이 느긋하게 구경할 무렵이었다.

"거기 누구냐!"

누군가의 날카로운 호통이 허공을 가르며 날아왔다.

충걸은 늘어지게 기지개를 켰다.

"몰래 구경하는 꼴은 못 봐주겠다 이거야?"

말과 함께 훌쩍 나무에서 뛰어내린 뒤 연무장을 향해 어슬 렁거리며 걸어나갔다.

숲에서 걸어나오는 그의 모습에 일시 탄성이 일었다.

"소림주……!"

도열해 있던 회룡검수들이 일제히 군례를 취했다.

선두에 섰던, 살벌하게 충걸 쪽을 쏘아보던 중년인이 가장 늦게 예를 갖추었다.

"소림주를 뵙습니다."

충걸의 눈이 가늘어졌다.

'오라, 재수없는 좀팽이들 중에서도 가장 왕재수라는 회룡 검주 악보?'

충걸은 간만에 쌩쌩하게 돌아가는 기억력이 만족스러워 히죽 웃었다.

그때 악보가 물었다.

"소주께서 어쩐 일로……?"

무표정한 얼굴이 듣던 대로 왕재수다.

충걸은 가볍게 코웃음을 날려주었다.

"왜? 내가 못 올 데 왔어?"

악보의 얼굴이 똥 씹은 얼굴로 변했다.

충걸은 거들떠보지도 않고 늘어선 회룡검수들을 쓸어보았 다.

"어째 수련하는 꼴이 그 모양이냐? 그래 가지고 호랑이는

커녕 고양이라도 잡겠냐? 쯧쯧."

"……!"

장내가 쥐 죽은 듯 고요해졌다.

이백에 달하는 회룡검수들은 하나같이 얼굴이 붉어진 상태였다. 때마침 들려온 가벼운 웃음소리가 어색한 분위기를 깼다.

"하하, 듣던 대로 소주의 농담이 일취월장하셨군요."

이건 또 뭔가 싶어 충걸은 돌아보았다.

호리호리한 체구에 허여멀건 낯짝의 청년과 강직함이라고 아예 이마빡에 써 붙여놓은 중후한 중년인.

둘 다 예사롭지 않은 고수다.

충걸은 두 사람의 무복에 수놓인 용 문양을 주시했다. 청년은 옥빛을 띤 청색 수실, 중년인은 금빛을 띤 황색 수실.

'벽룡검주 주문락, 황룡검주 이립?'

충걸의 눈이 번쩍였다.

백림의 중추라 할 수 있는 삼대검단의 검주들이 한자리에 모인 것이다.

"아침부터 눈이 호강을 하네. 크크."

정확히 알아듣지 못한 주문락이 의아한 표정을 지었다가 이내 싱긋 웃으며 다가섰다.

"소주, 다음에 강남에 바람 쐬러 가실 땐 꼭 속하를 데려가 주십시오."

충걸은 웬 개가 짖느냐는 표정을 지었다.

'이 자식은 왜 이리 살살거려?

한 대 쥐어박으려다가 말았다.

차분한 언행이 다르긴 했지만 주문락은 흑천의 '똥파리' 오동팔을 연상케 했다.

하여간 간질거리는 놈은 딱 질색이다. 차라리 이럴 땐 석상처럼 입을 꾹 다물고 있는 이립 같은 인간이 낫다.

"데려가면 뭐 하게? 대신 얻어터지게?"

"예에?"

얼굴을 붉히는 주문락은 본체만체하고, 충걸은 이립 쪽으로 시선을 틀었다. 악보나 주문락도 만만치 않지만 화호대에 맞먹는 황룡검단의 수장답게 이립은 과연 존재감이 범상치 않은 인물이었다.

충걸은 불쑥 장난기가 동했다.

"어이, 이 검주, 간만에 몸 좀 풀까?"

이립의 눈빛이 굳었다.

충걸은 대답도 듣지 않고 주먹 관절을 꺾어댔다.

우두둑! 뚜둑!

"이거 영 몸이 찌뿌드드해서 말이야. 주먹으로 한판 붙자고. 응?"

그러면서 성큼 연무장으로 나서니 도열했던 검수들이 황급히 우르르 뒤로 물러났다. 하나같이 토끼눈을 한 상태였다.

연무장 한복판에 떡하니 자리를 잡고 선 충걸은 아직 움직이지 않고 있는 이립에게 턱짓을 했다.

　"뭐 해? 한판하자니까?"

　이립은 당혹한 기색이었다.

　옆에 서 있는 주문락 역시 황당한 표정을 감추지 못했다.

　"소주……."

　막 이립이 입을 떼는 찰나, 누군가 싹둑 말을 잘랐다.

　"외람된 말씀이지만, 소생이 황룡검주의 역할을 대신해도 될는지요?"

　충걸의 눈이 천천히 돌아갔다.

　가장 뚜렷한 존재감을 발하는 이립의 실력을 간보기 위해 일부러 지목을 한 참이다. 그런데 어떤 눈치없는 인간이 딴지를 건 단 말인가?

　눈치없는 인간의 정체는 악보였다.

　시선이 마주친 악보가 형형한 안광을 숨기지 않고 정중히 말을 이었다.

　"부족하나마 소생이 최선을 다해보겠나이다."

　충걸은 수하에게 검을 넘긴 뒤 공권으로 포권하는 악보를 빤히 쳐다보았다.

　당당한 눈빛은 제법 쓸 만했다.

　문제는 그놈의 눈빛에 똥오줌도 못 가리는 '호승심' 이 담겼다는 것.

"악 검주, 물러서게."

그때껏 말이 없던 이립이 굳은 얼굴로 악보를 제지했다.

주문락의 얼굴에도 웃음이 사라졌다.

"무엄하오, 악 형."

그러나 악보는 꿈쩍도 하지 않았다.

이립과 주문락은 충걸을 돌아보았다. 심기가 불편한 와중에도 당연히 소림주가 마다할 것이라 믿는 눈치였다.

두 사람의 걱정 어린 시선을 받은 충걸은 다시 악보를 보았다. 그리곤 천천히 이를 드러내며 웃었다.

"나중에 딴말하기 없기다?"

악보의 눈빛이 살짝 흔들렸다.

하지만 곧 호승심으로 다시 번뜩였다.

"물론입니다."

충걸은 흔쾌히 고개를 끄덕였다.

"그럼 들어와."

"……!"

악보가 소리없이 기수식을 취했다.

검을 들지 않은 공권임에도 대번에 숨을 멎게 하는 기파가 휘몰아쳤다.

우우우웅……!

멀찌감치 물러선 회룡검수들은 숨을 죽인 채 눈을 부릅떴고, 이미 말릴 틈을 놓친 이립과 주문락은 복잡한 표정으로 한쪽에 서서 장내를 주시했다.

[조만간 소림주에게 비무를 청하겠노라 공공연히 호승심을 드러내더니 결국 일을 벌이는군요.]

[악 검주도 악 검주지만 비무를 두말없이 받아주시는 소주가 더 놀라울 따름이다.]

[하긴, 흐음……!]

모종의 깨달음으로 인해 소림주가 딴사람으로 변했다는 소문은 더 이상 새로울 것도 없었지만 설마 이 정도일 줄은 몰랐다.

특히 평소 와룡성검의 최측근을 자부해 온 주문락의 놀라움은 누구보다 컸다.

[웃어야 하나 울어야 하나.]

말 그대로 웃는 것도 우는 것도 아닌 기묘한 표정으로 주문락은 연무장을 주시했다.

돌연 그가 퍼뜩 눈을 치떴다.

기수식을 취한 채 내력을 끌어올리던 악보가 막 공세를 개시한 직후였다.

쉬이이잇―

악보의 질주는 가공했다. 한 가닥의 질풍으로 화한 그에게서 찰나지간 천번지복의 무지막지한 권격 세례가 폭발적으로 터져 나왔다.

쾅쾅쾅쾅!

"……!"

주문락은 눈을 부릅떴다.

악보는 초장부터 십성 공력을 사용하고 있었다.

애초에 단단히 맘을 먹었다는 증거다.

소림주가 감당할 수 없는 상대라는 사실을 감안해도 결코 불손함의 비판을 면치 못할 태도였다.

"회룡검주!"

옆에서 터져 나온 이립의 노호성이 그 증거였다.

다음 순간 주문락과 이립은 동시에 입을 딱 벌렸다.

사정없이 몰아친 악보의 권풍 속에 그대로 박살날 지경에 처한 충걸. 그가 갑자기 춤을 추듯 몸을 흔든 찰나였다.

쫘앙—

지진이라도 난 듯 연무장이 뒤흔들렸다.

주문락과 이립은 중심을 잡을 새도 없이 눈을 치떴다.

뭉클뭉클 피어오른 먼지 속에 엉겨 붙은 두 사람.

악보는 무지막지한 권력을 실은 주먹을 내뻗는 자세 그대로 굳어 있었고, 믿을 수 없는 각도로 허리를 비틀어 그 주먹을 반 치 차이로 피한 충걸이 악보의 턱에 주먹을 꽂아 넣은 상태였다.

"꺼어……."

충걸의 주먹에 반쯤 가려진 악보의 입에서 억눌린 소리가 새어 나왔다.

충걸은 씩 웃었다.

"나중에 딴말 안 한다 그랬지?"

모처럼 만에 선보일 '호왕구타신공' 의 예고였다.

충걸은 호왕구타신공의 주 고객(?)이었던 '똥파리' 오동팔을 향한 그리움을 달래며 신나게 몸을 풀었다.

퍼퍼퍼퍽!

뻐버버버벅!

그 이름만 들어도 벌벌 떨 와룡군단의 회룡검주.

난생처음 맛보는 공포의 구타신공 앞에선 그 이름도 속수무책이었다. 반면 난생처음 악보가 춤을 추는 진풍경을 목격한 중인들은 그들대로 경악을 금치 못했다.

"⋯⋯!"

주문락과 이립은 말을 잃었다.

사람은 배움에 의해 성장하고 변하는 동물이다. 그리고 성장과 변화는 저렇게 충격적일 수도 있었다. 정체 모를 깨달음만 따른다면.

하지만 주문락은 그런 깨달음은 별로 환영하고 싶지 않았다. 그런 깨달음을 증명할 대상이 되고 싶지도 않았다.

바로 저 눈앞의 악보처럼.

철퍼덕!

공포의 구타신공에 맞춰 춤을 추던 악보가 마침내 대 자로 널브러졌다.

"이거 맷집이 영 시원찮은데?"

충걸은 툭툭 손을 털며 혀를 찼다.

그러면서 돌아서자니 반쯤 넋이 나간 표정으로 지켜보던 회룡검수들이 일제히 눈을 피했다.

"소주."

주문락과 이립이 다가섰다.

"많이… 노하셨나 봅니다."

널브러진 악보를 힐끔 쳐다보며 주문락이 조심스레 말했다.

굳은 표정의 이립이 말을 이었다.

"회룡검주의 불손은 본 검주가 계율원에 보고를 올리도록 하겠습니다."

"보고? 보고는 무슨 개뿔, 그냥 몸 좀 푼 거 가지고."

충걸의 천연덕스런 대꾸에 이립이 멈칫했지만 특유의 강직한 어조는 굽히지 않았다.

"악 검주는 본 림의 계율을 어겼습니다, 소주."

"거참, 말 많네."

충걸은 이립의 코앞에 얼굴을 들이밀었다.

"저 친구는 당신 대타로 뛴 거잖아. 고맙다고 술이나 한잔 사주라고. 응?"

이립이 입을 다물었다.

그런 그의 어깨를 툭 쳐준 뒤 충걸은 건들건들 걸음을 옮겼다.

"아쉬운 대로 간만에 몸 좀 풀었더니 목이 컬컬한데?"

냉큼 군침이 돌았다.

까맣게 잊고 있던 누군가의 얼굴도 냉큼 떠오른다.

"청미 불러서 한잔할까나?"

청미란 이름에 군침이 열 배로 불어났다.

"룰루······!"

콧노래와 함께 빨라진 충걸의 발걸음.

멀찌감치 뒤쪽에선 주문락과 이립이 형용하기 힘든 표정
으로 충걸의 등짝을 바라보고 있었다.

第六章
고인 물에 발 담그기

龍虎相搏
용호상박

이형환영대법을 개진한 지 정확히 이십 일째였다.

본래는 조만간 강남, 북을 차례로 들러 장충걸과 예국홍을
직접 만나볼 예정이었다.

그런데 예상치 못한 상황이 발목을 붙잡았다.

며칠 전부터 천기의 움직임에 일어난 변화 때문이었다.

아란은 식음을 전폐한 채 천기를 읽기 위한 영력을 동원했
다.

'기운이 강해졌어.'

아란은 머나먼 서녘 하늘을 보았다.

범인의 눈엔 보이지 않을 그곳, 정체 모를 음산한 암운이

하늘을 뒤덮은 가운데 붉은 빛을 띤 여섯 개의 별이 떠 있었다.

눈에 띄게 강렬해진 기운을 발하는 가운데의 대혈성, 그리고 대혈성을 호위하듯 둘러싼 다섯 개의 혈성.

변화는 그뿐만이 아니었다.

'어느 틈에 그들이……!'

영기를 띤 아란의 봉목이 어두워졌다.

그녀의 시선이 향한 곳은 머나먼 서녘이 아닌 중원이었다.

중원의 하늘을 포위하듯 자리 잡은 네 개의 또 다른 혈성.

그들이 발하는 기운 또한 눈에 띄게 달라져 있었다. 머지않아 닫아건 빗장을 열고 노골적으로 본연의 강력한 마기를 뿜어낼 태세였다.

'아!'

아란은 왈칵 눈물을 쏟을 뻔했다.

무려 열 개에 달하는 혈성의 기운을 홀로 맞서 감당하기가 역부족이었다. 스승의 빈자리가 사무치게 다가왔다.

'버겁기만 하옵니다. 제자는 어찌해야 하옵니까?'

아란은 간절히 허공에 고했다.

고대하는 스승의 대답은 들려오지 않았다.

삭막한 바람이 천근의 어깨를 짓누를 따름이었다.

'……'

아란은 야속한 심정으로 한숨을 삼켰다.

스승의 손때가 묻은 염주를 매만지는 손길에 땀이 배어들었다.

잠시 후 아란은 조용히 고개를 들고 다시 허공을 올려다보았다. 야속함을 털어낸 봉목이 다시 찬연한 빛을 발했다.

'스승님, 부끄러운 제자를 용서해 주세요.'

비록 천기는 위험을 고하고 있었지만 아직 중원은 건재했다.

스승의 뜻을 이을 자신 역시 멀쩡히 숨을 쉬고 있었고, 천명에 따른 대법 역시 차질없이 진행 중이었다.

스슥.

품으로 들어갔다 나온 아란의 섬섬옥수에 몇 장의 부적이 쥐어졌다.

'……'

흐드러진 달빛 아래 소리없는 염이 퍼져 나갔다. 이어 팔괘로 자리 잡은 부적들이 차례로 불꽃으로 화해 허공으로 비산했다.

암운으로 물든 하늘이 미약하게나마 생기를 되찾는 듯했다.

'하아!'

염을 끝내고 눈을 뜬 아란의 표정도 밝았다.

'며칠 시간이 더 필요하겠어.'

힘든 시간이겠지만 더 이상 피하고 싶은 두려움은 없었다.

어쩌면 눈앞에 떠오른 두 청년의 얼굴이 기운을 북돋워준 때문인지도 몰랐다.

'침착하고 냉정한 예 공자는 알아서 잘할 테니 걱정 안 해도 될 거야. 하지만……'

역시 문제는 장충걸. 어디로 튈지 모르는 사내였다.

대법을 연 지 불과 며칠 만에 갑갑증을 못 이겨 강남으로 건너가 사고를 친 것만 봐도 알 수 있다.

대법에 지장을 줄 만큼 큰 사고는 못 칠 거란 걸 미리 예상했기에 망정이지.

'제발 좀 차분해지면 좋으련만.'

맘 같아선 직접 만나 타이르고 싶지만 천기를 감시하기 위해 당장 움직일 형편이 못 되니 다른 방도라도 써야 했다.

아란은 필묵을 준비했다.

잠시 후 두 장의 전서가 아름다운 필체의 글씨로 채워졌다.

구구구…….

아란이 허공에 손짓을 하자 기다렸다는 듯 새하얀 깃털로 뒤덮인 비둘기 두 마리가 날아왔다.

냉큼 코앞에 자리 잡은 녀석들이 대롱을 매단 발목을 내밀며 고개를 까닥였다.

아란은 녀석들의 머리를 쓰다듬어 주었다.

'부탁해.'

비둘기들이 걱정 말라는 듯 다시 고개를 까닥였다.

아란이 돌돌 만 전서를 대롱 속에 넣기가 무섭게 녀석들이 힘차게 날아올랐다.

구구구!

순식간에 전서구들의 모습이 까마득히 멀어졌다.

녀석늘이 그런 것처럼 아란은 힘주어 고개를 끄덕였다.

'다 잘될 거야.'

*　　*　　*

연락이 늦었군요.

직접 만나뵙고 얘길 나눌 생각이었지만 피치 못한 일로 인해 당분간 움직일 수 없는 형편이 되었어요.

바쁜 일이 끝나는 대로 조만간 찾아뵙겠습니다.

대의를 위한 어려운 길, 성심으로 이행하고 계시리라 믿어요. 물론 위험천만한 순간이 없었던 건 아니지만.

다시는 그런 섣부른 실수가 없을 것으로 믿습니다.

재차 그런 일이 벌어진다면 그 이후의 끔찍한 결과는 굳이 설명해 드리지 않아도 잘 아실 것이라 생각하니까요.

"뭐? 그 이후의 끔찍한 결과?"

충걸은 읽다 만 전서를 냅다 팽개쳤다.

"이런 망할 놈의 신녀 같으니라고!"

충걸은 씩씩거리며 바닥을 뒹구는 전서를 노려보았다.

일전에 보았던 요상한 비둘기가 다시 창가에 등장한 건 반 각 전의 일.

이형환영대법의 희생자가 되었다는 환장할 충격. 그 아침 의 악몽이 되살아난 충걸은 선뜻 녀석에게 다가가지 못했다.

"저놈의 비둘기가 왜 또 나타난 거야?"

잔뜩 눈을 부라리고 경계를 하자니 녀석이 고개를 까닥이 며 대롱이 달린 발을 내밀었다. 어정거리지 말고 후딱 끌러보 라고 재촉하듯이.

'재수없는 자식. 하는 행동도 제 주인을 빼다 박아선.'

충걸은 행여 녀석이 들을까 속으로 투덜거렸다.

그렇게 주저하며 불안한 맘으로 끄른 대롱에서 곱게 말린 전서가 모습을 드러냈다. 익숙한 향과 필체로 채워진.

그리고 펼쳐진 전서의 내용은 예상대로 벙어리 신녀의 협 박으로 시작되었다.

"재차 그런 일이 벌어진다면 그 이후의 끔찍한 결과는 책 임 못 진다고?"

'그런 일'이란 보나마나 강남에 떴던 일을 말하는 것일 게 다. 그 이후의 끔찍한 결과는 영원히 좀팽이로 뒤바뀐 채 살 아야 한다는 소리일 테고.

말인즉, 앞으론 사고 칠 생각 말고 얌전히 죽어 지내란 경

고인 셈이다. 논두렁을 지키는 허수아비마냥.

"으흐흐……."

충걸은 잊었던 울분이 되살아나 주먹을 틀어쥐었다.

때맞춰 창가에서 들려온 울음소리가 딴지를 걸었다.

구구구!

하얀 눈을 뒤집어쓴 듯 요상한 꼴의 비둘기가 빳빳이 고개
를 세운 채 발을 구르고 있었다. 마치 잡소리 말고 떨어진 전
서나 주워 마저 읽으라는 듯이.

"망할 놈의 비둘기."

충걸은 고리눈을 떴다.

빤히 쳐다보는 비둘기와 팽팽한 눈싸움을 벌였다.

그러다 일순간 저도 모르게 움찔했다. 보석을 박은 듯 신묘
하게 반짝이는 녀석의 동공이 마치 아란의 그것을 보는 듯한
착각 때문이었다.

구구…….

녀석이 한결 부드럽게 고개를 까닥였다.

"젠장."

충걸은 뒷말은 녀석이 못 듣게 속으로 씹었다.

'그냥 확 구워 먹어버릴까 보다!'

그동안 충걸의 손은 얌전히 주워 든 전서를 다시 눈앞에 펼
치는 중이었다.

읽다 만 전서를 마저 다 읽는 데는 한 호흡도 걸리지 않

았다.

"쿵! 결국 사고 치지 말고 알아서 기란 소리구먼."

와그작!

충걸은 전서를 움켜쥔 주먹에 삼매진화를 일으켰다.

찌그러졌던 전서가 순식간에 잿더미가 되어 사라졌다.

구구구!

"알았다, 알았어, 이 자식아. 알아서 기면 될 거 아냐?"

충걸은 부라린 눈을 창가로 휙 틀었다.

하지만 그놈의 요상한 비둘기는 벌써 하늘 높이 날아오른 뒤였다. 녀석이 남긴 울음소리의 여운이 '앞으로 지켜볼 거야' 라고 소리치는 듯했다.

"끄응!"

충걸은 덥석 머리통을 싸쥐었다.

청미의 깜짝 등장 덕분에 한동안 잊고 살았던 혈압이 다시 끓어오르고 있었다. 골치가 방망이질을 쳐댔다.

"에고, 내 팔자야."

충걸은 내일 곧 죽을 병자마냥 어기적어기적 창가로 걸어 갔다.

그 순간,

"그 요상한 비둘기는 뭐야? 오라방 거야?"

'으갹—!'

충걸은 심장이 멎을 뻔했다.

창밖 후원에 그녀가 팔짱을 끼고 서 있었다.

청미였다.

"흰 털을 가진 비둘기가 있다는 건 또 첨 알았네. 웬 비둘기야?"

청미는 잔뜩 좁힌 눈으로 하늘을 보고 있었다.

아란의 전서구가 좀 전에 사라진 쪽이었다.

'꿀꺽!'

충걸은 마른침을 삼켰다.

휑하니 비워진 머릿속을 채우기 위해 용을 썼다.

"아하하, 그게……."

"그게 뭐?"

"그게 말이야, 시, 심심하면 한 번씩 후원에 놀러 오는 놈인데 말이지, 나도 뭐 하는 놈인진 몰라."

"……?"

청미는 팔짱을 낀 채 빤히 올려다보고 있었다.

충걸은 에라 모르겠다 싶어 버럭 고함을 질렀다.

전서구가 사라진 하늘에다 주먹질을 해대면서.

"별 요상하게 생긴 자식이! 너, 또 오면 죽는다! 확 구워 먹어버릴 테다!"

"……."

청미의 미간이 슬쩍 좁혀졌다.

힐끔 그 모양을 훔쳐본 충걸은 재빨리 말을 돌렸다.

"하여간 별 희한한 것들이 신경 거슬리게 말이야. 근데 청미 넌 웬일이냐? 한잔하러 왔냐?"

"한잔은 무슨, 내가 주정뱅이야?"

청미가 입술을 내밀었다.

그 모습이 그렇게 기특할 수가 없었다.

충걸은 틈을 놓치지 않고 잽싸게 앙소를 터뜨렸다.

"핫핫! 주정뱅이들만 술 퍼먹냐? 그러지 말고 한잔하자! 오늘은 오라방이 거하게 쏠 테니까. 크하하!"

"쯧쯧, 하여간 저럴 때 보면 적응이 안 된다니까. 오죽하면 미쳤다는 소리까지 나올까."

청미가 설레설레 고개를 내저었다.

충걸은 내심 가슴을 쓸어내리며 히죽 웃었다.

이 정도면 대충 위기는 모면한 셈이다.

그런데 위기는 또 다른 위기를 부른다 했던가?

"거하게 같은 소리 치우고 후딱 내려오기나 해. 몸이나 풀게."

'허걱!'

간신히 정상으로 돌아온 심장이 다시 뚝 멎었다.

다른 건 몰라도 그것만은 마다하고 싶은 것이 다름 아닌 청미와의 비무!

무공을 쓸 수도, 쓸 무공도 없는 비무는 결단코 피하고 싶은 고역이었다. 게다가 청미가 보통 고수인가?

능히 백림에서 열 손가락 안에 들 초절정고수다.

"오늘은 진짜 안 봐줄 거야. 저번처럼 도망만 가면 알아서 하라구."

뚜두둑! 뚜둑!

서슬 퍼런 음향이 일었다.

몸을 푸는 청미가 충결의 눈엔 여류 저승사자처럼 보였다.

'아이고, 환장하겠네!'

충결은 울상을 지었다. 때맞춰 청미의 눈과 마주쳤다.

"뭐 해, 안 내려오고?"

"어엉? 어, 간다, 가!"

충결은 재빨리 고개를 끄덕였다.

그리곤 청미가 다시 눈을 돌리는 모습을 확인하자마자 부리나케 몸을 날렸다.

'에라, 나도 몰라!'

쌔앵―

창가에 바람이 일었다.

바람 소리는 청미의 청력에도 감지되었다.

"뭐 해? 안 내려와?"

창가는 잠잠했다.

기다림에 취약한 청미의 아미가 하늘로 치켜 올라갔다.

파앗!

단숨에 창가로 도약한 청미는 눈을 동그랗게 떴다.

"어? 어디 갔어?"

방 안엔 인적이 없었다. 활짝 열린 방문만이 주인의 다급한 외출(?)을 알릴 따름이었다.

청미의 표정이 열받은 암표범으로 돌변했다.

"이씨! 잡히면 죽어—!"

쌔앵—

때 늦은 두 번째 바람이 일었다.

앞서보다 훨씬 사나운 돌풍이었다.

청미에게 쫓겨 정신없이 달아나던 충걸을 구해준 건 예상 밖의 인물이었다.

"소주?"

맞은편에서 오다 마주친 인물이 급히 인사를 했는데 처음엔 누군지도 몰랐다.

옷차림으로 봐선 회룡검단 소속 검수였는데 하관이 좁고 눈꼬리가 찢어진 인상이 충걸의 기준으론 비호감에 근접한 청년이었다.

"안 그래도 소주를 모시러 가는 길이었는데 마침 여기서 뵙게 되는군요. 하하!"

어딘지 부자연스런 청년검수의 웃음도 입맛에 맞질 않았다.

"어이, 바쁜 일 아니면 비켜. 지금 내 목숨이 왔다 갔다 하는 판이다."

충걸은 손을 내저으며 그냥 가려고 했다.

설명이 따로 필요없었다. 멀찍이서 왈가닥 청미의 살벌한 고함이 들려오고 있었으니.

청년검수가 감 잡았다는 듯 눈을 빛냈다.

"하하, 말씀대로 위급한 상황이군요. 제가 때마침 나타난 것 같습니다."

"때? 뭔 때?"

충걸의 대꾸에 청년이 재빨리 입을 놀렸다.

"수석장로께서 소주를 초대하셨습니다. 그래서 제가 모시러 가는 길이었습지요."

"수석장로?"

충걸은 미간을 좁혔다.

예중악이란 이름이 뒤늦게 떠올랐다.

"숙부가 날 초대해? 뭐 하러?"

"일단 가시죠. 상황이 급하니 가면서 설명드리겠습니다."

청년의 말에 충걸은 힐끔 뒤를 보았다.

하늘로 치솟은 청미의 쌍심지가 어느 틈엔가 시야에 들어오고 있었다. 고민의 여지가 없었다.

"어디냐? 가자!"

충걸은 덥석 청년의 목덜미를 움켜쥐고 뛰었다.

마정이라 이름을 밝힌 청년검수를 따라간 곳은 의외로 영내가 아닌 영외였다. 그것도 제법 먼 거리에 위치한 한적한 호숫가의 주루였다.

청화루란 이름의 주루. 가장 전망이 좋은 삼층에 예중악은 자리를 잡고 있었다.

"어, 통도 크시네. 여길 통째로 빌리셨수?"

삼층에 올라선 충걸의 첫마디였다.

그는 널찍한 삼층 내부를 둘러보며 휘파람을 불었다.

넓은 삼층엔 다른 손님의 모습은 보이지 않았다.

예중악을 포함한 세 명이 전부였다.

"어서 오너라. 껄껄!"

예중악이 특유의 호탕한 웃음으로 충걸을 맞았다.

웃음소리에 맞춰 두 사람이 자리에서 일어섰다. 상석의 예중악을 기준으로 왼쪽과 오른쪽.

"어서 오십시오, 소주."

충걸은 일어선 이들을 쓱 훑어보았다.

눈길이 먼저 날아간 곳은 오른쪽, 껑충한 키에 헐렁한 백포를 걸친 중노인의 얼굴이었다.

'집법장로 사공추?'

남모르게 머리 끙끙 앓으며 백림의 주요 인사에 대해 공부해 둔 덕을 봤다.

집법장로란 이름에 걸맞게 깐깐한 사공추의 얼굴을 지나

반대편으로 향하던 충걸의 눈이 갑자기 휘둥그레졌다.

"어라?"

곧바로 충걸은 폭소를 터뜨렸다.

"푸하하하!"

날고 기는 고수들이 구름과 같다는 천하의 백림.

거기서도 열 손가락 안에 든다는 회룡검주라는 이가 턱이 시퍼렇게 부풀어 올라 나다니는 모습이 어찌 황당하고 우스꽝스럽지 않으랴.

"여어, 이게 누구야? 악 검주!"

충격의 구타신공, 그 흔적이 고스란히 남은 악보가 돌덩이처럼 굳은 얼굴로 포권했다.

"어서 오십시오."

"호오, 멀쩡하네? 보기보단 맷집, 쓸 만한데?"

감탄은 사실이었다. 공력을 배제한 구타신공이지만 그래도 상당한 충격이 있을 거라 여겼는데 외관상으로만 흉할 뿐 속은 멀쩡해 보였다.

구타신공의 주 고객이었던 비호대주 오동팔과 맞먹는 맷집이다.

'맷집도 앙숙이라 이거지.'

충걸은 피식 웃으며 자리로 갔다.

비워진 예중악의 맞은편에 털썩 주저앉으며 탁자를 탕, 두드렸다.

"뭔 바람입니까? 분위기가 딱 비밀 단합대회 분위긴데."

예중악이 기다린 듯이 껄껄 웃었다.

"비밀 단합대회는 무슨. 모처럼 숙부가 조카랑 술 한잔하자는 거지. 하하!"

"술이라? 오호, 듣던 중 반가운 소리구만요."

예중악이 화통한 성격답게 술을 즐긴다는 정보는 이미 접수된 바다.

충걸은 질세라 껄껄 웃었다.

그러다 갑자기 웃음을 뚝 그친 뒤 능글맞게 주변을 돌아보았다.

"맘 놓고 술판을 벌여도 되는 자리인진 모르겠지만."

"무어라?"

예중악이 눈을 치뜨는 시늉을 했다.

"하나밖에 없는 숙부가 술 한잔하자는데 누가 뭐라 한단 말이더냐?"

그리고는 다시 호탕하게 웃어젖혔다.

충걸은 기분이 동한다는 듯이 커다랗게 고개를 주억거렸다.

"역시 숙부님은 시원시원해서 좋다니까. 흐흐."

"하하, 사내대장부가 시원시원해야지 고리타분해서야 쓰겠느냐?"

"캬아! 역시."

충걸의 장단에 예중악이 다시 웃음을 터뜨렸다.

척척 죽이 맞는 두 사람의 대화 덕분에 어색하던 좌중의 분위기가 한결 화기애애해졌다.

그러나 충걸과 마주 앉은 예중악의 속은 그렇지 못했다.

'정녕 이놈이 국홍이란 말인가? 기가 찰 노릇이군.'

이비 충설이 객잔에 늘어서는 순간부터 놀라움의 연속이었다.

좋게 말하면 털털하며 꾸밈이 없고, 나쁘게 말하면 영락없이 뒷골목에서나 볼 법한 무뢰배.

완벽한 백팔십도 변신의 실상을 입증하고 있는 눈앞의 청년이 정녕 자신이 알던 조카인지 믿어지지가 않았다.

인피면구를 썼다거나 완벽하게 닮은 가짜가 장난질을 하는 것도 아니다. 그 정도론 백림의 수석장로인 자신의 눈을 속일 수 없다.

"그러고 보니 우리 숙부님, 쌈짓돈이 두둑하신가 보네."

"돈이라니?"

"이렇게 널찍한 객잔 삼층을 통째로 전세 낼 정도면 말이죠."

충걸이 다시 휘파람을 불자 예중악이 짐짓 눈을 부라렸다.

"통 큰 사내로 변했다더니 아직 고리타분한 기질은 못 버린 게로구나. 후후……."

'이것 봐라?'

충걸은 예중악을 향해 히죽 웃었다.

웃음에 실려 능청스런 대꾸가 흘러나왔다.

"인간이 변한다는 게 뒷간에서 볼일 때리는 거하곤 다르지 않겠습니까?"

순간 미세하게 변하는 예중악의 눈빛을 놓치지 않았다.

금세 눈빛이 돌아온 예중악이 화통하게 웃었다.

"껄껄! 그렇지, 그렇고말고. 사람이 변한다는 게 그리 쉬운 노릇이 아니지."

"너무 갑자기 변하면 옆에 있는 사람들도 피곤하고."

충걸이 어깨를 으쓱하자 예중악이 진지하게 고개를 끄덕이며 말했다.

"지금의 변화만으로도 숙부는 기쁘다. 진정한 와룡성검을 보는 것 같아서 말이다."

"뭐, 저도 기분 나쁘진 않습니다. 그동안 왜 그렇게 갑갑하게 살았나 싶기도 하고."

"오죽하겠느냐? 보는 나도 가끔씩은 갑갑할 때가 있었으니."

예중악이 뒷말은 슬쩍 웃음으로 흐렸다.

충걸은 못 들은 척 늘어지게 기지개를 켰다.

"아버진 이렇게 변한 내가 갑갑한 모양이더만요. 으아함!"

기지개를 켜며 팔자 편하게 하품을 하는 충걸과 그를 지켜보는 예중악.

찰나지간의 정적이 흘렀다.

물 흐르듯 자연스러운 정적이었고, 그 틈을 활용해 두 사람은 각자 생각했다.

'놈, 거짓말처럼 변했군. 하나 아직은 섣부른 판단이야.'

'흐흥. 이 양반이 뭘 떠보긴 떠보고 싶은 모양인데.'

자연스러운 정적은 자연스럽게 깨어졌다.

"사실 오늘 이 자리도 갑작스런 네 변화에 숙부가 걱정하는 마음이 없지 않아 마련한 자리다. 술 한잔하면서 허심탄회하게 얘길 해보자는 생각이었지. 그런데 막상 이렇게 만나고 보니 이 숙부의 걱정이 부질없는 것이었다는 걸 알겠구나. 하하."

"거참, 한두 살 먹은 코흘리개도 아니고 뭘 그렇게 걱정들을 하는지. 불알 찬 사내놈이 사내다워진다는데 이상할 게 없잖습니까?"

천연덕스런 충걸의 말에 예중악이 의미심장한 미소와 함께 고개를 끄덕였다.

"백림에 말이 통할 사람이 생겼구나."

"숙부님도 그동안 꽤나 갑갑하셨던 모양이구만요."

충걸 역시 의미심장한 미소로 맞받았다.

자신과 예중악의 미소가 같은 성질의 '의미심장함'인지는 분명치 않았다. 다른 성질일 확률이 높으리라 추정할 뿐이었다.

추정에 탄력을 싣기 위해 충걸은 눈을 돌렸다.

"보자, 그런데… 사공 장로와 악 검주, 세 분이 이렇게 돈독한 사이인 줄은 몰랐는데요?"

"이런, 내 정신 하곤. 사람을 앉혀놓고 목석으로 만들어 버렸군. 하하!"

자신의 무릎을 치는 예중악의 모습은 전혀 어색함이 없었다.

"너도 알다시피 사공 장로야 십년지기이니 달리 말이 필요 없을 테고, 악 검주는 숙부가 평소에 아끼는 친구라 동석하라 일렀다. 근래 너한테 불손한 실수를 범했다는 얘기를 들어 사과의 자리를 겸한 것도 있고."

숨김없는 허심탄회한 말이었다.

충걸은 힐끗 악보를 보았다.

마침 악보 역시 자신을 보는 중이었다.

"지난번엔 속하의 과오가 컸습니다. 한순간의 호승심으로 소주께 무례를 범했습니다. 용서해 주십시오."

그때나 지금이나 악보의 표정은 무미건조했다.

딴엔 제아무리 정중한 예를 갖췄어도 역시나 밥맛은 밥맛인 게다. 충걸은 밥맛을 호탕한 웃음으로 때웠다.

"핫핫! 천하가 벌벌 떤다는 백림의 회룡검주가 그깟 일로 용서란 말을 쓰다니."

"……!"

"어이, 악 검주. 내가 아직도 옛날의 그 쪼잔하고 고리타분한 소림주로 보이나?"

"그건……."

"또 맞기 싫으면 앞으론 뻔뻔해지라고. 회룡검주답게 말이야. 알간?"

"……."

"어라, 대답이 없네?"

"…알겠습니다."

"됐어. 이걸로 끝!'

호기롭게 결론지은 충걸은 기세를 이어 탁자를 탕, 두들겼다.

"아니, 근데 술자리에 초대했다면서 술이란 놈은 어디로 튄 겁니까?"

예중악이 말없이 웃으며 손을 들었다.

바로 옆에 있던 줄을 당기며 그가 말했다.

"상다리 휘어지게 들어올 테니 조금만 기다려라."

"쩝."

충걸은 입맛을 다셨다.

아쉬운 대로 탁자 위의 찻잔을 한입에 털어 넣을 무렵이었다.

"외람되지만 소주께 여쭈어볼 말씀이 있습니다만……."

무표정한 악보의 질문이었다.

"질문? 뭐?"

잠시 뜸을 들이던 악보가 진지하게 말을 꺼냈다.

"지난번 속하를 제압할 때 쓰셨던 권법 말씀인데, 백림의 권법이 아닌 것 같다는 기억이 남아서 말입니다. 어쩐지 눈에 익은 것이… 흑천의 것인 듯싶기도 하고. 물론 찰나지간에 벌어진 일이라 미처 정확히 확인은 못했습니다만."

충걸은 내심 찔끔했다.

갑자기 귓전에 아란의 목소리가 비상 나팔처럼 메아리치고 있었다.

"만약 돌이킬 수 없는 사고가 벌어진다면 그 이후에 일어난 결과는 스스로 책임지셔야 해요."

쇠뭉치가 뒤통수를 강타한 듯 정신이 번쩍 들었다.

충걸은 재빨리 어깨를 부풀리며 앙소를 터뜨렸다.

"핫핫! 악 검주가 보는 눈이 있구먼!"

생뚱맞은 앙소에 예중악과 악보, 사공추가 일제히 미간을 좁혔다.

"내가 말이야, 요즘 고민을 좀 하고 있거든. 강호 절대양강이라 하는 와룡과 검은 호랑이의 무공을 조합하면 어떤 무공이 나올까 하고 말이지. 후후!"

"……!"

악보의 무표정한 얼굴이 처음으로 꿈틀했다.

놀란 표정은 예중악과 사공추도 마찬가지였다.

천연덕스럽게 웃는 충걸을 빤히 주시하던 예중악이 이윽고 탄성과 함께 무릎을 쳤다.

"역시 와룡성검이군! 하하!"

사공추가 뒤따라 고개를 끄덕였다.

"명불허전입니다. 어느 누구도 엄두를 못 낼 생각을 행하시다니. 소주의 변화가 과연 깨달음에 의한 것임이 틀림없는 듯합니다. 허허."

말없이 눈을 빛내는 악보 역시 무언의 동의를 표하는 눈치였다.

"낯간지럽게 깨달음은 무슨, 그냥 혼자 쓸데없이 고민하는 것뿐이니까 그 얘긴 그만 합시다."

충걸은 휘휘 손을 내저었다.

그리곤 문간을 돌아보며 버럭 소리쳤다.

"술 빚다 죽었냐?"

고함의 여운이 가시기도 전에 문간에 기척이 일었다.

곧이어 등장한 인영을 본 순간 충걸의 입이 자연 반사적으로 떠억 벌어졌다.

'우웃!'

벌떡 일어나지 않은 게 다행이었다.

문간에 등장한 인영. 정확한 나이를 분간할 수 없는 묘령의

여인은 그 정도로 뻑 갈 만큼 미인이었다. 아니, 미인이라기
보단 뇌쇄적이었다.

특히나 보는 이의 눈을 빨아들일 듯한 그 환장할 눈빛이란!

"기다리시게 해서 송구하옵니다."

'헙!'

충걸은 숨통이 콱 막혔다.

여인의 목소리는 눈빛보다 더한 마력을 지녔다.

듣는 것만으로도 욕정에 불을 지르는 마력이라고나 할까?

'억, 저런 기똥찬 미녀가 있었다니.'

여인이 문간으로 들어섰다.

"들어오너라."

여인의 옥음에 주안상을 받쳐 든 시비들이 들어섰다.

말 그대로 상다리가 휘어질 만큼 거나한 주안상이었고, 시
비들 또한 하나같이 절색이었다.

하나 충걸은 주안상과 시비는 거들떠보지도 않았다.

술상 뒤로 걸어오는 여인에게 온 정신이 팔렸다.

사박사박.

여인의 걸음걸음에 뇌쇄적인 마력이 뚝뚝 떨어졌다.

우아한 하늘색 궁장으로도 감추지 못한 풍만한 몸매가 자
극에 불을 지폈다.

'죽겠구먼.'

충걸은 앉은 채로 급히 엉덩이를 뒤로 뺐다.

벌써부터 뻣뻣해진 아랫도리가 난리였다.

주안상이 자리를 잡았고, 여인이 곁으로 다가섰다.

공손히 읍을 한 그녀가 예국홍을 보았다.

"그동안 발길이 뜸하셔서 소첩 서운하였사옵니다."

"하하, 그동안 좀 바빴지. 이렇게 보았으니 된 것 아닌가? 그나저나 루주의 미모는 날이 갈수록 빛을 발하는군그래."

"과찬이시옵니다."

루주라 불린 여인이 교태롭게 웃었다.

분위기상으론 전혀 오랜만에 보는 사이 같지가 않았다.

충걸의 눈이 가늘어졌다.

'루주였단 말이지.'

사내 여럿 잡을 루주의 눈길이 이쪽으로 향한 건 그때였다.

그녀는 충걸을 빤히 쳐다보며 속삭이듯 말했다.

"간밤에 꿈자리가 남다르더니 오늘 소첩의 눈이 이렇게 호사를 누리는군요. 오매불망 그리던 예 공자를 직접 뵙게 되었으니 말이옵니다. 아무래도 오늘은 불면으로 꼬박 밤을 지새울 듯하옵니다."

"……!"

충걸은 입 안에 고인 군침을 꿀꺽 삼켰다.

그 모습을 힐끗 본 예중악이 껄껄 웃었다.

"국홍이도 싫지는 않은 눈치인데? 루주가 소원 성취했군그래."

좌중에 폭소가 일었다.

그 와중에도 루주의 탐닉하듯 끈적이는 눈길은 충걸에게 고정되어 있었고, 반면 충걸은 엉덩이를 뒤로 빼느라 여념이 없었다.

*　　*　　*

"대체 이 인간이 어딜 간 거지?"

방방 뛰던 것도 시간이 지나니 시들해지고, 이젠 따분하고 심심해서 환장할 노릇이었다.

"내가 너무 갈궜나?"

비무하자고 일방적으로 갈군 게 쬐금 미안하기도 했다.

그래도 딴엔 죽이 맞게 변한 오라버니가 맘에 들어서 그런 것인데. 따지고 보면 원인 제공자는 자신이 아니라 오라버니인 것이다.

"씨이."

청미는 들고 있던 술 호로병을 냅다 발로 걷어찼다.

퍼억!

"후회고 뭐고 어디 돌아오기만 해봐, 그냥."

회룡검수하고 도망갈 때 덜미를 잡았어야 했다.

하지만 오라버니의 신법을 따라잡을 수가 없었다. 백림을 벗어나 일각가량을 더 쫓아갔을 때 더 이상 충걸의 꽁무니는 눈에 보이지 않았다.

"근데 그놈은 뭐지? 뭣 땜에 같이 튄 거야?"

도망가다 만난 회룡검수와 몇 마디를 주고받더니 냅다 옆구리에 끼고 뛰던 충걸의 모습이 생생했다.

좀체 이해할 수 없는 노릇이었다.

둘이 같이 술이라도 퍼먹으러 갔나?

"흥, 놈씨 둘이서 술 퍼먹으러 갔다 이거지?"

사내 둘이 술 마시러 갔다면 뻔할 뻔 자다.

청미는 추측을 아예 기정사실화해 버렸다.

"오냐. 실컷 놀다 오라구. 소화는 내가 자근자근 시켜줄 테니까."

뿌드드득!

청미는 서슬 퍼렇게 주먹을 틀어쥐었다.

그리곤 획 눈을 틀었다.

"일단 예비로 몸 좀 풀어야겠군."

저벅저벅!

청미의 걸음은 거침이 없었다.

기세등등하고 살벌한 그녀의 발길이 목표로 잡은 곳은 때마침 인근에 있던 벽룡검대의 숙사.

그녀를 발견한 숙사 정문 경비무사들이 반갑게 인사를 건넸다.

"아가씨 나오셨습니까?"

청미는 콧방귀를 날렸다.

"비켜, 이것들아!"

"어이쿠!"

손짓 한 번에 경비무사들이 나가떨어졌고,

콰앙—

다짜고짜 내찬 발길질에 통나무 문짝이 박살이 났다.

"뭐, 뭐야!"

늦은 저녁 느긋하게 휴식을 취하고 있던 벽룡검수들이 기겁하여 튀어나왔다.

팔짱을 끼고 딱 버티고 선 청미.

그녀를 본 검수들의 눈이 휘둥그레졌다.

청미는 손가락을 까닥거렸다.

"거기 열 명, 나랑 몸 풀자."

행운에 당첨된 주인공은 가장 먼저 날렵하게 튀어나온 앞줄의 열 명이었다.

"니들은 검, 나는 맨손. 됐지?"

"……?"

검수들은 쌩긋 웃는 청미를 보며 눈만 끔벅였다.

다음 순간,

"시—작."

한마디와 함께 청미가 몸을 날리면서 그들의 운명은 결정되었다.

우지끈! 쿵쾅!

"아이고!"

"꾸엑!"

한바탕 태풍이 몰아쳤다.

눈 깜짝할 사이에 열 명의 검수들은 걸레쪽으로 변신했다.

"다음!"

다시 열 명이 지목되었다.

우지끈! 쿵쾅!

"꾸에엑!"

걸레쪽은 스무 명으로 불어났다.

"다음!"

"사람 살려!"

걸레쪽이 기하급수적으로 불어날 무렵 남다른 기도의 인물이 등장했다. 구원의 용사처럼 의연히 청미의 앞을 막아선 장본인은 바로 벽룡검주 주문락.

"고정하십시오, 아가씨. 이러시면 안 됩니다."

청미는 환하게 웃었다.

"알았어. 다음은 너."

"예에?"

"시—작!"

우지끈! 쿵쾅!

우르르르! 꽝꽝!

이번엔 제법 태풍이 몰아치는 시간이 길었다.

단지 길었다는 차이일 뿐 결과는 별반 다름이 없었지만.

"아, 아가씨! 살려주십시오!"

"넌 검주니까 특별히."

뻐버버버벅!

퍽퍽퍽퍽!

태풍이 몰아친 시간이 길어진 만큼 그 혜택도 남달랐다.

"끄으."

저만치 날아가 처박힌 주문락의 모습은 좀 더 심하게 망가진 걸레쪽이었다.

아직 행운에 당첨되지 않은 검수들은 그 모습에 눈을 감았다. 예상대로 오늘 밤의 기구한 운명은 아직 끝나지 않았다.

"다음!"

청미가 다시 손가락을 까닥였다.

*   *   *

거나하고 흥겨운 분위기는 시간 가는 줄 모르고 이어졌다.

적당히 체면을 버리고 적당히 노골적인 분위기였다. 예중악과 사공추, 악보도 취기 오른 모습으로 분위기에 어울렸다.

물론 충걸은 말할 것도 없었고.

"크아!"

몇 잔째인지도 모를 술 대접을 비운 뒤 충걸은 대소했다.

"좋구나! 크하하!"

"껄껄! 내 오늘에서야 진짜 사내가 된 와룡성검을 보는구
나!"

질세라 목청을 높인 예중악이 곁에 앉은 시비의 가슴팍에
스스럼없이 손을 집어넣었다.

본래 그의 술시중은 루주의 몫이었지만 언제부턴가 그녀
는 충걸의 곁에 자리를 잡고 있었다.

"한잔 더 하시와요."

"따라봐!"

루주가 채워준 술 대접을 충걸은 게 눈 감추듯 비웠다.

그동안 루주의 보이지 않는 손길은 자연스럽게 충걸의 허
벅지를 간질였다.

충걸은 루주의 손을 덥석 잡은 뒤 아랫도리의 산봉우리에
척하니 올려놓았다.

"자리를 잡으려면 제대로 잡아야지."

"어멋!"

놀란 루주가 화들짝 손을 뺐다.

하지만 놀란 것치곤 별로 붉어지지 않은 얼굴이었다.

"하하하!"

좌중에 폭소가 일었다.

예중악이 은근한 눈빛으로 루주와 충걸을 번갈아 보았다.

"이거 분위기를 보아하니 오늘 밤 루주 잠자긴 틀린 것 같은데?"

"아이, 그런 말씀 마세요."

루주가 교태롭게 몸을 꼬았다.

사내의 본능에 불을 끼얹는 농익은 몸짓이다.

'아주 여럿 잡았겠구먼.'

충걸은 보란 듯이 와락 루주의 허리를 끌어당겼다.

풍만한 가슴과 둔부와는 달리 한 줌도 안 되는 개미허리였다.

단번에 딸려와 품에 안긴 루주가 끈적이는 비음을 흘렸다.

"흐응… 이러시면 안 돼요……."

몸을 꼬면서도 두 손은 밀어내는 척 충걸의 가슴을 더듬고 있었다. 피가 쏠린 아랫도리가 터져 나갈 지경이었다.

충걸은 내심 부르짖었다.

'참자, 참아! 으흐흐흐……!'

정신 무장을 다시 한 뒤 노골적으로 루주의 허리를 더듬어 댔다.

"이런 즐거움을 모르고 살았다니. 후후."

"아이… 공자님두……."

찰싹 달라붙은 두 사람은 남의 시선을 전혀 의식하지 않았다. 묘한 미소를 머금고 그 광경을 지켜보던 예중악이 술잔을 치켜들었다.

"네가 이제 알았구나. 암! 즐거움도 누릴 줄 알아야 사내라 할 수 있는 법이니라!"

충걸은 질세라 술 대접을 쳐들었다.

"소질도 앞으론 즐거움 좀 누려가면서 살아야겠습니다. 핫핫!"

"옳거니!"

쩡!

기세 좋게 부딪친 술잔이 사이좋게 입으로 사라졌다.

빈 술잔을 호기롭게 탕 내려놓은 예중악은 흥에 취한 목소리로 입을 열었다.

"강호의 바람이 잔잔하니 검을 든 무인은 외롭구나!"

충걸은 루주의 품을 더듬다 말고 얼굴을 들었다.

"그건 뭔 소립니까?"

"……"

예중악은 웃으며 술잔을 비울 뿐 말이 없었다.

대답은 그가 아닌 악보의 입에서 흘러나왔다.

"강호가 지나치게 평화로워도 검의 숙명을 짊어진 무인에겐 좋을 게 없다는 말씀인 듯싶습니다."

이건 또 뭔 소린가 싶었다.

"젠장, 뭘 그렇게 어렵게 얘기해?"

충걸은 악보에게 눈을 부라려 준 뒤 직접 시범을 보였다.

"너무 살 만해도 지지고 볶을 일이 없어 따분하다 이거

고인 물에 발 담그기 231

아냐?'

악보의 입이 다물렸다. 사공추는 슬쩍 술잔을 들었다.

예중악만이 의미심장하게 웃었다.

"지지고 볶는다는 표현은 그렇고, 가끔씩은 검을 쓸 일이 있어야 한다는 것이지. 검이 녹스는 걸 봐야만 하는 현실은 무인에게 어울리는 행복이 아니란 소리다."

"엎어 치나 메치나 아닙니까?"

충걸은 히죽 웃으며 덧붙였다.

"기름칠 빠릿빠릿하게 하면 녹슬 일도 없을 테고."

"……!"

정적이 흘렀다. 언젠가처럼 자연스럽지만은 않은 정적이 었다.

"호호, 역시 공자님은 똑똑하시군요."

교태 어린 루주의 찬사가 정적을 자연스럽게 밀어냈다.

충걸은 보란 듯 가슴을 슥 내밀었다.

"내가 누구야? 와룡성검이잖아."

"호호!"

루주가 한층 가깝게 달라붙었고, 충걸은 얼씨구나 그녀의 개미허리를 끌어당겼다. 그러면서 슬쩍 살핀 좌중의 분위기엔 작은 변화가 있었다.

취기가 돌던 악보의 얼굴은 다시 '밥맛'으로 돌아가는 중이었고, 말없이 술잔을 비우는 사공추의 입가엔 엷은 냉소가 어른거렸다.

그리고 예중악이 과장스럽게 호탕한 웃음을 막 터뜨리는 찰나였다.

"껄껄껄! 역시 이 예중악의 조카답다!"

안 그래도 너무 분위기를 죽였나 싶던 참이다.

충걸은 넙죽 먹이를 받아먹듯 앙소로 화답했다.

"핫핫! 역시 숙부님은 화통해서 좋다니까."

"껄껄!"

"우하하!"

삼층 객잔을 쩌렁쩌렁 울린 다소 과장스런 웃음소리 덕에 살짝 변했던 분위기가 원상 회복됐다.

누구에게 더 좋을진 몰라도, 어쨌든 표면적으로는 모두가 반길 결과였다.

흥얼거리던 콧노래를 멈춘 건 청화루가 한참 멀어진 뒤였다.

애당초 취하지도 않은 술이라 정신은 말짱했다.

그런데 기분이 떨떠름했다.

마치 흐르는 물을 건너뛰려다 고인 물에 뛰어든 기분이랄까?

'수석장로 예중악이라…….'

의혹과 호기심이 버물린 냄새가 났다.

구미가 당겼다. 뭔지는 모르지만 분명 재밌는 일거리가 있을 것 같았다.

그러나 호기심에는 여지없이 따르는 숙제가 있었다.

머리를 써야 한다는 거였다.

'젠장, 이거 또 골치 좀 썩게 생겼는걸.'

재미있는 일을 골치 안 썩고 재미있게만 풀어갈 묘수는 없을까?

'……!'

열심히 머리를 굴리던 충걸의 얼굴에 음흉한 웃음이 확 번졌다.

'청! 화! 루!'

재미있게만 풀어갈 묘수의 해답이었다.

'사내 여럿 잡을 그 여자가 있었지? 청화루주! 후후.'

청화루주를 떠올림과 동시에 즉각 반응이 왔다.

불끈!

하지만 충걸은 뻣뻣한 아랫도리를 신경 쓸 겨를이 없었다.

'아깝다, 아까워. 맘 같아선 그냥 확 해치우고 오는 건데.'

충걸은 쩝쩝 입맛을 다셨다.

거나하게 취해 먼저 일어서던 자신을 악착같이 붙잡고 늘어지던 루주가 떠올랐다.

"술이 과하셨으니 오늘 밤은 여기서 주무시고 가세요."

사공추와 악보도 루주를 거들었다.

예중악은 밤새 술을 마시자고 큰소리쳤다.

그런 최악의 조건에서 꿋꿋이 인내심을 발휘했으니 상이라도 줘야 하는 거 아닌가?

"줘야지. 때가 되면. 흐흐, 좀만 참으라고."

충걸은 의미심장하게 웃으며 군침을 삼켰다. 눈앞에 되살아난 청화루주의 뇌쇄적인 자태를 곱씹자니 아랫도리가 비명을 질러댔다.

"참으라고, 자식아."

충걸은 아랫도리를 툭툭 두들겨 주며 생각에 잠겼다.

'내 눈은 못 속이지. 분명 둘이 보통 사이가 아니었단 말이지.'

지난날 뻔질나게 기루를 드나든 덕을 봤다.

노련한(?) 충걸의 성적 기감은 자연스럽게 예중악과 청화루주를 한 쌍으로 놓고 보았다.

'내연의 처?'

내연의 처라면 자연스러울 것이다.

어차피 혼자 몸인 예중악이고, 아직 팔팔한 오십대라면 충분히 있을 수 있는 관계였다.

"무슨 생각으로 그런 생뚱맞은 술자리를 잡았는지, 나한테서 뭘 떠보려고 했는지는 모르겠지만 말이야."

충걸은 호탕하고 시원시원함으로 일관한 예중악을 생각하며 씩 웃었다.

"덕분에 당분간 심심하진 않겠어."

방법은 역시 단순했다.

골치 아프게 생각할 필요도 없었다.

누가 자신을 떠본다면 자신은 역으로 그 인간을 떠보면 되는 것이다. 더구나 방법까지 나와 있는 마당에.

그것도 가장 자신있는 방법이 말이다.

'흐흐.'

충걸의 눈이 먹이를 포착한 늑대처럼 달아올랐다.

덩달아 아랫도리도 후끈 달아올랐다.

청화루주의 끈적이는 눈빛과 교태스런 몸짓.

아마도 그 눈빛과 몸짓을 두 번째 보게 되는 날엔 얘기가 백팔십도 달라질 것이다. 첫 만남에서 힘들게 참고 견뎌낸 대가를 톡톡히 받아낼 터였고.

충걸은 음흉스럽게 웃었다.

"이형환영인지 뭔지도 한 번씩 해볼 만한데? 쿡쿡."

자신으로 둔갑한 좀팽이는 죽었다 깨어나도 이런 재미를 못 누릴 것이다. 좀팽이로 둔갑한 호왕폭도니까 누릴 수 있는 재미인 게다.

충걸은 즐거운 고민에 빠졌다.

계획을 언제 실행으로 옮기느냐가 고민의 관건.

그런데 고민이 또 다른 고민을 낳을 줄은 까맣게 몰랐다.

'……!'

퍼뜩 떠오른 생각에 충걸은 움찔했다.

'만약 청미가 알면? 죽이려 들지 않을까?'

하필이면 왜 그때 청미가 생각났는지는 모른다.

생각난 그 순간부터 본능적으로 몸이 오그라들었을 뿐이다.

'꿍!'

희희낙락하던 충걸의 얼굴은 장마철 먹장구름으로 돌변했다.

"그 왈가닥은 네 동생이잖아!"

찰나지간 먹장구름이 걷혔다.

말 그대로 찰나일 뿐이었다.

"진짜 동생이 아니니까 문제지. 쩝!"

먹장구름으로도 모자라 폭우까지 쏟아졌다.

폭우의 살기등등한 기세에 청화루주의 뇌쇄적인 자태는 씻은 듯 꼬리를 감췄다.

"쓰벌. 하여간 거저먹는 게 없다니까!"

충걸은 신경질적으로 머리를 벅벅 긁었다.

머리를 긁을 때도 손을 써야 하듯 세상엔 공짜가 없는 법이다.

第七章
꼬리가 길면 밟힌다

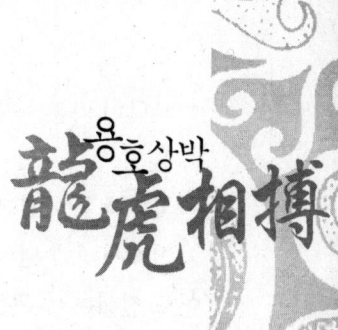

龍虎相搏
용호상박

상쾌한 아침이었다.

언제나처럼 햇살은 싱그러웠고 창밖에선 이른 아침도 잊은 활기찬 소음이 들려오고 있었다.

'그러고 보면… 나도 편견을 가졌던 셈이로군. 백림에 못지않게 부지런한 이들을 게으른 폭도라고만 여겼으니.'

국홍은 팔베개를 하고 누운 채 쓴웃음을 지었다.

'그러고 보면 게을러진 사람은 다름 아닌 나로군. 이렇게 침상에 늘어지게 누워 여유를 부리고 있으니.'

오늘따라 기분이 여유롭고 편안했다.

그래서 일어나서도 게으름을 부리고 있는지 모를 일이었다.

아니면 다른 특별한 이유가 있는지도.

"……"

국홍의 틀어진 시선이 침상 옆 탁자로 향했다.

어제저녁에 날아온 전서가 그곳에 있었다. 하룻밤이 지났어도 전서에서 은은히 풍겨 나오는 향은 그대로였다.

마치 그녀가 바로 옆에 있는 것처럼.

"다음엔 직접 만나 얘길 나누고 싶소."

국홍은 조용히 입을 달싹였다.

뒤이어 그녀에 대한 염려를 가슴에 담았다.

'바쁜 일이란 게 안 좋은 일이 아니었으면 좋겠구나.'

국홍은 나직이 한숨을 내쉰 뒤 몸을 일으켰다.

역시나 부지런한 시비 춘희가 일찌감치 준비해 둔 용정차가 탁자에 대기 중이었다. 뜨거운 차보다 시원한 차를 즐기는 입맛에 딱 맞게 차는 식어 있었다.

"좋군."

국홍은 한 모금의 차를 머금고 미소 지었다.

생동감 넘치는 햇살과 시끌벅적한 창밖의 소음, 그리고 입맛에 맞는 한 잔의 차.

마치 한 폭의 그림 속 주인공이 된 기분이었다.

이형환영의 충격을 맞은 날로부터 정확히 스무하루째의 아침이었다.

'이래서 시간이란 게, 적응이란 것이 무서운 건가?'

신비지림 백림의 고즈넉한 아침에 익숙했던 자신이 언제부터인지 모르게 왁자한 흑천의 아침 풍경에 길들여진 모양이다.

침상에서 눈을 떴을 때 주변이 조용한 것이 오히려 이젠 어색할 정도였으니.

스륵……!

국홍은 가볍게 지풍을 날려 무식하도록 큰 창문을 활짝 열었다.

"흐음."

다른 건 몰라도 장충걸의 침실 전망 하나만큼은 맘에 들었다. 무식하도록 큰 창문도 이젠 정겨웠다.

그 전망 좋은 창으로 내성을 지나 중문 너머 가까운 외성 쪽의 풍경까지 한눈에 들어왔다.

아침잠을 깨웠던 왁자한 소음의 출처가 바로 그곳이었다.

"야, 이 자식아! 처마를 잘못 올렸잖아!"

"어따, 그놈 참 말 많네. 남 신경 끄고 너나 똑바로 하라고, 자식아!"

"뭐야? 너, 다 지껄였어? 한판 뜨자!"

"오냐, 오늘 너 죽고 나 살자!"

우당탕탕!

퍼펑! 뻐버벙!

한창 건물에 달라붙어 일하던 두 장한이 허공에서 맞붙

었다.

죽이네 살리네 하며 장력이 난무하고 권풍이 몰아쳤지만 다른 이들은 산 너머 불구경이었다.

국홍은 헛웃음을 지은 뒤 다시 건물로 눈을 돌렸다.

어제만 해도 안 보이던 건물이다.

자재 창고나 병기창으로 쓰일 법한 큼지막한 목조 건물이 었는데, 특이한 건 건물을 짓는 데 달라붙어 있는 이들이 전문 일꾼이 아니라 눈에 익은 무사들이란 점이다.

무복 상의를 벗어부치고 땀에 젖은 울퉁불퉁한 웃통을 드러낸 채 제 일처럼 열심인 건장한 장한들.

틀림없는 검은 호랑이들이었다.

얼마 안 있어 몇 명의 아낙이 새참을 가져왔다.

"으하하! 새참이 왔구나! 이놈들아, 먹고 하자!"

새참은 소면과 탁주였다.

와자하니 부어라 먹어라 하는 장한들의 모습에 국홍은 절로 미소가 나왔다.

"보면 볼수록 흥미로운 집단이야."

천 명이 넘는 식솔들이 한 식구처럼 더불어 사는 풍경은 확실히 인간적이다.

직접 눈으로 확인했으니 거부할 수도 없는 사실이었다.

"알찬 하루는 화끈한 잠자리를 선사하고, 알찬 일생은 화끈한 죽음을 선사한다!"

걸쭉한 탁주 향과 진한 땀 냄새가 버물린 구호가 떠들썩하게 울려 퍼졌다.

구호는 곧 드넓은 흑천성 안으로 퍼져 갔다.

메아리인지 다른 이들이 맞받아 외친 것인지는 알 수 없었다.

국홍은 문득 언젠가 읽은 책 속의 구절이 떠올랐다.

'사막이 아름다운 이유는 어딘가에 샘을 숨기고 있기 때문이라 했던가.'

어쩌면 오늘 아침 흑천이란 사막이 숨기고 있던 또 하나의 샘을 본 건지도 모르겠다는 생각이 들었다.

그러나 사막에는 샘만 존재하는 것은 아니었다.

"죽음의 사혈도 존재하고 독전갈도 존재하지."

국홍은 중얼거렸다.

어느 틈엔가 웃음이 사라진 눈앞엔 누군가의 얼굴이 어른거리고 있었다. 호랑이군단과는 전혀 어울리지 않는 돌연변이, 장충혜의 얼굴이었다.

수석총관 우공은 흑천의 안살림을 도맡고 있는 인물이었다.

강호를 양분하는 검은 호랑이군단의 수석총관이라 하면 실로 눈이 번쩍 뜨일 직함.

그러나 실제의 우공은 다소 환상을 깨는 인물이었다. 동네에서 흔히 볼 법한 꾀죄죄한 인상에다 특유의 소심한 성격으로 장팔봉에게 핀잔을 밥처럼 먹고사는 게 그의 실상이었다.

그러나 그건 표면적인 실상에 불과했다.

흑천에서 누구보다 두터운 신망을 얻고 있는 인물이 바로 우공이었다. 흑천주 장팔봉의 핀잔과 괄시 역시도 과격한 애정 표현이라는 소리가 그 말을 입증하듯.

하지만 그 표현이 가끔은 지나치게 과격하다 보니 우공은 장팔봉 앞에만 서면 번데기처럼 오그라들곤 했다.

그리고 그 대상이 장팔봉에 국한되지 않는다는 사실을 우공과 마주 앉으면서 국홍은 알게 됐다.

"좋아 보이시는군요, 우 총관."

마주 앉자마자 번데기로 변신한 우공.

그의 마음을 편안하게 만들어주기 위해 국홍은 적잖게 공을 들여야 했다.

"그런 소문이 있더군요. 호왕폭도가 환골탈태했다고. 진짜로 환골탈태한 건지 아닌지는 저도 잘 모르겠지만, 아무튼 요즘 많은 생각을 하며 지내고 있습니다. 제 자신도 돌아보고 주변 사람들도 돌아보고, 흑천의 장래에 대해서도 진지하게 고민해 보고. 하하!"

우공은 토끼눈을 뜨고 앉아 있었다.

국홍의 말투 자체가 적응이 안 되는 눈치였다.

"그렇게 돌아보자니 느껴지는 바가 많더군요. 조금은 삶이 달리 보인다고나 할까?"

국홍은 편안한 미소도 잊지 않았다.

토끼눈을 뜬 우공이 눈을 깜빡거리기 시작했다.

국홍은 한층 더 부드럽게 말을 이었다.

"그 와중에 충혜에 대한 생각도 해보았지요. 지난번의 일도 있고 해서."

"소, 소주, 그게……."

충혜란 말 한마디에 편안한 분위기에 동화돼 가던 우공이 다시 번데기로 돌변했다. 가슴이 철렁한 눈치였다.

국홍은 조용히 손을 들었다.

"허물을 탓하자는 것이 아닙니다. 허물없이 얘기를 해보자는 것이지요. 누구보다 충혜와 가까운 분이 우 총관이시니까."

우공이 다시 토끼눈을 끔벅였다.

결정타를 날릴 때였다.

"가슴이 아픕니다. 그래서 우 총관과 얘기를 해보려는 겁니다."

"……!"

우공의 토끼눈이 어지럽게 흔들렸다.

그런가 싶더니 주름진 두 눈에 이내 닭똥 같은 눈물이 글썽거렸다.

국홍이 내심 당황한 찰나, 울먹이던 우공이 덥석 손을 잡으며 소리쳤다.

"소주! 드디어 사람이 되셨구려!"

"……."

국홍은 우공에게 손을 내맡긴 채 쓴웃음을 지었다.

드디어 사람이 된(?) 호왕폭도를 두 눈으로 직접 목격한 순간부터 우공은 허물없이 마음의 문을 열었다.

물론 진짜 호왕폭도가 맞는지 몇 번이고 이리저리 살펴본 뒤의 일이다.

"한(恨)이지요. 태어난 이래로 첩첩이 쌓인 한이지요."

우공은 한숨을 폭 내쉬었다.

주름 때문에 나이보다 늙어 보이는 얼굴이 오늘따라 더 늙어 보였다.

"정의 메마름에서 시작된 한이겠군요."

국홍은 가만히 고개를 끄덕였다.

자신도 짐작은 했지만 흑천 내에서 장충혜의 숨겨진 이면을 누구보다 잘 아는 우공의 얘기였기에 더 공감이 갔다.

"그런 한으로 인해 빚어진 마음의 벽이 문제로군요. 이중적인 성정도 그로 인한 것일 테고."

국홍의 말에 우공이 다시 한숨을 내쉬었다.

"그렇지요. 그게 문제지요. 언제부턴가 그렇게 변하기 시작했지요."

"솔직히 지난번엔 적지 않게 놀랐습니다. 충혜에게 그런

면이 있을 줄은 꿈에도 몰랐으니까."

국홍은 자책의 빛을 띠고 말했다.

장충걸이라면 응당히 그래야 마땅하단 판단이었다.

"충혜가 변한 것을 우 총관은 언제부터 알았습니까?"

우공이 복잡한 심경을 담은 눈으로 허공을 응시했다.

"휴… 제법 오래되었지요. 그날과 같은 난폭한 모습을 처음 본 게 이미 수년 전이니까요."

"수년 전? 그럼 왜 진작 얘길 하지 않으셨습니까?"

국홍은 저도 모르게 다그쳤다.

움찔 자라목이 된 우공의 모습을 보고서야 다시 평정심을 찾았다.

"우 총관을 탓하자는 게 아닙니다. 제 자신한테 화가 나서 그런 겁니다."

겁먹은 눈을 끔뻑이던 우공이 기어들어 가는 목소리로 말했다.

"아닙니다. 이 늙은이의 생각이 짧았던 게지요. 이렇게까지 심각해지기 전에 진작 주군과 소주께 말씀을 드렸어야 하는데……."

"선택의 여지가 없었겠지요. 충혜가 비밀을 지켜달라고 사정을 했을 테니."

우공의 주름진 눈에 다시 닭똥 같은 눈물이 글썽였다.

"여리고 소심한 작은도련님의 모습이 마치 절 보는 것 같아서…… 이 늙은이가 어리석었습니다."

"우 총관이 자책할 이유가 없습니다. 자책해야 할 사람은
저와 아버님이지요. 충혜에게 좀 더 세심한 관심을 가져야 했
는데."

"당치 않은 말씀입니다. 주군과 소주께선 맨주먹으로 시작
한 흑천을 이 자리까지 끌어오기 위해 피땀을 바치신 것만으
로도 족합니다. 모두가 안살림을 맡은 이 늙은이의 불찰입니
다."

우공은 눈물을 흘리며 국홍의 손을 쥐었다.

"소주, 주군께 말씀드려 이 늙은이를 벌해주십시오."

"……."

국홍은 말없이 우공의 주름투성이 손을 힘주어 쥐었다.

그리곤 분위기가 진정되기를 기다렸다.

격정이 잦아든 우공이 이윽고 다시 입을 열었다.

"소외감은 응어리진 원망감을 낳고 응어리진 원망이 결국
마음의 벽이 되었지요. 벌레 한 마리 못 죽일 만큼 여리고 착
하기만 하던 도련님이었는데……."

"……."

"변한 도련님의 모습이 안타까웠습니다. 가슴이 아렸지요.
그러면서도 곧 나아지리라 믿었습니다. 그런데 그게 이 늙은
이의 착각이었던 겝니다. 나아질 거라던 성정이 갈수록 비뚤
어지고 난폭해졌으니…… 뒤늦게 상황의 심각성을 깨달았

지만 손을 쓸 수가 없었습니다. 소심한 늙은이가 이러지도 저러지도 못하였지요. 마음으론 주군과 소주께 알려야 한다고 생각했지만… 겁에 질린 모습으로 사정하는 도련님의 모습만 보면……."

우공의 표정은 처연했다.

그사이에 십 년은 더 늙은 듯한 모습이었다.

국홍은 담담히 힘을 실어 말했다.

"이제라도 알았으니까 다행입니다. 아직은 늦지 않았으니까요."

진심이었다.

진심으로 늦지 않았기를 바랐다. 선택의 여지없이 장충걸을 대신해 자신이 짊어져야 할 바람이었다.

국홍은 궁금하게 여겨왔던 것을 우공에게 물었다.

"충혜가 다른 사람을 만나는 일은 없었습니까? 남의 눈을 피해 밖으로 출행을 한다든지."

우공이 힘없이 고개를 가로저었다.

"소신이 지켜본 바로는 없었습니다."

"남몰래 무공을 익힌다는 얘기도 들은 것 같은데, 그건 사실입니까?"

우공의 낯빛이 흐려졌다.

"언젠가 소신에게 부탁을 하시더군요. 무공 비급을 구해달라고. 흑천의 것이 아니라 자신이 익힐 수 있는 것으로 구해

달라고 하셨습니다."

황당하게 들릴 수 있는 얘기였지만 국홍은 곧바로 이해했다.

장충혜는 천약지체의 몸을 타고났다고 했다.

무공 자체를 익히기 힘든 근골인데다 설사 어설프게 흉내를 낸다 해도 극강의 양강지공인 흑천의 무공은 엄두조차 낼 수 없을 터였다.

흑천의 무공은 근골이 바윗덩이처럼 강한 신체에 적합한 무공이다. 그중에서도 양기가 발달된 천강지체를 타고난 장충걸의 근골이야말로 환상적인 조합이었다.

'기구한 운명이구나. 한 형제가 극단적으로 상반된 근골을 타고나다니.'

생각해 보면 장충걸과 자신 역시 기묘한 운명으로 얽힌 관계라 할 수 있다.

백 년에 한 번 날까 말까 한 천강지체라는 천혜의 근골을, 그것도 같은 해에 나란히 지니고 태어났으니. 양강지기와 음강지기를 근원으로 삼는다는 것이 다를 뿐.

사이좋게 이형환영의 희생양이 된 기구한(?) 팔자 역시 그런 운명에 얽힌 관계 덕분인지도 모른다.

"그래서 무공 비급을 구해주셨습니까?"

"휴우, 자칫 몸이 상하실 수 있어 안 된다 하였지만 계속 고집을 부리셔서… 부담없이 접할 수 있는 평범한 권각류와 검법 비급을 구해주었습니다. 그런데 무공을 접한 이후로 한층 더 성정이 거칠어지신 것 같아서……."

우공이 땅이 꺼질 듯 장탄식을 쏟았다.

국홍의 마음도 무거워졌다.

시비를 정신을 잃도록 폭행한 것도 모자라 검을 들고 길길이 날뛰던 장충혜의 모습이 떠올랐다.

"우 총관의 잘못만은 아니오. 검을 들고 패악을 일삼는 행동은 그 어떤 이유로도 인정받을 수 없는 것이오. 제아무리 마음의 병을 가진 충혜라 할지라도 말이지요."

"……!"

고개를 쳐든 우공이 국홍을 빤히 쳐다보았다.

눈물로 젖은 얼굴에 형용하기 힘든 표정이 떠올라 있었다.

금방 들은 말이 정녕 호왕폭도 장충걸의 입에서 나온 것인가 싶은 표정이었다.

국홍은 실소를 흘렸다.

'제대로 적응하려면 시간 좀 걸리겠지. 우리 둘 다 말이오.'

그러면서 내심 혀를 찼다.

'그나저나 어지간히 눈물이 많은 양반이로군.'

소심한 게 좀팽이 같다고 장팔봉의 핀잔을 끼니처럼 달고 산다는 게 이해가 갈 만도 했다.

"어찌하면 좋겠습니까, 소주?"

우공이 물었다.

침착하고 지혜로운 소주로 탈바꿈한 거짓말 같은 호왕폭도의 변신에 마침내 신뢰감을 굳힌 표정이었다.

"쉽지는 않겠지요. 육체의 병을 치유하는 것보다 마음의 병을 다스리는 것이 몇 배는 더 어려울 테니까."

"……!"

우공이 커다랗게 고개를 주억거렸다.

주름진 눈에 감탄의 빛이 역력했다.

"조급하게 서두르는 것도 피해야 합니다. 마음만 앞세워 서두르다 보면 필히 부작용이 따르는 법이니."

당장 만남을 거부하고 있는 충혜만 봐도 알 수 있었다.

서두른다고 될 일이 아닌 것이다.

"소통의 문제입니다. 거기에 인간지정까지 얽혔으니 더욱 인내심이 필요할 테지요. 일단 여유를 갖고 상황을 지켜보면서 문제에 접근해 보도록 합시다. 아버님께도 전말을 알려드려야 하니."

"……!"

반쯤 넋을 놓고 있던 우공의 얼굴이 갑자기 허옇게 떴다.

국홍은 웃으며 말을 이었다.

"아버님께는 제가 알아서 잘 말씀드릴 테니 걱정하지 마시고."

당연히 기뻐할 줄 알았다.

그런데 우공에게선 엉뚱한 반응이 돌아왔다.

"소주!"

덥석 국홍의 손을 움켜쥔 우공이 또다시 닭똥 같은 눈물을 글썽이며 소리쳤다.

"소주! 이 늙은이의 앞에 앉은 늠름한 헌헌장부가 정녕 소주가 맞으시오이까?"

국홍은 입맛을 다셨다. 그러다 늦을세라 서둘러 대답했다.

감격에 못 이긴 우공이 와락 달려들어 자신의 얼굴을 쥐어뜯기라도 할 태세였기 때문이다.

"맞소. 내가 호왕폭도 장충걸이오."

고민의 여지가 없는 대답이었다.

'장충걸의 탈을 쓴 예국홍이오'라고 했다간 소심한 양반이 졸도라도 할 것 같았으니까.

* * *

"휴우……!"

길게 몰아쉰 한숨에 땅바닥이 꺼질 것만 같았다.

'차라리 그게 나을지도 모르지. 이렇게 사느니 차라리 땅이 꺼져 콱 죽어버리는 게 낫지!'

만복은 어금니를 짓깨물고 발로 힘껏 땅을 굴렀다.

하지만 바닥은 꺼지기는커녕 흙먼지만 내뿜었다. 마치 천하에 둘도 없이 못난 놈이라고 자신을 비웃는 것 같았다.

"흐으."

만복은 털썩 땅바닥에 주저앉았다.

남창 외곽의 한적한 관도 위였다.

만복은 넋이 나간 사람처럼 관도 저편을 바라보았다. 아득한 관도의 끝자락엔 광활한 평원이 펼쳐져 있었다.

강서평원. 시작과 끝이 하늘과 맞닿아 있는 대평원을 가다 보면 이 땅의 주인이 살고 있는 거대한 성 하나가 위풍당당하게 버티고 있을 것이다.

만복에게는 눈을 감고도 찾아갈 수 있는 곳이었다.

그러나 지금 이 순간만은 천하에 그 어느 곳보다 가기 싫은 곳이기도 했다.

"후우……!"

만복은 하늘을 우러러보며 다시 장탄식을 내뿜었다.

어쩌다 자신이 이런 지경에까지 왔을까?

단지 장난처럼 시작했을 뿐이다.

그런데 장난이 취미가 되고 취미가 종래엔 헤어 나올 수 없는 악마의 늪이 되어버렸다.

"살고 싶어? 살고 싶으면 돈을 갚아. 남의 돈을 빌려서 도박질했으면 당연히 갚아야 할 거 아냐, 이 새끼야! 너, 우리가 무섭냐, 도왕 장팔봉이 무섭냐? 당연히 도왕이 무섭지? 그러니까 좋은 말로 할 때 얌전히 갚으라고. 우리 발로 직접 찾아가서 도왕한테 다 불어버리기 전에. 알았어, 이 새끼야?"

반 시진 전, 남창 뒷골목에서 사정없이 짓밟힌 후 들었던 으름장.

"……!"

만복은 몸을 떨었다.

놈들의 으름장 때문이 아니라 눈앞에 떠오른 도왕 장팔봉의 얼굴 때문이었다.

자유분방한 풍조로 유명한 흑천에도 몇 가지의 단순무식한 금제 사항이 존재했다. 그중에 하나가 '도박하다 걸리면 죽는다' 는 것이었다.

본래 만복은 천생 도박과는 거리가 먼 인물이었다.

그러던 어느 날 남창 시내에 볼일 보러 나온 길에 우연히 비밀 도박장을 알게 되었고, 장난 삼아 시작한 자리에서 쏠쏠한 재미를 봤다. 공돈의 재미에 빠지게 된 것이다.

그게 시작이었다.

어쩌다 한 번씩 들르던 것이 틈나는 대로 도박장을 드나들게 되었고, 그러다 숙수로 일하면서 착실히 모아놓은 전 재산을 다 날리게 되자 눈이 뒤집어졌다.

이성을 잃은 것이다. 이성을 잃은 결과로 남은 것은 산더미처럼 불어난 고리대금뿐이었다.

"차라리… 대숙수께 사실대로 말씀드릴까?'

만복은 입술을 깨물었다.

하지만 이내 맥없이 고개를 떨어뜨렸다.

대숙수에게 얘기를 한다는 건 곧 상부에 보고가 올라간다
는 얘기. 그날부로 자신의 목숨은 더 이상 장담할 수 없게 된
다는 뜻이었다.

"이 꼴이 되고도 살고는 싶은 게냐? 쿡쿡…….'

절망과 서글픔으로 일그러진 웃음소리.

살고 싶은 맘은 없지만 나뭇가지라도 움켜쥐고 살아야 했
다. 자신만 바라보고 사는 노모 때문에라도.

만복은 억지로 몸을 일으켰다.

죽든 살든 일단은 가야 할 곳으로 가야 했다. 아직은 숨통
이 붙어 있으니 어떻게든 방법을 찾아봐야 하는 것이다.

실낱같은 희망에 몸을 싣고 만복은 떨어지지 않는 발길을
옮겼다.

터벅터벅…….

흑천을 향해 서글픈 발길을 옮기던 그때만 해도 만복은 전
혀 상상하지 못했다. 실낱같은 희망이 굵고 질긴 동아줄 희망
으로 뒤바뀌게 될 줄은.

꿈만 같은 상상이 현실이 된 것은 바로 그날 저녁, 뜻밖의
인물이 주방으로 찾아온 뒤였다.

"안색이 별로 좋질 않군. 무슨 고민이라도 있는 것인가?"

평소에 좀처럼 볼 수 없었던 사람의 질문이라서 만복은 당황했다.

더구나 그 인물이 흑천의 돌연변이라고 불리는 장충혜였기에 더 당황할 수밖에 없었다.

"아, 아닙니다요."

만복은 더듬거리면서 장충혜의 시선을 피했다.

듣던 대로 장충혜의 모습은 병자를 연상시켰다.

가냘프고 왜소한 체구에 빛을 못 봐 창백한 혈색은 실핏줄마저 내비칠 정도였다. 유일하게 병자답지 않은 것은 묘한 기광을 발하는 눈빛뿐이었다.

"아닌 것 같지는 않은데."

장충혜가 미소 지으며 혼잣말처럼 중얼거렸다.

만복은 가슴이 철렁했다. 장충혜가 부탁한 술과 안주를 준비하는 손이 사시나무처럼 떨렸다.

언젠가 들은 얘기가 기억났다.

별궁에 틀어박혀 사는 둘째 소주가 최근 들어 변한 모습을 보이곤 한다고. 술이라곤 입에도 안 대던 이가 가끔씩 술에 취해 시비들을 폭행한다는 소문이었다.

'하필이면 이럴 때……'

늦은 시간 주방에서 혼자 술을 마시면서 괴로움을 달래고 있는 중이었다. 하필이면 그때 장충혜가 나타난 것이다.

항상 시비에게 심부름을 시키던 사람이 왜 오늘따라 직접 찾아왔단 말인가.

만복은 떨리는 손길로 서둘러 술과 안주를 쌌다.

그리고는 고개를 숙인 채 꾸러미를 내밀었다.

"여, 여기……."

"……."

장충혜가 말없이 꾸러미를 받아 들었다.

그리곤 다시 조용히 꾸러미를 내려놓고 자리에 앉았다.

만복이 홀로 술잔을 기울이던 탁자의 맞은편이었다.

"……?"

만복은 멍하니 장충혜를 쳐다보았다.

스스럼없이 술잔을 채운 장충혜가 빙긋 웃으며 말했다.

"안 그래도 혼자 먹기 적적했는데 잘됐네. 같이하지?"

술잔을 비우는 장충혜의 모습에 만복은 꼼짝달싹하지 못했다. 다시 채운 잔을 장충혜가 내밀었다.

"안 받을 텐가?"

"……!"

만복은 마른침을 삼켰다.

떨리는 두 손은 어느새 자리로 다가가 장충혜의 잔을 받아 들고 있었다.

"술이란 채워야 제 맛이지."

넘치도록 따른 술을 보며 장충혜가 환하게 미소 지었다.

순간 만복은 묘한 기분을 느꼈다.

마치 지금까지 이런 자리를 자주 한 듯한 익숙하고 편안한 느낌이었다.

마치 제 얼굴처럼 창백한 장충혜의 얼굴 때문인지도, 그 얼굴에 떠오른 환한 미소 때문인지도 몰랐다.

"뭐 하는가, 마셨으면 다시 줘야지?"

몇 잔의 술을 주거니 받거니 하는 동안 만복의 편안함은 더욱 자연스러워졌다.

"다른 동료들은 한창 곯아떨어졌겠군."

몇 잔째인지 모를 술을 따라줄 무렵, 장충혜가 주방 쪽을 힐끔 쳐다보며 말했다.

주방 안쪽 뒤채에선 요란하게 코 고는 소리가 들려오고 있었다.

"이른 새벽에 일어나야 하기 때문에 일찍 잠자리에 듭지요."

만복은 저도 모르게 싱긋 웃으며 대답했다.

더 이상 목소리도 떨리지 않았다.

"마땅히 자야 할 시간에 자네는 왜 혼자 청승을 떨고 있는 거지?"

이어진 장충혜의 질문에도 살짝 긴장하긴 했지만 떨 정도는 아니었다.

"그냥 잠이 안 와서······."

"홀로 계신 노모가 기다릴 텐데. 자넨 항상 집에서 잠을 자지 않는가?"

만복은 말없이 눈을 끔뻑였다.

미소를 머금은 장충혜의 입에서 뜻밖의 말이 이어지고 있었다.

"그리 효심이 끔찍한 사람이 이 시간까지 집에도 안 가고 술을 끼고 있을 정도라면… 꽤나 심각한 고민인 모양이군."

만복은 석상처럼 굳은 채로 장충혜의 창백한 얼굴만 쳐다보았다.

몇 잔 더 마시면 쓰러질 것 같은 얼굴의 그가 물기로 촉촉한 눈을 허공에 두고 말했다.

"골방에 틀어박혀 사는 별종이지만 나름대로 알 건 다 알지. 나도 눈이 두 개고 귀가 두 개니까. 후후……."

장충혜의 웃음은 서글펐다.

진한 외로움이 절절히 배어 있었다. 만복은 그렇게 느꼈다.

어쩌면 자신의 심정이 그러하기에 더 절실하게 와 닿는 건지도 몰랐다. 그래서 가슴이 짠해졌다.

"익히 알려진 대로 나는 돌연변이일세. 아버님이나 형님과 같은 분들과는 차원이 다른 별종이지. 사람은 사람이되 흑천의 사람이기는 힘든 사람이라고나 할까."

"그런 말씀은……."

"그래도 괜찮아. 힘들지만 나름대로 노력은 하고 있으니까. 세상 어디에나 별종은 하나씩 있는 법이라는 걸 이젠 깨달았거든. 그게 자연스러운 것이라는 사실도."

만복은 다시 가슴이 짠해졌다.

취기가 오른 장충혜의 얼굴에선 애써 숨기려 해도 숨길 수 없는 비애가 진하게 묻어 나오고 있었다.

소문을 통해 만들어진 장충혜에 대한 선입관이 사라지는 순간이었다.

"…기운 내십시오, 공자님."

만복은 망설이다 간신히 입을 달싹였다.

그리고는 다소곳이 장충혜의 술잔을 채워주었다.

그 모습을 지켜보던 장충혜가 조용히 만복의 손을 쥐었다.

"…고맙네. 이렇게 따뜻한 위로를 얼마 만에 들어보는지 모르겠군."

"아, 아닙니다, 공자님."

만복은 황급히 손을 빼려 했다.

하지만 장충혜에게 잡힌 손은 요지부동이었다.

병약하다고 알려진 사람의 악력이 이렇게 강한가 하고 놀라기도 전에 만복은 손바닥에서 전해지는 이질감을 느꼈다.

'이게 뭐지?'

맞은편에서 장충혜가 예의 환한 미소와 함께 고개를 끄덕이고 있었다.

"고마움에는 응당히 보답이 따라야겠지."

그러면서 잡았던 손을 놓아주었다.

멀거니 자신의 손바닥을 내려다보던 만복은 가슴이 덜컥 내려앉았다.

'헛!'

만복은 자신의 눈을 믿을 수가 없었다.

손바닥 위엔 하얀 전표 한 장이 놓여 있었다. 그리고 그 전표 위엔 꿈에서라도 보았으면 싶었던 금액, 지긋지긋한 고민을 단번에 해결하고도 남을 금액이 적혀 있었다.

만복은 입을 딱 벌린 채로 천천히 얼굴을 들었다.

장충혜는 비틀거리며 일어서고 있었다.

"내가 그랬잖은가. 돌연변이도 얼마든지 사람 구실을 할 수 있다고."

"고, 공자님!"

만복은 엉거주춤 엉덩이를 들었다.

장충혜가 손을 저으며 돌아섰다. 기분 좋게 취한 목소리가 왜소한 어깨너머에서 들려왔다.

"열심히 일해서 대숙수가 되면 그때 그 빚은 탕감하는 걸로 하지."

"……!"

"아버님이 입버릇처럼 하시는 말씀이 있잖은가? 흑천의 밥을 먹는 이는 모두가 한식구라고. 하하!"

만복은 대답할 정신도, 장충혜를 붙잡을 정신도 없었다.

그사이에 장충혜는 사라졌다.

기분 좋은 웃음소리만을 남겨둔 채로.

꿀꺽!

만복은 입 안에 고인 침을 삼켰다.

꿈인지 생시인지 분간이 가질 않았다.

하지만 몇 번을 보고 또 봐도 손에 쥐어진 전표는 꿈이 아니라고 핀잔을 던지고 있었다.

그때 어디선가 속삭이는 듯한 목소리가 들려왔다.

[아, 그리고 이건 우리 둘만 아는 걸로 하자고. 아버님과 형님에게 쓸데없이 쥐어박히고 싶지는 않거든.]

"홀쩍!"

만복은 눈물을 글썽였다.

곧 볼을 타고 흘러내린 눈물이 웅얼거리는 입속으로 흘러들어 갔다.

"암요, 지키고말구요. 어느 분의 명인데, 이놈의 모가지가 떨어져도 지켜야지요."

*   *   *

언제부턴가 꽁무니를 따라다니는 꼬리가 있었다.

아침에 눈을 뜨면서부터 밤에 다시 잠자리에 들 때까지 하루 밤낮을 꼬박, 심지어는 뒷간을 갈 때도 따라붙는 웃기는 꼬리였다.

"하!"

꼬리를 감지한 충걸의 첫마디였다.

기가 차서 튀어나온 탄성이었다.

"요것들 봐라?"

감히 어떤 놈들이 자신의 일거수일투족을 감시하겠다는 미친 마음을 먹었을까?

처음엔 예정문이 붙여놓은 녀석들인가 했다.

하지만 충걸은 이내 콧방귀를 꼈다.

아무리 예정문이 좀생이의 원조 격인 인물이지만 명색이 검제로 추앙받는 존재다. 갑자기 변한 아들이 걱정된답시고 감시까지 붙일 인물은 아닐 터였다.

"그럼 어떤 놈들이란 말이여?"

오래지 않아 두 번째 용의선상에 떠오른 존재가 있었다.

꼬리가 붙은 것과 얼추 비슷한 시기에 회동을 한 적이 있는 인물이었다.

"흐흥."

충걸은 의미심장하게 웃었다.

이로써 자신의 계획에 탄력이 붙은 셈이다.

맘 같아선 당장 꼬리를 잡아들여 족치고 싶지만 일단 모른 척 눈감아줄 셈이었다. 모름지기 쥐새끼들이란 한꺼번에 때

려잡는 게 상책이니까.

"내가 그놈의 이형환영인지 나발인지 때문에 안 그래도 갑갑해 환장할 지경이었거든. 그 참에 네들이 딱 걸렸다, 이거야. 흐흐."

충걸은 이를 드러내며 살벌하게 웃었다.

"벙어리 신녀, 아니, 벙어리 여시가 그랬잖아. 바뀐 놈 역할을 충실히 수행하라고. 그러면 복받아서 대법이 성공한다며? 그러니까 네놈들도 복받은 거야. 내가 좀팽이를 대신해서 확실하게 밟아줄 테니까."

말대로만 된다면 백림이 발칵 뒤집힐 충격적인 사건이 될지도 모른다.

하지만 충걸은 그딴 건 관심없었다. 자신은 어디까지나 예국홍이란 인간 대신 백림을 위해 좋은 일을 해주는 것뿐이었다. 덕분에 그동안 쌓인 갑갑함을 푸는 건 덤이었고.

어쨌든 괴상한 '복' 논리에 의해 계획은 정당화되었다.

이제 남은 것은 계획을 직접 실행하는 일뿐.

"문제는 왈가닥이구먼."

충걸은 청미를 떠올리며 입맛을 다셨다.

'그녀한테는 말해도 되지 않으려나?'

고민은 길지 않았다. 충걸은 쏟은 물을 주워 담듯 고개를 휘저었다.

"아서라, 아서! 그랬다간 시작도 못한다."

얘기를 해도 지금은 절대 아니다.

더구나 계획의 첫 번째가 청화루주를 잡는 것인 판에.

"놈은 어떻게 하고 있느냐?"

"예상대로 움직이고 있습니다."

"예상대로라면, 청화루로 갔다는 소리냐?"

"예. 조금 전에 그쪽으로 향했다는 보고를 받았습니다."

"주변 상황은?"

"예청미를 따돌리느라 안달하는 눈치였다고 합니다. 분위기로 봐선 청화루주에게 확실히 꿰인 것 같습니다."

"후후……!"

음침한 웃음이 암중을 울렸다.

"결국 걸려들었군. 역시 내 생각이 맞았어. 얌전하고 고고한 척하던 놈들이 한번 발동이 걸리면 더 밝히는 법이란 말이지."

"지당하신 말씀입니다."

"이제 청화루주가 특기를 발휘하는 것만 남은 셈인가?"

"그렇습니다."

음침한 웃음이 느긋하게 변했다.

"후후, 거의 절반은 넘어왔다고 봐도 무방하겠군. 청화루주의 특기야 한번 맛보면 죽을 때까지 벗어날 수 없는 것이니까."

"놈이 제대로 홀릴까요?"

"걱정 마라. 아마 오늘 밤만 지나면 놈은 청화루주 없인 못 산다고 할 거다. 내가 말하지 않았느냐? 늦게 분 바람이 더 요란스럽다고."

"그런 뒤에 차차 말 잘 듣는 개로 길들여야겠지요."

"아무렴. 놈이 얌전한 강아지로 변신하는 날이 곧 우리의 대업을 이룩하는 날이 될 것이다. 후후."

"흐흐……."

음모를 꿈꾸는 웃음은 자신만만했다.

청화루주는 평범한 주루의 주인이 아니었다.

한때 미혼술과 방중술로 강호의 타락을 주도했다가 공공의 적으로 지목받아 결국 멸문에 이른 환희궁이 바로 그녀의 출신 배경이었다.

멸문으로부터 살아남은 뒤 우연히 '그'를 만나 뜻을 같이하게 되었고, 덕분에 그럴듯한 주루의 루주 신분으로 인생을 갈아타게 된 것이다.

그녀로선 손해 볼 게 없는 장사였다.

공짜로 주루를 손에 넣었고, '그'의 야욕이 계획대로만 풀리면 주루에 비할 바 없는 더 큰 대가를 받게 될 터였기 때문이다.

그 꿈이 현실로 되기 위해선 자신의 특기를 발휘할 필요가 있었는데 그것도 어렵지 않은 일이었다.

일단 상대가 천하의 모든 여인들이 흠모하는 기남아인데다, 듣던 것과 달리 술과 여자를 밝히는 풍류 기질이 농후한 인물이었기 때문이다.

'정말 의외야. 와룡성검이 그런 인물이었다니. 후훗.'

그녀로선 오히려 잘된 일이었다.

사실 와룡성검을 처음 본 날 그녀의 몸은 한껏 달아올랐었다. 조각 같은 이목구비도 이목구비지만 거침없고 능글맞은 언행은 자신이 딱 좋아하는 취향이었다.

덕분에 예국홍이 먼저 간다고 일어선 그날 밤엔 미치고 환장할 지경이었다.

'그'와 대신 방사를 치르긴 했지만 대리 만족을 얻기엔 역부족이었다. '그'는 야욕은 큰 인물이지만 잠자리 실력은 언제나 별로인 사내였다.

그날 이후부터 청화루주는 잔뜩 독 오른 살모사처럼 변했다. 그러면서 이제나저제나 예국홍이 오기만을 안달했다.

'오기만 해봐. 환희색공(幻戲色功)으로 아주 혼을 빼버릴 테야.'

그녀는 자신만만했다.

환희색공과 미혼술이라면 천하의 그 어떤 목석이라도 색골로 만들어 버릴 자신이 있었다.

그렇게 오매불망 기다리는 동안 몸은 미칠 지경으로 달아올랐다.

"아아……!"

홀로 몸부림치는 것도 한계에 다다랐고, 더 이상은 참을 수 없을 지경에 이르렀다.

그러던 바로 그때 그가 불쑥 눈앞에 등장했다.

"죽이는데? 흐흐."

달빛이 끈적하게 사위를 적시는 밤이었다.

난데없는 음흉한 웃음소리에 청화루주는 기겁했다.

속살이 훤히 비치는 침의 차림으로 누워 홀로 몸부림을 치던 참이었는데 어찌 안 놀라랴.

"누, 누구냐!"

청화루주는 옷매무새를 가다듬을 겨를도 없이 쌍장을 쳐들었다.

침의 속 뽀얀 속살이 달빛에 적나라하게 내비쳤다.

어둠 속 그림자가 꿀꺽 군침을 삼키며 걸어나왔다.

"좋아, 좋아. 아주 맘에 들어."

"……!"

청화루주는 쌍장을 쳐든 채로 눈을 깜박였다.

코앞에 모습을 드러낸 인물, 이목구비의 조합이 완벽한 얼굴에 노골적인 음심을 드러낸 청년은 바로 자신이 오매불망 그리던 예국홍이었다.

"공자……!"

이런 식으로 기습적으로 나타날 줄은 꿈에도 몰랐다.

그래서 슬쩍 다가온 예국홍의 손에 쌍장이 무력화되는 것도 느끼지 못했다.

"혼자 고생하고 있었군. 이젠 걱정 말라고. 내가 해결해 줄 테니까. 후후."

말과 함께 예국홍이 강한 악력으로 허리를 잡아챘다.

'아!' 하는 탄성과 함께 끌려가던 청화루주의 입술을 예국홍의 입술이 그대로 덮쳤다.

미혼술이고 뭐고 써볼 틈도 정신도 없었다.

"……!"

청화루주는 몸부림을 쳤다.

남자한테 안겨서 몸부림을 쳐보기도 처음이었다.

하지만 예국홍의 쇳덩이 같은 팔뚝은 그녀를 더욱 강하게 조였고 거친 입술의 놀림도 더욱 기세를 더했다. 그리고 그럴수록 그녀의 본능은 뜨겁게 달아올랐다.

"넌 내 먹이가 되고, 난 너를 잡아먹는 거야."

거칠게 입술을 탐하던 예국홍이 뱉듯이 말했다.

그리곤 뭐라 대꾸할 틈도 없이 청화루주의 머리채를 확 잡아 뒤로 젖혔다.

"아……!"

청화루주는 활처럼 몸을 젖힌 채 탄성을 흘렸다.

그런 그녀의 아랫도리로 뜨겁게 달아오른 손길이 파고들

었고, 동시에 귓불을 와락 깨무는 속삭임이 있었다.

"남김없이 잡아먹어 버릴 테다."

청화루주는 더 이상 참을 수 없는 신음을 토했다.

"아아… 어서……!"

이미 달아오를 대로 달아오른 몸은 활짝 열려 있었다.

하지만 기대했던 결정적인 공격은 바로 이어지지 않았다.

집요한 입맞춤과 온몸을 휩쓰는 뜨거운 손놀림이 인내의
한계를 부채질할 따름이었다.

"흐윽… 어서… 제발……!"

청화루주는 온몸을 뒤틀며 들뜬 소리로 신음을 토했다.

괴로움과 쾌감이 뒤섞인 절정의 욕정 속에 그녀는 이미 반
쯤 정신을 놓고 있었다.

벼르고 있던 본연의 임무 따윈 잊어버린 지 오래였다.

'아주 맛이 갔군.'

충걸은 회심의 미소를 흘렸다.

눈을 까뒤집고 몸부림치는 청화루주를 보면서 그는 느긋
하게 옷을 벗어 던졌다. 이미 아랫도리의 녀석은 청화루주를
요리할 만반의 준비를 갖추고 있었다.

"슬슬 시작해 볼까?"

충걸은 청화루주에게 다가갔다.

그리곤 단숨에 그녀의 침의를 찢어발겼다.

쫘악—

"아아……."

달빛 아래 훤하게 드러낸 우윳빛 속살.

청화루주가 활짝 몸을 열었다.

충걸은 어홍, 소리와 함께 그녀에게 달려들었다.

'청화루주 길들이기'의 시작이었다.

그날 밤.

청화루주는 몇 번인지 셀 수도 없이 까무러쳤다가 깨어나길 반복했다. 그녀로선 합궁이란 정의에 새롭게 눈을 뜨게 된 역사적인 밤이었다.

그녀의 사전에 미혼술과 환희색공이 동반되지 않은 합궁은 없었다.

딱 한 번이 있긴 했다. '그'와 동침을 할 때.

하지만 그건 기준에 부합되지 못했다. 합궁이라 할 정도의 쾌감과 만족을 얻지 못한 것이었기 때문에.

그런데 오늘 밤은 달랐다.

미혼술과 환희색공을 쓰지 않고도 이렇게 미치도록 환상적인 방사를 치를 수 있다는 걸 난생처음 깨달은 것이다.

화려한 자신의 방중 기교도 필요가 없었다.

재주를 써먹을 기회조차 없었으니까.

그녀의 색안(色眼)을 개안시킬 정도로 와룡성검의 방중술은 최강이었다.

"하아……! 하아……!"

열 몇 번째의 방사를 치르고 난 뒤 청화루주는 가쁜 숨을 몰아쉬며 입술을 달싹였다.

"당신… 당신은… 사람이 아니야……."

간신히 마침표를 찍고 그녀는 정신을 놓아버렸다.

"크흥!"

충걸은 코웃음을 쳤다.

그의 나신 역시 땀에 흠씬 젖어 있었지만 피로한 기색은 눈곱만큼도 찾아볼 수 없었다.

기절한 청화루주의 우윳빛 나신을 쓱 훑어보면서 충걸은 중얼거렸다.

"그 정도로 그런 소릴 하면 안 되지. 아직 제대로 몸도 안 풀었는데 말이야. 응?"

탐스럽고 풍만한 수밀도를 덥석 움켜쥐었다.

동시에 아랫도리가 다시 뻐근해졌다.

다시 몸을 풀겠다고 아우성치는 녀석의 모습에 충걸은 피식 웃었다.

"크기는 맘에 안 들어도 제법 쓸 만은 하네."

칭찬을 들은 녀석이 더욱 기세등등 아우성을 쳐댔다.

"알았다고, 자식아."

충걸은 기절한 청화루주의 맥문으로 슬쩍 진기를 주입했다.

"흐으응……!"

끈적한 비음과 함께 청화루주가 깨어났다.

충걸은 기다렸다는 듯이 그녀의 나신을 덥석 움켜쥐고 거꾸로 뒤집어엎었다.

철퍼덕!

"쉬었으면 다시 일해야지?"

충걸은 교미를 하는 숫호랑이처럼 땀에 젖은 청화루주의 등허리를 혀로 쓱 핥았다.

"아아……!"

청화루주는 즉각적인 반응을 보였다.

식었던 나신이 금세 달아올랐다. 충걸은 볼 것도 없이 포효와 함께 뒤에서 그녀를 덮쳤다.

"흐으윽! 악! 아윽!"

숨넘어가는 비명이 터져 나왔다.

침상이 부서질 듯 요동을 쳐댔다.

숫호랑이의 공세는 기세를 드높였고, 졸지에 암고양이 신세가 돼버린 청화루주는 정신없이 비명을 내질렀다.

훔쳐보던 달빛이 자취를 감춘 창밖엔 어느새 훤히 날이 밝아오고 있었다.

정확히 충걸의 장담대로였다.

단 하룻밤 만에 청화루주는 말 잘 듣는 암고양이로 길들여졌다.

하룻밤이 이틀째가 되고 사흘째가 되면서 암고양이는 더욱 말을 잘 듣게 되었다. 꽃단장을 하면서 오매불망 주인이 나타나기만을 기다렸고, 마침내 으슥한 시간 주인이 등장하면 갖은 아양과 함께 꼬리를 흔들어댔다.

"아으으윽!"

"크헝!"

또 한 차례 열락의 폭풍이 몰아쳤다.

주인의 사랑을 듬뿍 받은 암고양이는 얌전히 주인의 나신을 핥았다. 그러면서 부끄러운 듯 속삭였다.

"당신 같은 사람은 정말 처음 봐요."

"흥! 그동안 잡아먹은 사내가 한둘이 아닐 텐데?"

"아이, 그런 말은 싫어."

"흐흐, 귀여운 것."

"당신은… 당신의 힘은 정말… 사람의 것 같지 않아요. 마치……."

"마치 뭐?"

"마치 맹수의… 그것 같아요."

"맹수? 푸하하하!"

충걸의 앙소에 청화루주가 얼굴을 붉히며 가슴을 꼬집었다.

"아이 참, 웃지 말아요."

충걸은 웃음을 뚝 그친 뒤 청화루주의 귓불을 덥석 깨물었다. 그리곤 뜨거운 숨을 불어넣으며 발정난 맹수처럼 으르렁거렸다.

"그래서? 맹수 같은 힘이 좋다는 거야, 싫다는 거야?"

"아아……!"

"좋아 죽겠다, 이거지?"

충걸은 귓불을 깨물던 입을 목덜미로 옮겼다.

대번에 청화루주의 나신이 휘어졌다.

"하옥!"

성적 쾌감에 익숙한, 성감에 농익은 여인의 몸은 극도로 민감하다.

청화루주는 말할 것도 없었다.

하지만 상대가 다른 사람이 아닌 장충걸이었다.

양기가 극대화된 천혜의 근골을 지닌 장충걸은 그녀에겐 상극의 존재. 이미 청화루주의 몸은 충걸의 손짓 한 번에 즉각 반응할 만큼 길들여져 버린 것이다.

"어디, 이번엔 날 잡아먹어 봐."

충걸은 선심을 썼다.

청화루주의 나신을 덥석 안아 들고 자신의 몸 위에 얹었다.

"흐응, 가만 안 둘 거야."

기회를 잡은 청화루주는 상위 체위를 활용, 자신이 아는 모든 화려한 방중 기교를 동원했다.

본래대로라면 밑에 깔린 사내의 눈이 쾌감을 못 이겨 뒤집혀야 했다. 그런데 정작 밑에 깔려 있는 충걸은 멀쩡했다.

'정말 괴물······!'

그녀로선 말 잘 듣는 암고양이의 신세밖에 될 수 없음을 재확인했을 뿐이다.

"장난 집어치우고 제대로 하자고. 호호!"

음흉한 웃음소리가 들렸다 싶은 순간 어느새 청화루주는 충걸의 쇳덩이 같은 나신에 깔려 있었다.

말 잘 듣는 고양이답게 그녀는 활짝 자신의 몸을 열었다.

"아··· 어서······!"

충걸은 서두르지 않았다.

완벽한 길들이기는 약 올리기와 뜸 들이기에서 시작되는 법. 곧장 돌입하지 않고 전희에 공을 들였다.

효과는 즉시 나타났다.

"하악, 제발······!"

몸부림을 치다 못해 찰싹 달라붙은 청화루주는 숨이 넘어갈 지경이었다.

충걸은 때가 되었다 싶어 천천히 본론으로 들어갔다.

그 한 번의 몸짓에 청화루주의 입에선 기쁨에 겨운 비명이 터져 나왔다.

'슬슬 시작할 때가 된 것 같은데?'

충걸은 여유있게 허리를 놀리면서 청화루주의 귓볼을 물었다. 뜨거운 숨을 불어넣으면서 속삭였다.

"숙부는 어떻게 만났어?"

청화루주는 헐떡이느라 정신이 없었다.

충걸은 슬쩍 허리의 움직임을 멈췄다.

곧바로 청화루주가 달라붙었다.

"아, 안 돼. 어서……."

충걸은 다시 서서히 허리를 움직이며 물었다.

"숙부를 어떻게 만났느냔 말이다."

반쯤 눈을 까뒤집은 채로 청화루주가 헐떡거렸다.

"환, 환희궁이 멸문한 뒤에……."

"흐흥, 그래서 기교가 남달랐군그래. 숙부한테도 그 재주를 써먹었나?"

충걸은 질문과 동시에 허리를 강하게 밀어붙였다.

즉각 비명이 터져 나왔다.

"당연히 써먹었겠지."

충걸은 다시 허리에서 힘을 뺐다.

청화루주가 다시 찰싹 달라붙었다.

"예중악 그 인간이 날 홀리라고 시켰나?"

"흐으응……!"

"뭣 때문에?"

"아아아……!"

원했던 대답이 아니다.

충걸은 사납게 허리를 움직였다.

숨 가쁜 비명이 터져 나오기 무섭게 다시 움직임을 멈췄다.

청화루주가 할딱이며 대답했다.

"당신, 당신을… 끌어들이려고……."

일순 충걸의 눈에 기광이 번뜩였다.

"끌어들여? 끌어들여서 뭘 하게?"

가장 중요한 질문이다.

충걸은 그 어느 때보다 강력하게 허리를 요동쳤다.

청화루주가 몸부림을 쳤다.

비명도 모자라 미친 듯이 울부짖기 시작했다.

"아옥! 흐으으옥!"

다시 충걸이 멈췄다.

거머리처럼 달라붙은 청화루주의 울부짖음이 거세졌다.

그리고 울부짖음 속으로 원했던 대답이 튀어나왔다.

"백림… 백림을……!"

"……!"

충걸은 숨을 죽였다.

숨넘어가는 소리에 뒤섞였지만 끝마디까지 똑똑히 알아들었다.

"어서… 아아……!"

대답해 줬으니 하던 걸 마저 계속해 달라고 몸부림치는 청화루주를 충걸은 부릅뜬 눈으로 노려보았다.

서서히 그의 입술이 비틀어졌다.

"이런 개 같은 인간을 봤나."

아니었다. 개만도 못한 인간이었다.

단순무식한 호왕폭도의 상식하에선.

충걸은 개만도 못한 인간의 이름 석 자를 자갈을 씹듯 잇새로 씹어뱉었다.

"예.중.악."

꼬리가 길면 밟힌다는 옛말이 있다.

바로 오늘, 청미는 잊고 살았던 그 말의 진실성을 뼈저리게 각인했다.

"인간이 변했다 싶더니 아주 개망나니로 변했어. 나 참, 어이가 없어서."

어이 상실도 이런 어이 상실이 없다.

보타문에서 돌아와 몇 년 만에 처음 다시 만났을 땐 얼마나 좋았던가?

못 본 사이 고리타분하던 만고서생은 사라지고 없고 깜짝 놀랄 만큼 변한 오라비가 있었다.

자신과 죽이 딱 맞는, 털털하고 거침없으며 진한 야성적인 체취를 가진 사내. 난생처음으로 사내의 체취에 묘한 설렘을 느낀 것도 그때였다.

그런데 이게 웬 걸, 슬슬 시간이 지나면서 오라비란 인간이 자꾸 수상한 짓을 했다.

자신을 따돌리고 몰래 바깥나들이를 하기 시작한 게 그것.

한두 번이면 그냥 그런가 보다 했을 텐데 아예 대놓고 뻔질나게 나도니 자연히 의문이 증폭되었다.

의문은 곧 의혹이 되었고, 의혹은 의심으로 이어졌다.

그리고 결국 인내의 한계에 다다른 의심은 행동으로 이어졌다. 은밀히 바깥으로 나도는 오라비의 뒤를 밟기로 한 것이다.

아무리 그래도 오라비 예국홍은 자신보다 한 수, 아니, 두 수 위인 고수.

한 번에 실패하면 그걸로 끝이다.

그래서 청미는 뒤 밟기에 만전을 기했다.

청미 역시 초절정의 고수인 신분.

제아무리 두 수 위인 오라비지만 만전을 기한 추적의 결과는 흡족한 성과를 거뒀다. 문제는 그 성과가 예상했던 것보다 더 나쁜 최악의 그림이라는 것.

"연애질을 해? 그것도 술집 작부랑 놀아나?"

쌍심지를 켠 청미의 봉목.

서슬 퍼런 그 눈길이 날아가 꽂힌 곳은 한적한 호숫가에 그림처럼 자리 잡은 삼층 주루였다.

아름다운 주변 풍광 따윈 눈에 들어오지도 않았다.

보이는 것은 홀라당 벗고 연애질에 빠져 있는 남녀의 나신이요, 들리는 거라곤 발정난 짐승들의 신음 소리뿐이다.

"이것들을 그냥……!"

청미는 화가 머리끝까지 치솟았다.

그녀는 자신이 지나치게 열을 내고 있다는 사실도 깨닫지 못하고 있었다.

"오냐. 내가 다 갈아엎어 주지."

청미는 주먹을 움켜쥐었다.

진기와 분노가 함께 실린 주먹이 우우웅, 울음을 토한 찰나 그녀의 신형이 그 자리에서 사라졌다.

파앗—

바람처럼 허공을 가른 청미의 신형은 어느새 주루의 지붕 위로 날아가고 있었다.

충걸은 오늘도 뜸들이기 신공을 발휘 중이었다.

"하악, 가가… 어서……!"

즉각 청화루주가 몸을 꼬았다.

충걸이 가장 좋아하는 붉은 침의를 알아서 차려입은 터라 시각적인 자극이 더했다. 하지만 서두르지 않고 느긋하게 약을 올렸다.

"흐윽… 제발……!"

완벽히 길들여진 몸짓.

청화루주가 흐느끼기 시작했다.

벌써 절정에 달했다는 표시였다.

"슬슬 나도 몸 좀 풀어볼까?"

어차피 얻을 만한 정보는 다 확보했으니 청화루에 오는 것도 오늘이 마지막일 터.

운우지락을 즐기는 충걸이지만 개보다 못한 인간과 엮인 여인을 계속 욕정의 대상으로 삼고 싶은 미련은 없었다.

'아쉽지만 이것으로 우리의 인연은 접자구. 그게 당신한텐 남는 장사야.'

마지막 선물 삼아 운우지락을 치른 뒤 그녀에게 직접 얘기할 생각이었다. 지금까지 자신에게 했던 얘기를 증거 문서로 쓰게 한 뒤 곧바로 이곳을 떠나라고.

'좀팽이 백림주한테 걸리면 당신 목이 성하지 않을 테니까.'

예정문을 들 필요도 없었다.

'아니다. 차라리 백림주한테 걸리는 게 낫겠네. 청미한테라도 걸리면… 으흐흐……!'

충걸은 몸서리를 쳤다.

아마도 백이면 백, 성한 청화루주의 얼굴을 다시 보긴 힘들 것이다.

충걸은 얼른 청미 생각을 접었다.

그리고는 다시금 본연의 업무에 열중하려 할 찰나였다.

[재밌냐, 인간아?]

'엉?'

난데없는 전음에 충걸은 퍼뜩 머리를 쳐들었다.

다음 순간 그는 입을 딱 벌렸다.

"청… 미……?"

말이 끝나기가 무서웠다.

짜앙—!

하늘이 무너지는, 아니, 박살나는 듯한 굉음!

"으헉!"

막 속곳을 벗으려던 충걸은 기겁해 나뒹굴었다.

우르르르—

천장이 무너지고 있었다.

그리고 산산조각 난 파편 속에 떨어져 내린 인영을 본 순간 충걸은 다시 헛바람을 삼켰다.

"허걱!"

한발 늦게 뾰족한 비명이 터졌다.

"꺄아악!"

그때까지도 정신을 놓고 늘어져 있던 청화루주가 마빡에 파편을 얻어맞고 내지른 비명이었다.

파편과 먼지로 범벅이 된 장내.

푸스스스……!

뿌연 먼지 사이로 허리에 손을 얹고 버티고 선 인영이 서서히 모습을 드러냈다.

"처, 청미야."

용케 이름은 불렀다.

그걸로 끝이었다.

서슬 퍼런 청미의 쌍심지에 충걸은 꿀 먹은 벙어리가 되어 버렸다.

"흥!"

청미의 살벌한 코웃음에 먼지가 휘청했다.

그녀의 코웃음에 반응을 보인 건 먼지뿐만이 아니었다.

"이런 미친 계집! 너, 뭐 하는 년이야!"

만만찮게 살벌한 호통과 함께 붉은 인영이 청미의 맞은편에 내려섰다.

붉은 침의 차림의 청화루주였다.

산발한 머리에다 먼지를 뒤집어쓴 침의, 뇌쇄적인 미모는 간데없이 낭패한 몰골이다.

쌍심지를 켠 청미의 눈이 천천히 이동, 청화루주의 얼굴에 꽂혔다.

"지금 나보고 '년' 이라고 그랬니?"

청미는 생긋 웃었다.

웃음은 즉각 살기 띤 고함으로 되돌아왔다.

"이런 미친년이!"

청화루주는 이미 준비를 끝낸 쌍장을 다짜고짜 후려쳤다.

하지만 그보다 더 빠른 게 있었다.

바로 쌍장을 가볍게 흘리며 쏘아져 온 청미의 주먹이었다.

슈아악—

마치 허공을 쪼개듯 날아온 일권!

청화루주는 보고도 피하지 못했다.

쩌억!

"캑!"

청화루주가 사지를 휘저으며 날아갔다.

날아가는 그녀의 뒤로 질풍처럼 따라붙는 그림자가 있었다.

"미친년? 오냐, 그래, 미쳤다. 어디 미친년한테 뒈지게 한번 쳐 맞아봐라."

청미의 코웃음은 허언이 아니었다.

뚜다다닥!

쩌저적!

뻐버버버벅!

무시무시한 본색을 드러낸 와룡일미.

그런 그녀의 사정없는 매질에 비명 지를 틈도 없이 몸을 내맡긴 청화루주.

"……!"

충걸은 코앞에서 펼쳐지고 있는 일방적인 폭행의 현장을 멀거니 쳐다보았다.

그런 와중에 엉뚱한 의문이 생겼다.

'어라? 저건 호왕구타신공?'

호왕구타신공은 엄연히 호왕폭도 장충걸의 전매특허.

청화루주를 대상으로 화끈하게 선보이는 청미의 구타는 거의 그것과 흡사했다.

성격과 기질이 비슷하면 구타법도 닮게 되는 것인감?

"쩝!"

충걸은 입맛을 다셨다.

저도 모르게 청화루주의 자리에 자신을 대입한 것이다.

그는 얼른 머리를 내저어 결코 생각하고 싶지 않은 그림을 지웠다.

"루주!"

"이것들은 또 뭐야?"

그사이 청미의 구타는 대상을 갈아타고 있었다.

황급히 쫓아온 루주의 수하들이었다.

얼추 칠팔 명에 달하는 그들은 쫓아온 것보다 더 빨리 청미의 주먹과 발길질에 나가떨어졌다.

퍼퍼퍼퍽!

"꾸엑!"

요란스럽게 꼬리를 물던 비명은 잠시 후 거짓말처럼 뚝 그쳤다. 불과 눈 몇 번 깜빡일 사이였다.

충걸은 정신이 번쩍 들었다.

어지럽게 널브러진 청화루의 식솔들을 노려보며 씩씩거리던 청미가 자신에게 휙 돌아선 찰나였다.

"처, 청미야, 그게… 그러니까… 말이다……."

"죽을래?"

"……!"

충걸은 얼른 도리질을 쳤다.

잔뜩 골이 난 청미의 표정이 사나워졌다.

"흥! 인간이 제대로 변했나 했더니만 아주 멋진 풍류공자로 변신한 거였군. 연애질? 그것도 이런 거지발싸개 같은 술집 작부랑?"

충걸은 슬쩍 눈을 돌려 문제의 술집 작부를 훔쳐봤다.

청미의 열불이 다소 과하단 생각은 할 틈이 없었다.

피떡이 되어 간신히 숨만 붙어 있는 청화루주의 모습을 외면하기에 급급했다.

"미쳤냐? 대체 무슨 정신으로 이런 망나니짓을 하는 거야!"

얼마나 화가 났던지 청미의 치뜬 눈엔 물기마저 내비쳤다.

'젠장. 일이 이렇게 꼬이냐!'

충걸은 충걸대로 환장할 노릇이었다.

청미에게 뒤를 밟힌 걸 탓하긴 이미 늦었다.

그렇다고 있는 그대로 상황 설명을 하자니 그렇고, 안 하자니 졸지에 망나니가 될 처지이고.

"내 손으로 혼내주고 싶지만 굳이 그럴 필요도 없지. 꼰대한테 불어버리면 끝날 테니까."

빨갛게 눈이 변한 청미가 획 돌아섰다.

'꼰대?'

어디서 벼락 치는 소리가 들렸다.

충걸은 한달음에 내달렸다.

"처, 청미야! 잠깐만!"

천하의 장충걸이 여자 팔이나 붙잡고 늘어지다니, 어쩌다 이리도 처량한 꼴이 됐을까.

그것도 모자라 따귀 세례까지 덤으로 선사받고.

짜악!

"으갸!"

충걸은 눈물을 찔끔하면서도 청미의 팔을 놓지 않았다.

"이거 안 놔?"

"알았다, 알았어. 놓을 테니까 내 말 좀 들어봐. 응?"

"들을 것도 없어!"

청미는 요지부동이었다.

충걸은 똥 씹은 얼굴로 변했다.

결국 선택의 여지가 없었다.

그는 한숨을 뱉은 뒤 조용히 입을 열었다.

"들으면 깜짝 놀랄 얘기가 있다. 그래도 그냥 갈 테냐?"

"……."

구멍난 천장으로 막 몸을 날리려던 청미가 우뚝 멈춰 섰다.

천천히 돌아선 그녀의 표정은 여전히 골이 나 있었지만 한가닥의 호기심 또한 떠올라 있었다.

충걸은 정색한 얼굴로 청미를 응시했다.

"너, 모반이 뭔지 아냐?"

청미가 슬며시 아미를 치켜떴다.

충걸은 대답을 기다리지 않고 다음 말을 천천히 뱉었다.

"네 숙부라는 자가 그걸 하려고 염병을 떨고 있단 말이다."

청미의 표정이 싹 변했다.

"모반? 숙부? 그게 무슨 개뼈다귀 같은 소리야?"

정확히 예상했던 반응이다.

충걸은 옆에 있던 침상에 털썩 주저앉으며 코웃음을 쳤다.

"네 숙부 예중악이란 인간이 네 아버지 자리를 뺏으려고 군침을 질질 흘리고 있단 소리다."

"……!"

아직도 청미는 황당한 표정이었다.

충걸은 결정타를 날렸다.

"저 여자, 청화루주의 루주가 바로 예중악의 첩이다. 멸문한 환희궁에서 용케 살아남은 여자를 구워삶았지. 나를 홀리려고 말이다."

"……!"

마침내 청미의 표정이 변하기 시작했다.

경악과 황당함이 뒤섞인 얼굴.

하지만 불신의 빛 또한 남아 있었다.

"지금… 제정신으로 하는 소리야?"

충걸은 피식 웃으며 두 팔을 들었다.

"어이, 나 와룡성검 예국홍이야. 구라의 구 자도 모르는 좀
팽이라고."

잘된 건지 꼬인 건지는 알 수 없었다.

어쨌든 밤을 꼬박 새가며 실토를 한 끝에 청미와의 연합은
결성되었다. 당장 숙부를 잡으러 가자고 방방 뛰는 걸 붙잡아
앉히느라 애는 좀 먹었지만.

'끄응. 이 드센 왈가닥을 어쩐다냐?'

호왕폭도보다 한술 더 뜨는 와룡일미를 간신히 진정시킨
뒤에야 머리를 맞댄 회의가 시작되었다.

회의가 끝난 뒤 가장 먼저 한 것은 청화루주를 깨운 것이었
다. 기절한 채 나자빠져 있던 청화루주를 깨운 뒤 필묵과 종
이를 들이대며 위협을 가했다.

물론 청미의 작품이다.

"아는 대로 다 불어. 얼렁뚱땅하면 죽어."

청미가 두 눈 부릅뜨고 지켜보는 앞에서 청화루주는 달달
떨며 증거 문서를 채웠다.

충격적인 모반의 물증이 확보된 것이다.

"내 눈에 안 띄는 곳으로 튀어. 다시 만나면 알지?"

물증 확보를 끝내자마자 청미는 청화루주의 엉덩이를 냅

다 걷어차 내쫓았다.

청화루주가 정신없이 달아나는 동안 충걸은 먼 산만 쳐다보았다.

'아깝다. 마지막으로 화끈하게 몸 좀 풀려 했는데. 쩝!'

아쉬움은 곧 적막으로 이어졌다.

심각하게 고민에 잠긴 청미 때문이었다.

애초에 방방 뛰던 것과는 딴판인 모습.

한참 뒤에 그녀가 중얼거렸다.

"정말 믿을 수가 없어. 숙부가 그런 음모를 꾸미고 있었다니……."

믿기 힘든 게 당연했다. 누군들 상상이나 했으랴.

'어쩐지 첫인상부터 맘에 안 들더라니.'

충걸은 예중악을 처음 만났던 날을 곱씹었다.

호탕함으로 포장한 야심을 은근슬쩍 드러내던 눈빛.

'지들끼린 안 보여도 남의 눈엔 보이는 건가?'

흑과 백의 차이.

어쩌면 그럴 수도 있겠다 싶었다. 예중악의 기질이 자신과 비슷한 부분이 있어 더 쉽게 보였을 수도 있고.

청미가 불쑥 입을 연 건 그때였다.

"일단 떨거지들부터 조지자."

"……."

충걸은 말없이 청미를 응시했다.

이미 예정문에겐 비밀로 하기로 합의한 상태였다.

일이 커져 봐야 좋을 것도 없고 남들 눈을 의식하지 않을 수도 없다. 결론은 둘이서 조용히 해결을 보자는 것.

충걸은 천천히 고개를 끄덕였다.

"한 놈씩 차례대로 조지자고."

第八章
독살 미수 사건

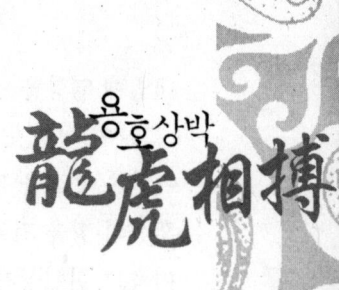

龍虎相搏
용호상박

　서둘러 거처를 떠나고자 결심하게 된 것은 천기를 살피던 와중에 감지된 또 다른 변화 때문이었다.

　변화의 출처는 강남과 강북 두 군데.

　아란은 불안한 직감에 이끌려 영력을 집중했고, 결국 자신의 직감이 맞았음을 확인했다.

　'상황이 좋질 않아.'

　결코 달가운 변화가 아니었다.

　각기 흑천과 백림의 하늘로 이동하고 있는 혼돈의 기운.

　중원의 평온을 깰 만큼 크고 위협적이지는 않았다. 그렇다고 무시할 수도 없는 기운이었다.

대법에 영향을 미칠지 모를 위험 때문이었다.

'그들이 어떤 문제에라도 봉착한 것일까.'

아란은 부적을 불사르며 간절히 염을 했다.

혼신의 힘을 기울여 현천상제(玄天上帝)의 힘을 간청했다.

이윽고 현천상제의 힘을 입은 영력으로 서서히 어둠이 밝아지기 시작했다.

어둠 속에서 모습을 드러낸 장충걸과 예국홍의 기운이 그녀의 심장으로 끊어질 듯 말 듯 전달되었다.

'……!'

얼마나 시간이 흘렀을까.

아란은 핏기 없는 얼굴로 한숨을 돌렸다.

분명 장충걸과 예국홍은 정체 모를 혼돈의 탁기에 휩싸여 있었다.

짐작대로 모종의 문제에 봉착했다는 증거.

하지만 그들을 둘러싼 탁기는 두 사람에게서 빚어진 게 아니라 각각의 집안에서 빚어진 것이었다.

'그나마 다행스런 일.'

그러나 고민은 다시 이어졌다.

어렵사리 불안감은 덜었지만 두 사람이 처한 구체적인 상황까진 알 수 없다.

흑천과 백림 두 집안에 무슨 일이 일어나고 있는 것일까?

'어쩌면……!'

혹 대법이 예고한 그것이 아닐까?

이형환영대법에 필수로 따른다는 과제이자 고비…….

―대법으로 뒤바뀐 자들은 스스로 인지하지 못하는 사이에 '고인 물'에 발을 담그게 되리라. 일단 담갔으면 스스로 처리해야 한다. 마르게 내버려 두든 직접 정리를 하든 그 선택은 본인의 몫으로 주어지리라.

'정녕 이것이 대법이 예고한 고비란 말인가?'

선택은 본인의 몫이지만 결과는 극과 극이다.

내버려 둔 자에겐 결코 대법의 결과가 이로울 수 없고, 성실히 정리를 이행한 자에겐 반대의 결과가 주어진다고 했다.

'결국… 대법의 성공을 위해 넘어야 할 산이라는 뜻…….'

아란은 다시 한숨을 내쉬며 눈을 감았다.

무게를 덜었던 불안감이 다시 어깨를 짓누르고 있었다.

화르르…….

오행과 육십사괘, 도합 예순아홉 개의 영초가 불을 밝히고, 그 속에서 부적들이 스스로를 불사르며 영력을 불러일으켰다.

어느 틈엔가 아란의 섬섬옥수엔 은빛 광채 찬란한 은장도가 쥐어져 있었다.

태평신교의 신물 백린선도(白鱗仙刀)였다.

'위대하신 현천상제(玄天上帝)시여, 가련한 천녀에게 은혜를 내려주소서. 천녀의 뜻으로 대의를 받든 저들을 부디 보살펴 주소서. 합일(合一)의 가시밭길을 걸어가는 저들에게 혼돈으로부터 벗어날 수 있는 힘을 내려주소서……!'

백린선도를 모아 쥔 아란은 간절히 염원했다.

침착하고 현명한 와룡과 사납고 거친 폭호.

그들이 뒤바뀐 겉가죽이나마 서로의 기를 받아 고비를 헤쳐 나가기를, 필연적으로 발을 담근 고인 물을 무탈하게 정리할 수 있기만을.

'용호합일(龍虎合一), 그 궁극적인 대의가 깨어지지 않기만을……!'

아란은 간절히 염원했다.

세찬 바람이 불었다.

바람의 끝자락으로 눈부신 광휘가 내려앉았다.

아란은 조용히 눈을 떴다.

'……!'

두 손 모아 쥔 백린선도가 찬란한 신광을 발하고 있었다.

*　　　　*　　　　*

"그 미친놈은 요즘 뭐 하냐?"

장팔봉의 표정은 마뜩잖았다.

천하에서 으뜸으로 사내다운 관상이라고 우공이 철석같이

302 용호상박

믿는 그 사납고 험상궂은 얼굴이 오늘따라 왠지 시무룩하고 우울하게 느껴졌다.

우공은 심호흡을 한 뒤 조심스럽게 입을 오물거렸다.

"낮에는 성 내를 두루두루 살피며 식솔들의 민생을 챙기시고, 밤에는 늦은 시간까지 잠을 잊으시고 양서를 경독하며 마음의 양식을 쌓고 계십니다. 참으로 대견하고 흐뭇한 모습이 아닐 수가 없습니다."

극히 조심스런 태도였지만 우공은 기쁘고 자랑스러운 빛을 숨기지 않았다.

"염병. 대견하고 자랑스러울 것도 많다."

여지없이 콧방귀를 뀌며 눈을 부라리는 장팔봉.

그런데 어째 분위기가 평소와 다르다.

우공은 자라목을 한 채 고개를 갸웃했다.

그러다 내심 무릎을 쳤다.

'소주께 말씀을 들으신 게로구먼.'

자신이 소주와 독대하여 장충혜에 관한 얘기를 나눈 게 닷새 전이다. 그사이에 분명 소주가 찾아온 게 틀림없다고 우공은 확신했다.

우공의 짐작은 정확히 들어맞았다.

장팔봉은 지금 심히 골치가 지끈거리는 중이었다.

이틀 전, 긴히 할 얘기가 있다며 불쑥 찾아와 미친놈처럼 조곤조곤 지껄이던 아들놈의 얘기에 충격을 먹은 탓이다.

물론 얘기의 주 대상이던 장충혜란 녀석 때문에 더 충격을 먹었고, 골치도 골치지만 장팔봉의 생전에 이렇게 마음이 심란해 보기는 처음이다.

"그 자식이 미쳐도 단단히 미친 게야. 거들떠보지도 않던 충혜란 놈을 제 놈이 언제부터 신경 썼다고. 쿵! 당최 그 자식이 뭘 잘못 처먹어서 그 꼴이 된 게야?"

평소와 다름없이 장충걸을 씹고 있었지만 영 맥이 없다.

우공은 눈치를 보면서 슬그머니 미소 지었다.

자신이 그랬듯 장팔봉 역시 변신한 소주의 화려한 언변에 넘어갔다는 걸 감 잡은 것이다.

하지만 그는 이내 번데기처럼 쪼그라들어야 했다.

상황이 그렇다면 장팔봉에게 자신의 죗값을 치러야 할 위기 또한 코앞에 닥쳤다는 소리니까.

"어때? 영감 눈엔 보기 좋아? 그 자식이 그렇게 요상하게 미친 꼴이 맘에 드느냔 말이다."

불쑥 날아든 질문에 우공은 머리를 쳐들었다.

장팔봉의 고리눈을 슬쩍 피하면서 간신히 목소리를 짜냈다.

"소신의 눈에는 매우 바람직한 모습으로 보이긴 합니다만……."

말이 끝나기가 무서웠다.

떠엉!

"어이쿠—!"

우공은 비명과 함께 벌렁 나자빠졌다.

장팔봉의 콧방귀가 날아와 귓구멍에 꽂혔다.

"당연히 같은 좀팽이 눈깔엔 좋아 보이겠지, 인간아."

우공은 불이 난 머리통을 싸쥐고 엉거주춤 일어섰다.

그런데 당연히 이연타로 날아와야 할 충격이 없다.

머리를 싸쥔 틈으로 슬며시 눈치를 보자니 장팔봉은 팔짱을 낀 채 허공을 쏘아보고 있었다.

"충혜 그놈 얘길 진작 까발리지 않은 영감의 죄는 나중에 묻기로 하지."

"……!"

말없이 얼어붙은 우공에게 장팔봉은 턱짓을 했다.

"가서 충걸이 놈 불러와."

"소주를… 말씀입니까? 무, 무엇 때문에……?"

"뭣 때문에? 멀쩡한 놈 완전히 맛 가기 전에 잡으려고 한다, 왜?"

장팔봉이 눈을 부라렸다.

하지만 역시나 평소답지 않은 기세였다.

'소주와 작은도련님 문제를 의논하시려는 게로구나.'

우공은 내심 고개를 끄덕였다.

"모시고 오겠습니다!"

서둘러 읍을 올린 뒤 우공은 허겁지겁 청을 나섰다.

장팔봉의 처소 주변은 고요했다.

암암리에 철통같이 주변을 지키던 그림자들의 흔적도 감지되지 않았다.

'어째 분위기가……'

국홍은 의아함을 느꼈다.

고요하다 못해 적막하고 침중하기까지 한 분위기가 도리어 적응하기 어려웠다.

처소 앞에 당도한 국홍은 가볍게 심호흡을 했다.

누구보다 침착하고 냉정한 자신이지만 본능적으로 긴장하게 되는 딱 두 명의 인물이 있었다. 친아버지인 예정문과 가짜 아버지인 장팔봉이 바로 그들이다.

똑똑.

"소자, 충결입니다."

기다리고 자시고 할 것도 없이 날아온 퉁명스런 대꾸.

"왔으면 들어와, 인마."

국홍은 조용히 문을 열고 들어섰다.

거대한 호피 융단이 깔린 대청 한가운데, 흔들리는 유등 불빛을 이고 자리 잡은 대리석 탁자가 제일 먼저 눈에 들어왔다.

'역시나.'

육중한 대리석 탁자 위엔 아니나 다를까, 주안상이 차려져 있었다.

그런데 평소와 다른 점이 있었다.

술상은 예상대로인데 술잔은 비워져 있었다.

벌써 비운 게 아니라 아직 입을 대지 않은 것이다. 가지런히 놓여 있는 술병들이 그 증거였다.

국홍은 시선을 틀었다.

의외의 상황을 연출한 장본인 역시 의외의 모습으로 기다리고 있었다.

팔짱을 끼고 그답지 않게 지그시 눈을 감고 있는 장팔봉.

평소와 다른 분위기에 국홍은 긴장을 다시 조였다.

다른 사람은 몰라도 도왕이란 인물 앞에서는 백번 긴장해도 모자람이 없다. 행여 실수로 꼬투리를 잡혀 대법이 깨지는 최악의 상황―이대로 영영 부자간으로 굳어지는―을 초래할 순 없는 노릇이니까.

"앉아, 미친놈아."

눈 감은 노호(老虎)가 으르렁거렸다.

국홍은 발소리를 죽이고 자리로 향했다.

"무슨 일로 부르셨는지요."

장팔봉이 천천히 눈을 떴다. 흡사 사색에 빠졌던 산천대호가 횃불 같은 동공을 드러내는 기세. 그 작은 움직임에 장내의 공기가 휘청거렸다.

"아나, 그 자식 그거 참."

얄미운 주둥이에 그냥 한 대 날려주고 싶다는 표정.

국홍은 굴하지 않고 침착하게 미소 지었다.

"아버지한테 대들지 않는, 싹수 바른 아들을 원하셨던 분은 아버님이시지요."

장팔봉의 숯검정 눈썹이 꿈틀했다.

"이 자식이 아주 뚫린 입이라고."

뒷말은 잇지 않았다.

정적이 흘렀다.

"머리 좀 굴려봤냐?"

퉁명스런 음성이 정적을 박살 냈다.

국홍은 잔뜩 찡그린 장팔봉의 얼굴을 응시했다.

"무슨 말씀이신지요?"

곧바로 부라린 눈빛이 돌아왔다.

"충혜 그놈을 어떻게 했으면 좋겠냔 말이다."

장팔봉은 감정을 숨기지 못하는 인물이다.

묻고 싶지 않지만 억지로 묻는 억하심정(?)이 구겨진 얼굴에 고스란히 드러났다.

국홍은 쓴웃음을 참고 대답했다.

"그동안 쌓인 게 적지 않아 쉽지는 않을 것 같습니다."

"내가 그걸 모르냐, 인마? 안 쉬우니까 묻는 거 아냐!"

예상대로의 버럭.

국홍은 동요하지 않고 말을 이었다.

"시간을 갖고 천천히 해결해 보려 합니다. 나름대로 생각해 둔 게 있으니 소자한테 맡겨주십시오."

"나름대로? 그게 뭔데?"

장팔봉이 미간을 좁혔다.

진심으로 궁금한 눈치였다.

"아직 구체적으로 말씀드리긴 그렇고, 아무튼 소자를 믿고 기다려 주시지요. 충혜의 마음이 돌아오도록 만들어보겠습니다."

"그러니까 그 방법이 뭐냐고, 인마?"

장팔봉은 엉덩이를 들썩였다.

당장이라도 한 대 쥐어박을 기세였다.

국홍은 침착하게 하려던 말을 이었다.

"형의 도리를 못한 책임을 늦게나마 해보려는 것입니다. 믿고 맡겨주십시오."

"......!"

기가 찬 표정으로 쏘아보던 장팔봉이 끙, 소리와 함께 어깨를 늘어뜨렸다.

"하여간에 자식이."

국홍을 흘겨보던 눈을 거두고 장팔봉은 허공을 응시했다.

잔뜩 찡그린 얼굴에 못 보던 주름이 고랑처럼 파여 있었다.

"망할……. 내가 누굴 탓하겠냐, 아비 노릇 제대로 못한 내가 죽일 놈이지."

본인이 직접 입 밖에 낸 적은 한 번도 없었다.

하지만 외부에는 '어미 잡아먹은 자식' 이라고 장팔봉이 둘째 아들을 멀리한 것으로 알려져 있었다.

낳고 보니 기질과 성정이 전혀 딴판이라 정을 주지 못했다
는 말도 있었고.

'일생 한 여인만을 사랑할 수 있다는 건 진정한 사내만이
할 수 있는 도리이지.'

국홍은 장팔봉이 죽은 아내를 얼마나 끔찍이 사랑했는지
짐작할 수 있었다.

그런 아내의 목숨과 뒤바꾼 아들, 거기다 자신을 닮은 구석
이라곤 눈곱만큼도 찾아볼 수 없는 아들에게 정을 주기 힘들
었으리란 것도 이해할 수 있었다.

장팔봉이란 무림의 거인, 그도 역시 인간이었으니까.

"휴우—!"

길게 한숨을 몰아쉰 장팔봉이 맥없이 손을 뻗었다.

그 손에 술병이 쥐어지는 모습을 보면서 문득 국홍은 생각
했다.

'오늘은 나도 한잔하고 싶구나.'

마음을 먹었을 땐 장팔봉이 막 병나발을 불기 직전이었다.
국홍은 조용히 손을 뻗어 술병을 쥐었다.

"소자가 한잔 따르겠습니다."

"……?"

장팔봉이 이건 또 뭐냐는 듯 째려보았다.

국홍은 개의치 않고 술병을 받아 들었다.

그리곤 장팔봉의 앞에 놓여 있는 큼지막한 술 대접에 술을

따랐다. 이어 자신의 대접도 채웠다.

대접으로 술을 먹긴 처음이지만 오늘만큼은 그래도 괜찮을 것 같았다.

"건배하시지요."

국홍은 두 손으로 술 대접을 받쳐 들었다.

그 모습을 꼬나보던 장팔봉이 코웃음을 치며 자신의 대접을 들었다.

"오늘은 내기 안 거냐, 자식아?"

국홍은 말없이 미소 지었다.

쿵, 콧방귀를 뀐 장팔봉이 술 대접을 입으로 가져가는 모습을 보고 자신도 대접을 입에 대었다.

가볍게 한 모금을 넘겼다.

화주 특유의 불같은 맛이 뜨겁게 목구멍을 달궜다.

'독하군.'

화주의 맛이야 익히 알지만 평소 즐겨 마시지 않다 보니 더 독하게 느껴지는 모양이다.

탁.

국홍은 살짝 입을 댄 술 대접을 내려놓았다.

맞은편에선 장팔봉이 벌컥벌컥 한입에 대접을 비우는 중이었다.

바로 그 순간,

"……!"

국홍은 눈을 부릅떴다.

탁자 위의 술 대접을 흠칫 내려다본 그는 다시 퍼뜩 얼굴을 쳐들었다.

때맞춰 장팔봉이 고리눈을 뜨고 손에 쥔 빈 술 대접을 노려보고 있었다.

"이거 오늘따라 술맛이 왜 이래?"

장팔봉의 말이 떨어진 것과 국홍이 운기를 한 것은 거의 동시였다.

'……!'

운기를 하던 국홍의 얼굴이 돌덩이로 변했다.

동시에 장팔봉과 눈이 마주쳤다.

[독입니다.]

"……!"

장팔봉의 미간이 꿈틀했다.

[어서 운기를!]

국홍은 더 이상 전음을 날릴 여유가 없었다.

단 반 모금의 술 속에 도사리고 있던 독기가 눈 깜짝할 사이에 전신 대맥으로 번져 가고 있었기 때문이다.

장팔봉이 눈을 감았다.

곧바로 그의 주변에 바람이 몰아치기 시작했다.

국홍의 것보다 몇 배는 더 맹렬한 일진광풍이었다.

얼마나 시간이 지났을까.

국홍은 긴 숨을 토하며 눈을 떴다.

폭우를 맞은 듯 전신이 흠뻑 젖은 상태였다.

하나 그것만으로도 다행이었다. 간신히 독기를 몰아내는 데 성공한 것이다. 반 모금이 아니라 한 모금이었다면 지금도 필사적으로 독기와 싸우고 있었을 터다.

국홍은 급히 앞을 보았다.

한 모금이 아닌 한 대접을 비운 장본인이 그 극심한 싸움의 현실을 입증하고 있었다.

치치치치칫!

콰아아—

광풍처럼 맹렬히 휘몰아치는 기파.

그 속에서 시뻘건 혈인으로 돌변한 장팔봉이 독기와 치열한 싸움을 벌이고 있었다.

[아버님!]

국홍은 무의식중에 외쳤다.

장팔봉의 대답은 없었다.

비 오듯 쏟아지는 땀⋯⋯.

쏟아지기 무섭게 증발하는 땀은 시커멓게 죽어 있었다.

내력으로 전신 모공을 통해 밀어낸 독기였다.

국홍은 입술을 깨물었다.

지금 이 순간 자신이 장팔봉을 도울 수 있는 일은 없었다. 오직 호법을 서주는 것뿐.

국홍은 진기를 끌어올린 채 주변을 탐색했다.

접근하는 기운은 없었지만 긴장을 놓치지 않았다.

숨 막히는 시간이 흘러갔다.

주위를 경계하던 국홍의 귓전을 벼락같은 호통이 냅다 두 들긴 건 한참 뒤였다.

"이 자식아! 한참 죽을 판에 말 시키는 미친놈이 어딨어!"

"……!"

흠칫 돌아본 국홍은 멍한 표정이 되었다.

"미친놈이 하나밖에 없는 아비를 죽이려고. 혹시 네놈이 독 탄 거 아냐?"

고리눈을 부라린 호통엔 쓴웃음까지 나올 뻔했다.

그러나 웃을 수가 없었다.

악전고투의 순간을 증명하는 핏기 없는 장팔봉의 얼굴 때 문이었다.

"괜찮으십니까?"

뒷말은 알아서 장팔봉이 이었다.

"보면 몰라? 도왕 장팔봉이 그깟 술 한잔에 골로 갈 인간이 냐?"

큰소리를 치는 장팔봉의 혈색은 창백했다.

하지만 부릅뜬 고리눈에선 무시무시한 횃불이 타오르고 있었다.

"네놈은 멀쩡하냐?"

국홍은 고개를 끄덕였다.

"크크크……."

장팔봉이 파랗게 변한 입술 끝을 비틀었다.

"감히 흑천에, 이 장팔봉의 안마당에 쥐새끼가 숨어 있었단 말이지? 흐흐."

섬뜩하도록 살벌한 웃음.

국홍은 마음을 놓았다.

자신도 무사했고, 비록 내상이 있는 듯하지만 장팔봉의 안위에도 큰 문제는 없어 보였다.

국홍은 짤막히 숨을 뱉은 뒤 입술을 달싹였다.

"소자에게 맡겨주십시오."

장팔봉이 눈을 치떴다.

"이 자식은 아까부터 뭘 자꾸 맡겨달래?"

"말씀하신 쥐새끼는 제가 잡겠습니다."

평소에 입에 담지 않던 상소리도 자연스럽게 나왔다.

은은히 가슴을 달구고 있는 노기 때문이었다.

빤히 쏘아보던 장팔봉이 핏기 없는 얼굴로 피식 웃었다.

"사흘이다."

"……!"

"사흘 안에 그놈의 모가지를 끌고 와."

"……."

국홍은 대답 대신 조용히 고개를 끄덕였다.

최근 흑천에서 가장 따분한 삶을 보내고 있는 사람을 꼽으라면 아마 십중팔구 비호대주 오동팔의 이름을 댈 것이다.

"에휴!"

대리석 연무장 바닥에 폭폭 한숨이 쌓였다.

오동팔은 주저앉은 채로 맥없이 눈을 돌렸다.

"끼핫!"

"오오옷!"

듣기만 해도 피가 끓는 기합성.

칼만 들어도 신이 나는 비호대의 휘하 도수들이 수련에 한창이었다.

오동팔은 입맛을 다셨다.

"저놈들은 사는 게 무지하게 재밌나 보네."

자신은 이리도 사는 게 따분하고 지루한데 말이다.

이유없이 만사에 흥이 안 난다.

그러면서 삭신은 근질근질하고.

삶에서 중요한 뭔가 하나가 쏙 빠진 기분이었다.

"쩝!"

오동팔은 슬그머니 눈을 돌렸다.

외성을 가로질러 저 멀리 중문이 눈에 들어왔다. 그리고 중문 너머로 멀찌감치 그곳이 보였다.

하늘과 한판 뜰 기세로 우뚝 솟아 있는 으리으리한 삼층 궁!

천하에서 가장 무서운 호굴, 흑천궁이다.

그 무서운 흑천궁에서도 공포의 대명사라 하면 역시 이층의 대형 창문, 바로 소천주 장충걸의 처소였다.

"저기서 많이 날아다녔는데."

멀거니 호왕궁을 쳐다보면서 오동팔은 눈을 끔뻑거렸다.

장충걸의 방에서 흠씬 두들겨 맞고 창밖 연못으로 내던져지던 자신의 모습이 떠올랐다.

"흐흐, 그래도 그때가 재밌었지."

히죽 웃던 오동팔은 이내 시무룩한 표정으로 변했다.

"이젠 그런 재미도 옛말이 돼버린 거여."

소천주의 호출을 받고 똥줄이 빠져라 튀어가 본 지도 한참 됐다. 호왕구타신공을 구경해 본 기억도 가물가물했다.

아마도 호왕폭도가 '호왕예의공자'로 변신했다는 소문이 나돈 뒤부터였나?

"어쩐지 삭신이 근질근질하다 했지."

오동팔은 머리를 긁적였다.

그러다 버럭 인상을 쓰며 투덜거렸다.

"하필 변해도 그 모양으로 변신한 거야? 젠장."

오동팔은 오만상을 쓴 채 곰곰이 생각해 봤다.

아무리 생각해 봐도 자신에겐 변신하기 전의 소천주가 좋았다. 그땐 그래도 얻어터지는 재미라도 있었지.

"요즘은 아예 '똥파리' 소리조차 들을 수가 없는 판이니."

똥파리 소리가 이토록 그리울 줄 그 누가 알았으랴?

그놈의 별명이야말로 호왕폭도의 최측근 심복임을 뜻하는 상징이었으니 말이다.

"에이, 씨앙!"

수련 중이던 수하들이 고함 소리에 놀라 돌아보았다.

오동팔의 인상이 험악해졌다.

"뭘 봐, 이 자식들아? 눈 안 깔아?"

수하들의 고개가 일제히 홱 돌아갔다.

오동팔은 수하들의 뒤통수에 눈을 부라려 준 뒤 벌떡 일어섰다. 그리곤 곧장 어디론가 휘적휘적 걸어갔다.

수련이야 부대주가 알아서 시킬 테고 자신은 술이라도 퍼마실 작정이었다.

"시파, 걸리면 걸리라지!"

일과 중의 음주는 신분 고하를 막론하고 개박살.

하지만 오동팔은 나 몰라라 했다.

어쩌면 절호의 기회가 될 수도 있었다.

간만에 소천주에게 불려가 구타신공에 춤을 춰볼 기회가.

공포의 대형 창문으로 모처럼 멋진 비행(?)을 해볼 수 있었다.

귀신이 그 맘을 알았을까?

오동팔의 바람은 거짓말처럼 현실로 이뤄졌다.

휘하 비호도수 하나가 헐레벌떡 튀어온 것은 오동팔이 거나하게 취해가던 초저녁이었다.

"대주! 대주우—!"

취기로 콧노래를 흥얼거리고 있던 오동팔은 들은 척도 않았다. 가물거리던 그의 가자미눈이 번쩍 뜨인 것은 비호도수가 버럭 고함을 지른 뒤였다.

"소천주께서 당장 튀어 오라십니다!"

우당탕!

오동팔이 벌떡 일어서는 서슬에 술상이 뒤집어졌다.

"지금 뭐라고 했냐? 소천주께서 어쩌고 저째?"

"당장 튀어 오라고 하셨다니까요!"

"······!"

오동팔의 입이 쩌억 벌어지나 싶더니,

"우핫핫핫!"

감격에 겨운 앙소가 터져 나왔다.

갑자기 오동팔이 웃음을 뚝 그쳤다.

취기로 달아올랐던 얼굴이 거짓말처럼 말짱해졌다.

"암! '똥파리' 는 죽지 않는다!"

비장하게 눈을 치뜬 오동팔.

그 모습을 주변의 비호도수들이 멀뚱히 쳐다보는 찰나,

쌔앵—

난데없는 바람이 일었다.

바람이 잦아들었을 때 오동팔의 모습은 사라지고 없었다.

그날 밤.

공포의 대명사인 흑천궁 이층 창문 안에서는 은밀한 대화가 이루어졌다.

"부탁할 게 있어 불렀네."

"부탁… 이요?"

"믿을 만한 사람이 필요해서."

"어흑……!"

"왜, 하기 싫은가?"

"아, 아닙니다! 소주의 명이라면 지옥이라도 뛰어들겠슴돠!"

"조용히 처리해야 할 일이네."

"조용히! 옛!"

"수하들에게도 비밀로 하고. 이 일을 아는 사람은 나와 오대주 단둘뿐이야."

"……!"

"주방에 자주 가는 편인가?"

"주방에 말입니까? 뭐, 그닥……."

"앞으론 관심을 가져봐."

"……?"

"숙수들의 주변을 중심으로."

"숙수들을! 옛!"

"한 명 한 명 면밀히 주변을 살펴보고 특별한 점이 발견되면 즉시 보고하도록."

"알겠습니다!"

"오 대주의 기민하고 예리한 이목을 기대하네."

"어흑……!"

"……."

"소천주께 충성을!"

감격적이고도 충징 어린 대화였다.

호왕폭도의 심복이 '똥파리' 란 별명으로 대변된다는 사실.

국홍의 기억력이 빛을 발한 덕분이었다.

그렇게 그날 밤이 저문 다음날.

갑자기 흑천에서 가장 바빠진 사람이 있었다.

아무도 눈치 채지 못한 사이에 눈썹이 휘날리도록 바빠진 장본인은 다름 아닌 비호대주 오동팔이었다.

*   *   *

또 다른 밤이었다.

중원의 평화로운 그것과는 사뭇 다른 검고 음산한 흑야(黑夜).

암운은 머나먼 신강의 지붕 천산에서 비롯되었다.

시커먼 구름으로 뒤덮인 천산은 금세라도 폭발할 듯 뭉클뭉클 미증유의 기운을 발산하고 있었다.

돌연 미증유의 기운을 뚫고 소름 끼치는 괴성이 일었다.

끼아아아……!

산자락 어딘가에서 불쑥 날아오른 괴조.

피처럼 붉은 깃털로 뒤덮인 혈웅(血鷹)이었다.

혈웅은 도합 네 마리였다.

피를 머금은 듯 새빨간 동공이나 갈고리처럼 섬뜩한 부리와 발톱도 똑같았다.

각기 하나씩 발목에 매단 붉은 대롱 역시 마찬가지였다.

쉬이이잇…….

하늘로 날아오른 네 마리의 혈웅이 까마득한 천산 꼭대기를 선회했다. 그런가 싶더니 거의 동시에 방향을 틀며 괴성을 내질렀다.

끼아아아!

동서남북 제각기 다른 방향으로 튼 혈웅들은 순식간에 암천을 뚫고 멀어져 갔다.

그중에서도 가장 먼저 자취를 감춘 혈웅이 있었다.

녀석이 선택한 방향은 까마득히 먼 북녘이었다.

*　　　*　　　*

휘이이이……!

살을 에는 듯한 삭풍이 휘몰아쳤다.

산서의 삭풍은 중원의 그것과는 차원이 다르다.

특히 산서 최북단에 위치한 대동의 칼바람은 유별났다.

대초원과 사막으로 대변되는 달단.

바로 그 삭막하고 살벌한 땅을 코앞에 둔 덕분이었다.

"으이그, 추워라!"

묘칠은 달달 떨었다.

제아무리 무공으로 단련된 몸이라도 한 시진 동안 칼바람을 고스란히 맞아야 하는 건 고역이 아닐 수가 없었다.

"에취!"

옆에 있던 동료도 연신 재채기를 해댔다.

묘칠은 잔뜩 웅크린 채로 오만상을 썼다.

"이런 젠장, 이 인간들 왜 안 나와?"

얼추 한 시진이 지난 듯했다.

그런데 아직 교대 근무자들은 코빼기도 안 비치고 있었다.

"에고, 내 팔자야. 나이 서른에 장가도 못 가고 이게 뭐 하는 꼴이냐고."

콧물을 훌쩍이던 동료가 처량하게 중얼거렸다.

묘칠은 핀잔을 던지려다 말았다.

자신의 신세 역시 마찬가지였으니까.

"이놈의 문파에 발을 들인 게 잘못이지. 뭐 덕 볼 게 있다고. 빌어먹을."

묘칠은 골이 난 표정으로 머리 위를 흘겨보았다.

정문 누각, 큼지막한 현판이 먼지로 뒤덮인 채 볼품없이 내걸려 있었다.

산서북권파(山西北拳派).

강맹한 권법으로 이름 높은 산서의 대표 격 문파를 가리키는 다섯 글자였다.

묘칠이 산서북권파의 일원이 된 것은 몇 달 전이었다.

어디서 한가락 하기엔 밑천 부족한 무공으로 이리저리 떠돌던 끝에 우연히 산서북권파 사람을 만났다. 문도를 모집한다는 그의 말에 솔깃해 결심을 한 것이 정확히 석 달 전.

비록 중원의 잘나가는 문파는 아니었지만 산서에선 유서 깊은 전통을 자랑했고, 나름 만만찮은 영향력도 있는 문파였기에 흔쾌히 내린 결정이었다.

물론 강호일절로 이름난 산서북권을 전수받을 속셈도 있었고.

하지만 막상 들어와서 본 실상은 기대와 딴판이었다.

중원에서 맛보지 못한 무지막지한 칼바람은 환장할 노릇이었고, 잊을 만하면 불쑥 튀어나오는 달단의 야만인들 때문에 맘 편히 뒷간 가기도 힘들었다.

거기다 변변찮은 문파 주제에 그놈의 엄정한 문규와 기풍은 또 어떤가?

입문 석 달이 지나도록 제대로 된 산서북권을 구경도 못해 본 것도 그 때문이었다.

그런 저런 이유로 묘칠의 불만은 폭발 직전이었다.

"제기랄, 돈을 써서라도 흑천에 들어갔어야 하는 건데."

묘칠은 부아가 치민다는 듯이 말했다.

곧바로 코웃음이 들려왔다.

"흑천? 돈을 써? 킄킄, 꿈도 야무지구먼."

"뭐야?"

묘칠의 찢어진 눈이 홱 돌아갔다.

동료가 기도 안 찬다는 얼굴로 웃고 있었다.

"흑천이 무슨 하오방인 줄 아냐, 너 같은 놈을 받아주게? 거기다 뭐? 돈을 써? 들어가기도 전에 목이 달아나겠다. 킄킄."

"이놈이……!"

묘칠은 발끈하려다 입을 다물었다.

반박할 거리가 없었기 때문이다.

결국 그는 혼자 이를 갈고 말았다.

"이놈의 산서북권인지 나발인지 당장에 때려치울 테다."

말이 떨어지기가 무섭게 살을 에는 바람이 몰아쳤다.

묘칠의 작심을 꾸짖기라도 하듯 그 어느 때보다 살벌한 칼바람이었다.

휘이이이잉—

"으흐흐!"

묘칠은 납작 몸을 웅크렸다.

한차례의 거센 바람이 지나가고 간 뒤에야 슬며시 얼굴을 들던 그가 와락 눈살을 찌푸렸다.

"응? 저건 또 뭐야?"

뿌연 먼지로 뒤덮인 전방의 황야.

거센 삭풍이 몰아친 사이에 황야의 풍경이 바뀌어 있었다.

시야를 가리는 먼지바람 너머 저 멀리 뭔지 모를 울긋불긋한 것들이 길게 늘어서 있는 것이 아닌가?

묘칠은 동료를 불렀다.

"어이, 저것 좀 봐!"

"엣취! 우엣취!"

동료는 재채기를 하느라 정신이 없었다.

묘칠은 버럭 소리를 질렀다.

"이놈아, 저게 뭐냐니까?"

"엣취! 대체 뭘 갖고 난리야?"

동료가 훌쩍거리며 인상을 썼다.

묘칠의 시선을 따라가던 그의 눈이 잠시 후 휘둥그레졌다.

"엉?"

묘칠은 눈만 치뜨고 답이 없는 동료 때문에 짜증이 났다.

그래서 다시 버럭 고함을 지르려는 찰나,

우우우우우……!

느닷없이 황야 저편을 뒤흔든 소리가 있었다.

누가 들어도 알 수 있는 섬뜩한 울음소리.

바로 이리의 울음소리였다.

그런데 한 마리가 아니다.

최소 수백 마리의 이리 떼가 모여야 낼 수 있는 소리였다.

묘칠은 마른침을 꼴깍 삼킨 뒤 눈을 부릅떴다.

최대로 끌어올린 안력은 효과가 있었다. 뿌연 먼지에 가려져 있던 황야 저편의 풍경이 서서히 시야에 들어온 것이다.

울긋불긋한 거대한 뱀이 드러누운 것처럼 보이던 것은 다름 아닌 기치였다.

"헉!"

묘칠은 심장이 덜컥 내려앉았다.

그는 기치에서 눈을 떼지 못했다.

황야를 뒤덮듯 길게 늘어선 기치는 끝과 시작이 보이질 않았다. 그 어마어마한 수도 수지만 문제는 나부끼는 깃발의 색깔!

피를 머금은 듯 시뻘건 깃발.

무시무시한 혈랑이 그려진 수천, 수만의 혈기⋯⋯!

묘칠은 얼어붙은 채로 기억을 더듬었다.

'혈기⋯ 혈랑⋯⋯?'

우우우우―

소름 끼치는 울음소리가 다시 황야를 뒤흔들었다.

쿵쾅쿵쾅!

심장이 날뛰었다.

묘칠은 정신 나간 사람처럼 중얼거렸다.

"천사혈랑⋯⋯!"

적을 베면 반드시 머리 가죽을 베어 옆구리에 차고 다닌다는 피에 굶주린 달단의 이리들.

그 무시무시한 혈랑 떼를 이끄는 우두머리를 사람들은 그렇게 불렀다.

천사혈랑(天邪血狼)!

세외사마의 일좌를 차지하는 공포의 대명사.

간간이 나타나 귀찮게 하던 뜨내기 야만족들과는 차원이 다른 이름.

"흐으."

묘칠은 얼어붙은 얼굴을 옆으로 틀었다.

동료의 모습은 보이지 않았다.

달아났는지 보고하러 튀어 들어갔는지는 알 수 없었다.

보고를 하러 갔다 해도 별 뾰족한 수는 없어 보였지만.

'빌어먹을! 이놈의 동네에 오는 게 아니었는데!'

묘칠은 울상을 지었다.

그때 갑자기 눈앞이 시커멓게 변했다.

묘칠은 퍼뜩 머리를 쳐들었다.

마귀가 토해낸 듯한 시커먼 먹장구름이 어느 틈엔가 하늘을 뒤덮고 있었다.

『용호상박』 3권에 계속…

Golden Key

박이수 소설

황금열쇠

「달의 아이」, 「붉은 소금성」의 작가 박이수.
그가 또 하나의 기대작 「황금열쇠」로 나타났다.

우연한 만남이란 단어는 그들에겐 존재하지 않았다.
얽혀 있는 사람들…그리고 피할 수 없는 운명의 굴레!

뒤틀려 버린 운명의 주인공 셰이엔 가이스카 리베 폰 라시에…
한순간 인생이 뒤바뀐 불운의 주인공 듀이 델쾨
그리고…유일하게 그녀를 기억하는 단 한사람 이샤무딘!

이제 운명의 주사위는 던져졌다.
엇갈린 운명 속에 모든 사건은 하나로 연결된다!
황금열쇠를 차지하기 위한 그들의 위험한 모험이 지금 시작된다.

유행이 아닌 자유추구 –
WWW.chungeoram.com

B o o k   P u b l i s h i n g   CHUNGEORAM

武士 廓優　참마도 新무협 판타지 소설

무사 곽우

『무정지로』,『십삼월무』,『화산진도』의
작가 참마도, 그가 돌아왔다!!

새롭게 시작되는 그의 네 번째 강호 이야기!!

"힘이 있는 자가 없는 자를 돕는 것입니다.
또한 힘이 없다면 돕기 위해 노력이라도 하는 것입니다.
그것이 진정한 협 아니겠습니까?"
"호오……."
송완은 다시 봤다는 듯 곽우를 바라보았고 담고위는
무슨 케케묵은 보물단지 보는 듯한 얼굴을 만들었다.
송완은 살짝 킥킥거리며 웃다가 이내 곽우에게 말했다.
"틀렸다. 협이란 무공이 높은 자의 중얼거림일 뿐이야.
무공이 낮은 자는 그저 그 협을 바라만 보고 있어야 하는 것이지.
그래서 세상은 협사가 널렸고 그 협사의 주변엔 구더기들이 들끓고 있는 거야."

강호라는 세상 속에서 지금 한 사람이 그 눈을 뜨려 한다.
한 자루의 부러진 검과 함께 곽우라는 이름을 가지고……

유행이 아닌 자유추구 -
WWW.chungeoram.com

Book Publishing CHUNGEORAM

운룡쟁천

조돈형 新무협 판타지 소설

팔룡전설을 아는가?

북녘 하늘을 밝히는 별의 정기를 받고 태어난 여덟 명의 기재가
한 시대에 나타나리니, 그들의 눈은 삼라만상(森羅萬象)을 살피고
지혜는 하늘에 닿고 웅심은 천하를 덮을 것이다.
그들이 화합을 한다면 더없이 평온한 세상을 이룰 것이나,
만약 그렇지 않다면 피의 광풍이 온 천하를 휩쓸 것이다.

혼란의 시대!! 모략과 음모가 극에 다다른 혼돈의 강호무림!!

이때 하늘이 안배해 놓은 이가 있었으니, 그의 이름 도극성이라⋯⋯!!
도극성!! 그가 무림에 다시 모습을 드러내는 날,
팔룡전설은 그로 인해 깨질 것이고 새로운 전설이 탄생할 것이다!!

유행이 아닌 자유추구—
WWW.chungeoram.com
Book Publishing CHUNGEORAM

임희정 소설

조안하울데

그러던 어느 날, 그에게 그 '능력' 이 찾아왔다.
조금은, 아름답지 않은 모습으로.

신의 뜻, 그것 외엔 없었다.
신의 영역, 시대의 금기를 깨는 그들의 불꽃같은 삶!

막연히 의사가 되기 위한 삶을 살아왔던 세요 폰 어뷔니트.
인간을 살리기 위해 의사가 되어야만 했던 웨인 파예트.

잔혹한 과거, 어긋난 현재.
그리고 우연히 찾아온 신비로운 능력!
보통 사람들과 다른 존재가 아니라는 것에 대한 증명.

유행이 아닌 자유추구 -
WWW.chungeoram.com

Book Publishing CHUNGEORAM